OSCAR
BESTSELLERS

ENRICA TESIO

LA VERITÀ, VI SPIEGO, SULL'AMORE

I edizione Omnibus febbraio 2015
I edizione Oscar Bestsellers marzo 2017

ISBN 978-88-04-67664-5

Questo volume è stato stampato
presso ELCOGRAF S.p.A.
Stabilimento - Cles (TN)
Stampato in Italia. Printed in Italy

Questo romanzo è frutto dell'immaginazione. Gli eventi e i personaggi realmente esistenti o esistiti sono trasfigurati dalla lente deformante del narratore. Per il resto, ogni riferimento a persone e fatti reali è da ritenersi casuale.

La poesia *Teniamoci stretti che c'è vento forte* è di Guido Catalano, pubblicata nel libro *Ti amo ma posso spiegarti*, Miraggi Edizioni, Torino, 2011. Di Guido Catalano sono anche le battute di dialogo citate sul retro della copertina.

tiasmo.wordpress.com

librimondadori.it
anobii.com

La verità, vi spiego, sull'amore

A Lorenzo e Marta.
E a Matteo.

PROLOGO

La Bambina ha quattro anni ancora da compiere, occhi nocciola e labbra silenziose. La sua bocca fin qui è servita più a sorridere che a parlare. Porta un fazzoletto in testa che le dà un'aria antica, da contadina, serve a difenderla dal sole estivo e ad asciugare il sudore della fronte. A lei piacerebbe spiegare a sua Madre che è proprio il fazzoletto a farla sudare, ma non vuole contrariarla o, peggio, disobbedirle.

E non fa storie nemmeno quando, invece di stare in spiaggia, in acqua, si ritrova in una pineta ombreggiata e senza bambini con cui giocare. Comincia allora a raccogliere i pinoli, all'inizio su suggerimento di un adulto, con il pretesto di portarli alla nonna per fare una torta, ma alla fine ci prende gusto. Le piace restare accovacciata a cercare tra gli aghi di pino quei piccoli gusci che sporcano le mani come il carbone; non li apre, sa che sotto la scorza dura c'è un cuore morbido e questo le basta. Dentro il carbone si nasconde il diamante, per chi sa aspettare. La Bambina accovacciata raccoglie i suoi pinoli come una mondina il riso e, ora, quel fazzoletto in testa le sta a pennello, le assomiglia.

Il Bambino ha tre anni, gli occhi azzurri liquidi, i ricci biondi, quasi bianchi con il sole d'agosto. È ancora figlio unico e si gode l'ultimo anno di principato, ma è un principe buono lui, non conosce la tirannia e il suo unico re è il Nonno che sa fare illuminare le cose e gli racconta i segreti dei circuiti elettrici. Lo preferisce al Padre, un pensiero che intuisce sbagliato ma non sa ancora inquadrare bene perché, in fondo, il Padre è gentile e poi è un medico e i medici portano a casa un sacco di regali dei pazienti: torte, bottiglie, marmellate, sughi, frutta e verdura dell'orto, salami.

Un giorno torna a casa con una lepre appena cacciata, ma la vista di quell'animale sul tavolo della cucina, il pelo morbido, le orecchie ferme, sconvolge il Bambino, gli toglie il sonno. Così, di notte, la Madre lo trova in cucina, in piedi su una sedia, il frigo spalancato, che accarezza la povera bestia irrigidita. E, mentre passa le sue dita piccole sul pelo, la saluta: «Ciao voppe». Ogni piccolo principe, prima o poi, incontra la sua volpe, anche se gli altri pensano sia una lepre.

Ci vorranno venticinque anni perché la Bambina e il Bambino si conoscano. Cinque mesi perché si innamorino, due anni perché facciano a loro volta dei bambini con gli occhi nocciola e i ricci biondi. Ci vorranno altri quattro anni perché si lascino. Qualsiasi cosa accada, la Bambina dei pinoli e il Bambino della volpe saranno amici per sempre. Consolatorio? Ma proprio per un cazzo.

1

Sono qui, davanti alla porta di casa. Le borse della spesa mi hanno segato le dita. Ho questo ottuso ottimismo da supermercato che mi spinge a riempire il carrello, presa dalla smania di risolvere tutta una settimana di provviste. Poi arrivo alla cassa, ripeto il solito rituale in cui mi stramaledico per aver dimenticato le borsone da un euro Carrefour che tengo impilate sotto il lavandino, ne acquisto di nuove.

Lì giunge la consapevolezza: non ce la farò mai a portare tutto a casa, da sola. E invece ce la faccio, piccolo sherpa, a forza di bestemmie: dieci metri – sosta – perché Dio mi hai abbandonato? – dieci metri – sosta – perché Dio mi hai abbandonato? Arrivo a casa e appoggio sul pianerottolo la zavorra infame.

Contiene cibo per me, per Pietro, il mio bambino di tre anni, per Micol, la mia bambina di tredici mesi. C'è anche una bottiglia di vino da bere con Sara dopo aver messo a letto i minorenni, ma niente, nemmeno un pacchetto di Ringo, per Davide, il mio compagno di trentacinque anni che dopo sette di vita insieme è diventato un posto vuoto a tavola. Mi ha lasciata, è andato via, è successo due mesi fa, e da allora faccio una spesa per tre, che pesa come un macigno.

E così mi ritrovo con le dita trasformate in artigli bluastri, anestetizzate e incapaci di cercare le chiavi nelle tasche, imbambolata davanti alla targhetta di ottone dove campeggiano due nomi: D. BIAGI e D. TEALDI. La prima D. sta per Dora, che sarei io.

È una lapide dell'amore, perfettamente lustra, solenne. Manca solo la data di nascita e di morte, magari una piccola epigrafe commemorativa. "Dora Biagi e Davide Tealdi. 2006-2013. Un amore nato per caso, finito per disattenzione." O ancora, "Dora Biagi e Davide Tealdi. A imperitura memoria di qualcosa che ora mi sfugge." "Dora Biagi e Davide Tealdi. C'eravamo tanto armati." "Dora Biagi e Davide Tealdi. Dicono che il matrimonio sia la tomba dell'amore, ma pure la convivenza a 'sti due non ha fatto mica bene." "Dora Biagi e Davide Tealdi. L'amore dura sette anni, il mutuo è per sempre." "Dora Biagi e Davide Tealdi. L'amore ai tempi della collera."

Do un'occhiata alla targa di ottone dei vicini, così lontani dalla tumulazione. Si chiamano Marco e Barbara, ma si rivolgono l'un l'altra a suon di Bibi e Bubu. Per me e Davide sono sempre stati Yoghi e Bubu, lui grande, barbuto e goffo, lei piccoletta, svampita, con le spalle spioventi, a gruccia. Non erano male all'inizio, un paio di volte Barbara mi aveva pure aiutato con i bambini, tenendomi Pietro mentre correvo a comprare il latte, erano anche venuti a cena, ansiosi di scoprire i segreti di una giovane coppia con figli, di fare un po' di pratica, di immaginare i loro bambini futuri, bambini di sogno senza bisogni.

Ma poi c'era stata la svolta New Age, la scoperta delle tecniche di meditazione, i fiori di Bach, l'omeopatia, il veganesimo, infine il crudismo, il reiki e Sai Baba. Fu allora che Yoghi e Bubu per noi divennero Yoga e Sai Bubu o anche Mangia prega chiava, per via delle infinite sessioni di sesso tantrico aromatizzate al patchouli, amplessi che superavano le due ore e le spesse mura tra i nostri appartamenti.

Li ascoltavamo nel silenzio del letto matrimoniale, noi strozzando le risate, loro dando la stura ai rispettivi orgasmi e, in una logica del tutto perversa, credevamo che quelli ridicoli fossero loro. La verità è che oggi temo il giudizio di quelle due anime belle con le idee così chiare su ciò che è bene e ciò che è male. Sul cibo giusto e sbagliato. Le abitudini che ti uccidono e quelle che ti elevano.

Quando sento i loro passi per le scale abbasso al minimo il volume del televisore, perché non pensino che Pietro sia imbambolato davanti ai cartoni. La sera, sapendoli al di là del muro di fronte a seitan e crudité, urlo: «Bimbi a tavola, c'è la minestra con le verdure bio di stagione», e intanto servo gran piatti di salsiccia e patatine fritte. La spazzatura la butto solo a orari improbabili, il mio umido mi pare sempre troppo secco per i loro altissimi standard da raccoglitori e differenziatori seriali.

Perché lo faccio? Perché do una rassettata prima che arrivi la donna delle pulizie? Perché mi sfoltisco i peli prima di andare dall'estetista? Perché sono una sociopatica. Inutile dire che né la donna delle pulizie, né Mangia prega chiava sanno della separazione. Ed è meglio che mi schiodi da questo pianerottolo prima che arrivino e io debba nascondere tutti i prodotti Nestlé dalla spesa sega-dita.

2

Sara stappa il vino rosso da sola in cucina, Pietro mi trattiene seduta per terra accanto al suo letto, dice che non riesce a dormire, ha paura di Babbo Natale.

«Non ti preoccupare, amore, siamo a marzo. Babbo Natale si gode le sue vacanze fuori stagione.»

Cerco di rassicurarlo.

«Fuoli stagione...»

Lo ripete più per ribadire il concetto e farselo entrare bene in testa che per chiedere ulteriori delucidazioni. Poi abbraccia il suo inseparabile thermos, dà una carezza alla testa di Micol, in braccio a me mentre succhia dal suo biberon, e affonda la manina nei miei ricci. Sono una Madonna sui generis, o più una Gorgone con bambino. Mi cotona, ha ancora la forza di dire: «Mamma, mi tenghi? Sennò io cado!», e si addormenta.

Dove pensi di cadere il mio ragionier Filini non lo so, forse semplicemente dal letto. O forse a parlare è il timore, ma anche la voglia di essere risucchiato nel gorgo dei sogni, mangiato dalle coperte e dalle lenzuola per essere risputato fuori tutto arruffato la mattina. Cadere in un terreno sconosciuto che è poi il preludio del domani. Stacco Micol dalla tettarella in uno schiocco e la lascio succhiare a vuoto i suoi sonni di latte.

Mentre raggiungo Sara penso che una volta credevo davvero che amarsi significasse stringersi nel letto e, prima del sonno, sussurrarsi all'orecchio "Mi tenghi? Sennò io cado". Poi sono caduta.

«Lo sai che è strano che tuo figlio abbia paura di Babbo Natale?» esordisce secca appena entro in cucina.

«Non più strano che scegliersi un thermos come coperta di Linus» minimizzo. «Lo sai, amica, la notte della Vigilia ci sono entrati i ladri in casa. Pietro è convinto che sia stato Babbo Natale.»

«Tutti strani 'sti figli di genitori separati...»

Sara è stata la prima a cui ho telefonato quando Davide è andato via. Ha ascoltato in silenzio le mie parole tutte razionalità e fermezza e poi ha commentato: «Cioè, Dora, spiegami... lui ha lasciato te. Lui. Te. Ma come cazzo si è permesso?». Venti minuti dopo eravamo insieme per una sessione di pigiama drama, una sorta di pigiama party cinico e anacronistico; una puntata di "Sex and the City" senza bei vestiti, senza lieto fine e soprattutto senza sex, con la Mole al posto dell'Empire.

È quella sera che le ho raccontato di Natale, del furto e della netta sensazione che fosse finita. La mia relazione aveva avuto un ictus: dieci minuti prima stava bene, dieci minuti dopo era senza speranza, se si fosse ripresa sarebbe stato un amore invalido, biascicante e con la zoppia. E anche per quello ci sarebbe voluta fatica, mesi di fisioterapia, ricadute e nessuna garanzia. L'ischemia emotiva ci ha colti alla Vigilia, un interruttore che si spegne, un'epifania a Natale.

Cos'è accaduto è presto detto. Sono le undici e mezzo del 24, la nostra famiglia al completo ritorna da una cena di spacchettamenti e leccornie dai genitori di Davide. La porta è aperta, Davide se ne accorge dalle scale, mi guarda preoccupato e Pietro si spaventa, molto più di me a dire il vero. Entriamo, tutto è in ordine, solo qualche maglia e qualche capo di biancheria buttati sul letto. Il ladro voleva stirare ma è stato colto sul fatto da un vicino tempestivo? Non lo so. A un primo controllo non manca niente, solo un cappotto, ma potrebbe anche essere stato divorato da un armadio durante i miei selvaggi cambi di stagione.

Chiamiamo la polizia giusto per segnalare l'accaduto, i

poliziotti si fanno una risata, ironizzano sul fatto che probabilmente non ci fosse nulla da rubare, che Natale di merda passerà quel ladro. Ridiamo anche noi. Mettiamo le due maglie a posto, i bimbi a nanna. Ci infiliamo sotto le coperte. Davide tenta di scherzare facendo il pensionato piemontese, un gioco tra noi, dice: «Meno male che abbiamo l'un l'auta». Suona male, suona falso come l'alberello sintetico di là. Noi di qua non ridiamo più. Ecco l'ictus fulminante, tutto insieme mi appare chiarissimo che le cose importanti non ce le hanno rubate, le cose importanti le abbiamo perse.

«Ti fermi a dormire?» le chiedo mentre si toglie le scarpe e le butta da un lato del divano.

«No, finisco il vino e vado. Mi ha mandato un messaggio il tizio che ti dicevo. Lo raggiungo in giro.»

Mi sembra così remoto il tempo di messaggi come molliche di pane, uno dietro l'altro per trovarsi a notte inoltrata.

«Questo cosa fa?»

«Il poeta.»

«No, dài, sul serio, cosa fa per vivere?»

«Il bidello in una scuola materna. E poi il poeta. Un bravissimo poeta.»

«Promettente?»

«Non lo sono tutti, i primi dieci minuti?»

«Oddio no, te lo ricordi il fotografo minimalista? Quello che scattava solo tappi delle vasche da bagno... lui non prometteva manco i primi dieci minuti.»

«Hai ragione. Ma questo è bravo davvero.»

«Sento puzza di sindrome della musa, scrive di te?»

«Non ancora, ma ci spero.»

«Il poeta bidello è una statuetta che mancava nel tuo presepe. Mi piace.»

In quanto a uomini, ogni donna ha il suo presepe. Le fanciulle perbene hanno giusto un Re Magio. Il secondo, quello che le ricopre d'oro, se lo sposano, di certo non arrivano a Baldassarre, che è nero e per le fanciulle perbene il genere "indovina chi viene a cena" non funziona nemmeno se uno a cena porta la Mirra.

Poi ci sono le fanciulle normali, il loro presepe è pieno

di pastorelli, amori mediocri, un poco stereotipati, pizza cinema e sesso con sottofondo dei Negramaro, domenica dai miei, ma la prossima settimana dai tuoi, che mamma si offende.

Poi ci sono le fanciulle come me e come Sara che non si sono fatte mancare niente, compreso il Re Magio nero, il pastore bergamasco, i suonatori di cornamusa, un gatto un topo un elefante non manca più nessuno solo non si vedono i due leocorni. Uno di quei presepi postmoderni dove accanto al bue e l'asinello trovi anche un Puffo, Robin senza Batman e Ciao, la mascotte dei Mondiali di Italia '90.

Con Davide pensavo di avere chiuso la ricerca di pezzi più unici che rari, Sara invece coltiva con passione il suo presepe di designer, dj, fotografi, architetti, surfisti, designer surfisti, fotografi surfisti, dj surfisti, tecnici delle luci surfisti, tecnici del suono surfisti, ma anche architetti snowboarder, designer snowboarder, fotografi snowboarder. E surfisti snowboarder. Lei stessa è laureata in architettura, ma si occupa di grafica web in un'agenzia molto frequentata da tutte le categorie di cui sopra.

«Ti piace?»

«Non so, mi sembra di conoscerlo da sempre.»

«E non è un bene?»

«Lo sai Dora, io sono una che si annoia in fretta, questo dopo due ore lo conosco da sempre, dopo tre facciamo la pipì con la porta aperta, dopo quattro scoreggia nel letto. No, non è un bene.»

«Meglio non mettersi troppo a proprio agio, vero?»

«*Amore e disagio*... il titolo del mio libro di memorie.»

«Senti, parlando di disagio, domani andiamo da una psicologa per vedere come affrontare tutto 'sto casino con i bambini.»

«Una psicologa?»

«Sì, è un'idea di Davide.»

«Ti chiederà i disegni di Pietro, nei film lo fanno sempre.»

«A Pietro non piace disegnare.»

«Falli tu allora, prendi il pennarello tra le dita dei piedi e poi fai una casetta, un bambino, robe così. Non vorrai mica dire a una psicologa che tuo figlio non vuole disegnare, vero?»

Così ci togliamo le calze, inforchiamo un paio di evidenziatori e fingiamo di essere Daniel Day Lewis ne *Il mio piede sinistro*. Dipingiamo con i nostri arti prensili soli gialli, tetti rossi, sgorbi di varia natura. Alla fine ci fanno male gli addominali per la trazione delle gambe e per il troppo ridere. Sara non è solo la mia migliore amica, Sara è la migliore e basta.

Anche noi abbiamo avuto i nostri alti e bassi, quando rimasi incinta di Pietro si sentì tradita, me lo disse senza mezzi termini. Temeva quel piccolo estraneo tra noi, un uomo poteva ancora accettarlo, ma un bambino era tutto un altro paio di maniche. Fu allora che stilammo il manifesto delle cose che mi impegnavo a non fare a lei e a tutte le amiche senza figli in genere. L'elenco è ancora attaccato al mio frigo:

1. Non chiederò mai a un'amica senza figli di partecipare a una festa di compleanno di bambini. A meno che alla suddetta festa siano serviti superalcolici e dalla torta puffolosa spunti fuori un altrettanto puffoloso surfista californiano.

2. Non farò una scenata alla mia amica senza figli se, costretta a partecipare a una festa di compleanno di bambini alcol-free, improvviserà il suo personale festino a base di Coca-Cola e aspirina e sigarette di cioccolato.

3. Non dirò mai a un'amica senza figli: "Tu non puoi capire, tu non hai figli". È una cazzata. È come dire che non puoi leggere Shakespeare se non sei un'adolescente veneta con manie di suicidio di coppia. O peggio, che non puoi capire *Moby Dick* se non sei una balena.

4. Se un'amica senza figli non può capire me "perché non ha figli", io posso capire lei. La prolattina non mi azzererà la memoria breve. Quindi prima di inscenare la "Madonna col bambino" con tanto di Spirito Santo che scende su di me, mi metterò nei panni non sporchi di pappette della FFF (femmina-figli-free).

5. Anche se a me sembrerà incredibilmente avvincente, dovrò farmene una ragione: il cambio del pannolino *non* è

un argomento che possa portar via più di due minuti due di conversazione con femmine-figli-free (FFF). Per quel tipo di discorsi ci sono i nonni: i nonni ascolteranno tutto con grande interesse, i nonni sono innamorati della cacca dei loro nipoti neonati.

6. Non farò mai a un'amica senza figli la fatidica domanda: "E tu? Quando ti decidi a farne uno?". Soprattutto se la suddetta amica è single.

7. Se mi impegno a seguire con attenzione tutti i precetti elencati scoprirò che un'amica senza figli può essere una grande alleata, una splendida zia putativa. Sarà colei che mi terrà ancorata alla vita vera, mi parlerà senza falsetti, filastrocche o rime e, a meno che non abbia esagerato con l'alcol la sera prima, non mi rigurgiterà addosso a tradimento. Mi ricorderà sempre chi sono. Devo solo fare in modo che non mi ricordi come una stronza.

Firmai con il sangue, croce sul cuore, sputo sulla mano e mantenni la parola.

3

Incontro Davide in piazza Vittorio. È la prima volta che ci vediamo da soli dopo *la cosa*. Di solito ci sono i bambini a tenerci buoni, a farci parlare con gentilezza senza guardarci mai in faccia, ma ora Pietro e Micol sono a scuola, è impossibile nascondersi, il sole è forte, è quasi primavera. Lo studio della psicologa dista qualche passo, guardiamo l'orologio, abbiamo cinquanta minuti per riassumere sette anni. Sette minuti ad anno, con uno d'avanzo per i convenevoli. Siamo stretti, ma si può fare.

Primo anno: io leggo Carver, lui legge Dan Brown, io penso sia un ragazzino scacciapensieri, lui pensa sia snob e faticosa, abbiamo ragione entrambi, non abbiamo niente in comune, ci innamoriamo. Ridiamo. Lui mi chiama zuccona.

Secondo anno: io trovo un lavoro precario in un posto dove ti chiamano junior account executive o copy concept strategic planner, e più è lunga la tua carica e meno ti pagano. Lui trova un lavoro in un altro posto dove ti chiamano brand manager director o marketing counsellor, ma la sua carica è più corta e il contratto più lungo. La mattina facciamo l'amore una volta e poi una seconda, ci portiamo la colazione a letto, nel mio letto, il suo è ancora quello singolo nella casa dei genitori. Lui mi chiama trésor, io lo chiamo monciccì. Ridiamo.

Terzo anno: il posto fisso sembra impensabile anche nel cuore di Davide, io voglio convivere, lui entra in crisi, io punto i piedi, lui ci ripensa. «Non posso stare senza di te» mi dice. Inizia la fase Ikea. Siamo felici. Facciamo l'amore ma non il bis e poi ci portiamo la colazione a letto. Lui mi chiama amour. Ridiamo.

Quarto anno: contratto a tempo indeterminato per me, contratto a tempo indeterminato per lui. Io voglio un figlio, lui entra in crisi, io punto i piedi. Lui dice basta. Poi ci ripensa: «Non posso stare senza di te». Lui scrive "Pietro" sul mio pancione. Ci commuoviamo. Siamo innamorati.

Quinto anno: Pietro è bellissimo, ci vantiamo di averlo fatto tutto da soli, non come la casa dove abitiamo, quella ce l'hanno fatta i suoi. Siamo innamorati di Pietro. Davide lo chiama zuccone. L'amore la mattina è un ricordo e non faremmo la colazione a letto nemmeno se dormissimo in cucina.

Sesto anno: una sera lui mi dice: «Potremmo provare a fare Micol», io gli rispondo: «Stasera possiamo pure guardarci "Masterchef", sono incinta». Ridiamo e guardiamo "Masterchef". Nasce Micol. Sono felice, lui la chiama trésor o amour. Io ritorno a essere Dora. Siamo innamorati di Pietro e Micol.

Settimo anno: lui è innamorato di Pietro e Micol, ormai solo di Pietro e Micol. Non lo dice ma glielo faccio dire. Non punto i piedi, stavolta, sono stanca. Dentro di me non mi stupisco che stia finendo, mi stupisco che sia durata così tanto: ma che siano sette anni o cinquanta minuti, oggi non fa differenza.

Ho un umore col sopracciglio alzato. Davide ha la sua solita espressione da cane bastonato, non so come ci riesca ma è bravissimo a passare per la vittima, quasi quanto sono brava io a passare per la stronza. E infatti la psicologa, incredibilmente somigliante a Renato Zero, si rivolge a lui, gli chiede come sta, dice: «Mi sembra molto nervoso, Davide».

E scandisce bene "Davide", esattamente come faccio io quando discutiamo e dopo ogni frase ripeto il suo nome, per richiamare l'attenzione, per farlo sentire un alunno distratto durante l'appello. Lui farfuglia qualcosa sulla ricerca della felicità, io taccio, mi sono ripromessa di non parlargli addosso. Renato Zero e Davide concordano sul punto "felicità", sembrano allineati anche sul tema "far parlare le emozioni".

Il mio sopracciglio ormai è lussato, vorrei dire: "Ma cazzo, ma dove hai preso la laurea, da Muccino? A forza di andare dove ci porta il cuore – perché la mente, come dice la parola, mente – siamo diventati una generazione di analfabeti sentimentali. Il cuore è un organo sopravvalutato, è un muscolo involontario e, invece, io alla volontà credo. Credo davvero che l'amore capiti, ma il disamore no, il disamore non è un incidente, è mancanza di volontà, è sciatteria". Non lo dico. Invece dico: «Ho portato dei disegni di Pietro, li vuole vedere?». Ma è finito il tempo, peccato però, ci avevo messo tutta me stessa a colorarli.

Dopo la psicologa saluto Davide senza commentare l'incontro, lui continua a guardare un punto alle mie spalle, vorrebbe essere là, lasciandomi dietro di sé. Mi dice di baciare "i piccoli", chiamerà più tardi, deve scappare a Milano. Ho un po' di tempo libero: il nido e la materna "i piccoli" li tengono fino alle quattro e la giornata di permesso dall'ufficio me la voglio godere per intero.

Torino è bella, luminosa e io mi sento leggera, senza passeggini da spingere, gradini da indicare, "Fermi!" da urlare a squarciagola, cammino senza gravità e zavorre, la Neil Armstrong delle mamme. Ogni tanto mi giro cercando un bambino a cui dare la mano. Si chiama sindrome da shock postmammatico, colpisce tutte indistintamente e consiste nel ripetere alcuni gesti tipici della maternità anche in assenza dell'infante.

Una donna al supermercato che spinge avanti e indietro un carrello della spesa, cullando un casco di banane e due pacchi di orecchiette? Sindrome da shock postmammatico. Una mamma che sposta tutti i bicchieri dal bordo del tavolo, anche se sta cenando sola col marito? Sindrome da shock postmammatico. Io, in diverse occasioni, ho rimboccato le coperte anche al gatto.

È che il mio corpo, i miei gesti sono programmati in una sequenza che non deve interrompersi, tutto si regge su un equilibrio sottile ma efficace di automatismi. Essere madre è anche questione di esercizio e io i miei li ripeto con attenzione, ogni giorno, una serie per volta. Al mattino: risveglio muscolare, doccia veloce a me, sveglia a Micol sorridente e sdentata e a Pietro che non mostra i denti prima delle dieci, con il suo umore pessimo fino a dopo colazione. Allodola lei, civetta lui. Seconda serie: corsa a scuola, vesti, svesti, togli le scarpe, infila le pantofoline, "Vai dalla maestra, la mamma torna presto". Terza serie: corsa in bicicletta fino all'ufficio e lunga pausa in cui il mio corpo non viene strizzato, pizzicato, accarezzato, frugato, lisciato, tirato, baciato. Quarta serie: sono le cinque e si ricomincia a correre, riempire vasche da bagno, riempire bocche e stomaci, riempire letti e culle con quei corpi caldi, infine riempirmi i polmoni del loro odore e andare a dormire.

Non temo la fatica, temo di perdere il ritmo molto più di quanto tema di perdere Davide. E soprattutto oggi che il sole splende, temo l'inaugurazione ufficiale della stagione dei giardinetti.

4

Datemi una domenica pomeriggio di pioggia e sarò una donna felice, ma buttatemi in pasto a un giardinetto a primavera e da me avrete il peggio. Detesto portare Pietro e Micol al parco, è complicato dal punto di vista logistico perché uno corre ovunque, sale scende cade litiga con gli altri bimbi, pesta una cacca, ha sete ha fame fa amicizia litiga di nuovo dà un calcio al pallone, mentre l'altra vuole fare lo stesso ma in braccio a me che salgo scendo inciampo pesto una cacca di cane do l'acqua do la merenda faccio amicizia do un calcio a un pallone, ma soprattutto osservo le altre mamme.

Le catalogo, le guardo con gli occhi dell'antropologo, mi riconosco e prendo le distanze allo stesso tempo. Dopo tre anni di assidua frequentazione credo di essere riuscita a tracciare una fenomenologia esaustiva.

La mamma Uno su mille ce la fa. Si siede sulla panchina e si disinteressa totalmente dei figli. Fuma, guarda il cellulare, si rifà il trucco, baccaglia i padri raminghi, legge la *Recherche*, si scaccola... qualsiasi cosa pur di dimenticare di aver procreato.

La Madre Teresa. Se i figli della mamma Uno su mille ce la fa tornano vivi dal parco è solo grazie a lei. La Madre Teresa, nella sua infinita misericordia, prende in consegna le altrui nidiate, le nutre, le sfama e si aggira per il parco saltellando come Maria di *Tutti insieme appassionatamente*.

La mamma Lupa. Anche detta l'allattatrice. Di solito corre dietro al figlio indemoniato di tre anni, mentre il secondogenito resiste attaccato al capezzolo con la sola forza della suzione.

La mamma Nostradamus. Lancia anatemi a raffica: "Non correre, vedrai che cadi!", "Non sudare, vedrai che ti ammali!", "Non bere troppo velocemente, ti viene una congestione!". La vera perversione la raggiunge quando urla: "Non correre, che sudi!", incredibile effettivamente che un bambino sia dotato di un sistema di traspirazione dei tessuti.

La madre Scatologica. La cacca del proprio figlio prima di tutto! Ne parla costantemente, elencando frequenza, consistenza e colore dell'evacuazione. Se il bambino è in fase svezzamento da pannolino, ripete in loop: "Devi fare la cacca? No? Sei sicuro? Sento un odorino...". Qualora la risposta sia sì, ogni luogo è buono per ospitare il frutto del real culetto, anche la borsa di Gucci della mamma Uno su mille ce la fa.

La madre Coraggio. Si aggira struccata, sfatta e in "ciavatte". Lo sguardo perso nel vuoto alla ricerca del figlio e della perduta voglia di vivere.

La mamma Ebe. Carismatica e rassicurante come la santona di Carpineta, dispensa consigli su salute, educazione e benessere degli altrui bambini. Dubito che la mamma Ebe ne abbia di suoi.

La mamma Quiz. O anche detta mamma a risposta multipla. È quella che, mentre il figlio gioca tranquillo con la palla, propone altre sei attività: gelato, giostra dei cavallini, altalena, scivolo, andare a casa, andare a comprare laqualunque. La mamma Quiz cresce figli schizoidi.

La madre Gazzella. Ogni mattina a Torino una mamma si sveglia e sa che dovrà correre... e corre corre, si affanna, sempre in ritardo sui tempi, sul pranzo e la cena, sul sonnellino, sul bagnetto, sulla materna, sulla piscina. Questa Bolt del parchetto cresce rigorosamente figli Forrest Gump.

La mamma Mister Wolf. Iperorganizzata, iperefficiente, ha una borsa concepita come una tabella di Excel. Dentro ci trovi di tutto, anche l'olio per ovviare al fastidioso cigolio dell'altalena.

Le mamme a Grappolo. Si sono conosciute al parco e si muovono in branco, parlando solo dei loro delfini. Spesso organizzano "bicchierate", "pizzate tra mamme", "apericena" rigorosamente senza i loro "cuccioli". Si presentano a grappoli, come le emorroidi.

Alla fenomenologia della mamma al parco si accompagna quella delle mamme della domenica, ovvero i papà, che frequentano i giardini soprattutto nei giorni festivi.

Il padre Ambra Angiolini. Eterodiretto, sempre dotato di auricolare e in costante contatto radio con la madre a casa, per l'aiutino. "La temperatura è scesa di due gradi... le metto il cappello?", "Emma vorrebbe un gelato, non sarà un azzardo?", "Emma chiede dell'acqua, quella della fontana è potabile?".

Il padre Negazionista. La cacca per lui non esiste. Il figlio ha un'arma di distruzione di massa nel pannolino, ma lui preferisce ignorarla, anche se gli appare il nano da giardino che si tappa il naso e dice "Puzza, puzza, che puzza".

Il padre Mourinho. Arriva al parco e divide i bimbi come Mosè le acque. Poi scatta la partita e lui ci crede tantissimo: espelle, motiva, insulta le mamme, sputa per terra e, se lo fai incazzare, va via portandosi dietro la palla.

Il padre Giapponese. La sua presenza al parco è così rara che ogni cosa va immortalata. Fa foto come se piovesse, d'altronde non si è mai visto un bimbo sull'altalena.

Il padre Meetic o altrimenti detto Marta Flavi. "Hai visto che bella bimba? Chiedile come si chiama", "Ma quello non è un tuo compagno di classe? No? Vabbè ma sembra simpatico, vai a giocare con lui...".

Il padre Palo. Si muove solo in compagnia della moglie. La mamma gioca con il figlio e lui rimane fermo, a distanza di sicurezza, sempre dieci passi indietro. Alcuni bimbi, ingannati dalla sua imperturbabilità, lo usano come pertica.

Il padre Ti prometto un milione di posti di lavoro. Per non far fare i capricci al figlio gli promette mari e monti: giochi, patatine, Coca-Cola, Gardaland, una notte con Violetta.

Il padre Tassonomico. Gli hanno detto che ai figli va spiegato tutto, usando una terminologia appropriata. "Vedi, lo scivolo funziona secondo la legge dei piani inclinati", "Non stare troppo vicino al fulcro dell'altalena".

L'iPadre. Sempre attaccato al suo iPhone, il figlio lui lo guarda solo attraverso gli occhi di Instagram.

Il padre Torna a casa, Lassie! Lascia il figlio scorrazzare allo stato brado, tanto conosce la strada di casa.

Nei momenti di noia estrema azzardo anche incroci tra le categorie, sogno mamme Quiz con padri Un milione di posti di lavoro, un Tassonomico insieme a una madre Mister Wolf, una Scatologica con un Negazionista. Davide è in tutto e per tutto un iPadre, io una Gazzella, pare che l'accoppiata in questo caso non abbia funzionato, le sue foto su Instagram venivano sempre mosse.

5

«Quindi ieri non le hai fatto vedere i disegni.»

«No, Sara... non c'è stato tempo.»

«Male, molto male. Io mi ero molto impegnata, avremmo fatto bella figura.»

«Sarà per la prossima volta. Il tuo bidello poeta?»

«Ma sai che me ne frega del mio bidello poeta se io posso avere questo scoreggione.» E mentre lo dice, afferra improvvisamente Pietro per le spalle e lo sbaciucchia tutto. Lui ridacchia e si pulisce, ma in realtà gli piace essere stropicciato da Sara. Anche Micol nel seggiolone reclama gorgheggiando la sua parte di baci e pernacchie, d'altronde se si parla di scoreggioni lei detiene un primato assoluto.

«In questa famiglia non si parla abbastanza.»

Sara fa una voce baritonale e si mette una ciocca di capelli biondi sul labbro superiore come fossero baffi. Le stanno bene anche i baffi, assomiglia alla migliore Jeanne Moreau, quella di *Jules e Jim*.

«È vero, Pietro. Sara ha ragione, mi vuoi raccontare cosa hai fatto oggi alla materna?»

Lui si stringe nelle spalle e si ficca in bocca una forchettata di pasta.

«No, è un segleto.»

«E allora, rospo, è anche meglio, dicci tutto.»

Sara insiste con la voce da uomo e i baffi.

«No, è un segleto.»

«Ma, amore mio, con 'sta storia del segreto non mi racconti mai niente, secondo me è solo una scusa per tagliare corto. Dài, cosa hai fatto alla materna?»

«Mamma... È un se-gle-to!»

«Allora facciamo così, ti racconto il mio di segreto, ti dico che oggi sono andata in ufficio, ho lavorato tanto, poi a pranzo è venuto a trovarmi il nonno. E poi sono tornata in bicicletta. E tu, cosa hai fatto oggi?»

«È un segletooo!»

«Ma figurati! Pensa che io sono riuscita a fare un po' di spesa, cercare su internet dei bei libri da comprare a te e a Micol, ho visto anche un airone sul Po. Ora tocca a te però, cosa hai fatto oggi?»

«È un segletooo!»

«Ma io e Sara li sappiamo tenere benissimo i segreti, fidati di noi. Io mi fido di te, infatti ti racconto che oggi mi sono anche arrabbiata con una signora per strada che mi stava per investire, ho detto una parolaccia.»

«Una palolaccia? E quale?»

«È un segretooo!»

«Dài mamma, dimmelo...»

«Ok, te lo dico se poi mi dici cosa hai fatto oggi.»

«Va bene.»

«Le ho detto "stronza".»

«Ahahahahh. Stlonza, stlonza, stlonza, stlonza!»

Anche Micol ride, ma più di tutti ride Sara. Una volta l'ho beccata che gli faceva dire: "Blutto pezzo di melda" nella segreteria di un suo ex.

«Non si dicono le parolacce, neanche la mamma le deve dire, ma era molto arrabbiata oggi. Ora tocca a te, dimmi il tuo segreto. Cosa hai fatto tutto il giorno oggi?»

«Ti ho aspettata.»

Lo spara così, facendomi sentire davvero una stlonza. Sara mi guarda sconsolata.

«Hai capito perché non riesco a trovare un uomo?» dice. «Se a un uomo chiedi cosa ha fatto tutto il giorno, quello risponde: "Niente". E il problema è che è vero.»

Davide quando gli chiedevo cosa avesse fatto durante la

giornata mi rispondeva: «Ti ho amata», ma questo preferisco non dirlo, non sarebbe di conforto per nessuno.

«Io non ci credo che il poeta ti dica: "Niente". Verseggerà di te tutto il giorno.»

«Voi andreste d'accordo. Te lo devo portare una sera.»

«Questo sa di minaccia.»

«Ma sì, sai cosa intendo, no? Tutt'e due fate domande sceme di continuo oppure vi fate cogliere da illuminazioni strampalate nei posti più strani. L'altro giorno, dopo aver fatto l'amore, mi ha detto che suca e scusa sono praticamente la stessa parola. E che spesso si dice "scusa", ma si pensa "suca".»

«In effetti... chiedigli se si è mai accorto che *dream* è l'anagramma di "merda" e di "madre".»

«Vedi! Sareste amiconi. Un'altra volta, stavamo facendo la spesa, e lui mi ha fatto notare che nessuno guarda mai il soffitto dei supermercati.»

«C'ha ragione. Non ho la più vaga idea di come sia fatto il soffitto di un supermercato.»

«È perché fai la spesa, Dora, come tutti gli esseri umani adulti, guardi gli scaffali. Lui no, il poeta guarda il soffitto. Perché tanto compra sempre le stesse cose, possibilmente surgelati bisunti. Il suo piatto forte è il riso bianco, lo chiama "riso isola dei famosi", e poi ci sono i celebri Sofficini fritti nel gorgonzola.»

«Questo è troppo anche per me.»

«Dice che siamo fatti della stessa sostanza dei grassi idrogenati. Lui lo è di certo.»

«Vuoi dire che non è un belloccio con la barba e molti tatuaggi?»

«Ha la barba. Gli occhiali e molti peli. Si può dire che l'ottanta percento del suo corpo è nascosto da peli e occhiali, quindi non so se è belloccio. Ah, è basso. Parecchio basso, e io ho troppe belle scarpe col tacco per frequentarlo.»

«Se non ti conoscessi bene penserei che ti stai innamorando.»

«L'amore non esiste, è una trovata marketing dei Baci Perugina, come Babbo Natale per la Coca-Cola.»

Io e Sara siamo cresciute insieme, dalle superiori non ci siamo lasciate più, diverse ma vicine, in fondo non si fanno puzzle con i pezzi tutti uguali. Tra le due io sono la buffa, l'amica della sposa, la spalla. Il tipo che osserva la propria immagine nelle vetrine, si ferma vicino a una macchina parcheggiata, si china sullo specchietto retrovisore e controlla di non avere il rossetto sui denti. E solo a quel punto, mentre si spazzola le gengive con il dito indice, sente una voce provenire dall'abitacolo che dice: "Signori', vuole pure il dentifricio?".

Ecco, quel tipo di donna buffa. Che se si trova a passare nuda vicina al proprio uomo, si esibisce nella camminata laterale da granchio, braccia lungo i fianchi, mani a coprire le cosce, in modo che lui non veda la cellulite. Che ha sempre detto: "Non capisco le amiche che vanno due a due in bagno", fino a quando ha sventolato le chiappe e tutto il sancta sanctorum in faccia a una fila di persone che ignora il senso della parola "occupato". Una donna che si è rotta di cantare "siamo così dolcemente complicate", e "nelle sere tempestose" più che un uomo che le porti le rose preferirebbe uno con un ombrello e una tisana calda. Una che ha fatto di *Dirty Dancing* una religione fino ai quindici anni e che, anche oggi, riuscirebbe a riballare l'intera coreografia della scena finale, immedesimandosi nella nasona che se la canta, se la suona, se la danza, si intrufola nella camera del bel Johnny Castle, fa la vergine cuccia, si fa mostrare il mambo tu tum, tu tum, presta soldi, va contro il padre, smaschera la rapina di due vecchi ladri di portafogli. Il tutto mentre lui non fa niente, piagnucola che è un poveraccio e con tutta probabilità, dopo aver tolto baby da un angolo, si unisce ai Los Locos per un futuro di macarene.

Sara a *Dirty Dancing* ha sempre preferito *Pulp Fiction* e il ballo di Uma e Travolta. Sa a memoria la battuta: "È solo allora che sai di aver trovato qualcuno davvero speciale, quando puoi chiudere quella cazzo di bocca per un momento e condividere il silenzio in santa pace". Le piace ripeterla ai tizi con cui esce con l'espressione di chi preferirebbe essere dal dentista a farsi una bella detartrasi.

Io che sono la teorizzatrice del "Cos'hai? ti vedo strano", del "Dimmi qualcosa di bello", la sfotto. La storia dello stare in silenzio alla fine è un bel modo per non affrontare la dura realtà: con la maggior parte degli uomini che sceglie è bello stare in silenzio, perché comunque non ci sarebbe un granché da dire.

L'ho accompagnata spesso, in passato, nei locali dove c'era il ragazzo di turno: si ignoravano tutta la sera, facevano i vaghi, lei a volte si lasciava anche corteggiare da qualche passante con mojito. Poi, a tarda notte, si ritrovavano per andare insieme a fare l'amore. In quel gioco a nascondino io non mi raccapezzavo.

Non che Sara non sia capace di amare, sia chiaro, solo che si innamora davvero sempre dello stesso pericolosissimo uomo, il Dottor Stranumore. E come darle torto? Tutte ne abbiamo avuto almeno uno, lei ne ha avuto un piccolo plotone.

Il Dottor Stranumore lo riconosci dallo sguardo che non è uno sguardo, è un boomerang, è un'infallibile canna che ti pesca e ti condanna, è un bastone lanciato dal padrone, è il bastone e la carota. Il Dottor Stranumore è spesso il primo amore che sognavi di baciare facendo le prove sul dorso della mano, quello che ti fa tornare a casa a notte fonda con il reggiseno nella borsa e il cambio della Punto impresso per sempre tra una scapola e l'altra. Puoi incontrarlo anche a quarant'anni e anche a quarant'anni sarai la ragazzina che fa le prove di bacio sul dorso della mano.

Il Dottor Stranumore ti vuole a giorni alterni, soprattutto nel giorno in cui tu stai uscendo con un altro. Non ti ama, ma ti adora. Tre ore con lui e le tue paranoie vivono di rendita per qualche settimana.

Il Dottor Stranumore una volta ti ha detto: "Prima o poi io di te mi innamoro", e da allora tieni lezioni universitarie a tema "la curvatura dello spaziotempo nella teoria della Relatività sentimentale".

Quando ti stringe tra le braccia hai tutto, compresa la certezza di non essere abbastanza.

Il Dottor Stranumore è molto bravo con le parole, le fa

dire tutte a te, a te che cerchi di legarlo con le corde vocali, tu che a quel punto con la battuta di *Pulp Fiction* puoi anche farci una pallottola di carta e mangiartela.

Ti ha insegnato diverse cose, la più importante è che la speranza non è l'ultima a morire, la speranza ha sette vite come i gatti, è uno zombie di merda che risorge anche se riesci a spararagli in testa.

Da quando lo conosci sbagli con determinazione, sbagli sapendo di sbagliare, sei la Signorina in forma sbagliante.

E nessuno riesce a consolarti, nemmeno il povero Dottor Bravuomo che fa pratica di baci sul dorso della mano. Quel Dottor Bravuomo che ti ama tanto e che tu adori.

Ecco io, a un certo punto della vita, mi sono convertita al Dottor Bravuomo, sono i migliori con cui fare figli. Sara no, ma d'altra parte Sara non vuole fare figli, Sara vuole fare serata.

«In un mondo perfetto noi due saremmo una coppia di lesbiche con prole» dico a Sara sorridendo.

«In un mondo perfetto se io fossi lesbica non mi innamorerei mai di te. Di una più disordinata di un uomo e per giunta senza tette. Tu sei un disastro anche come lesbica, pure in un mondo perfetto.»

«Ti amo, moglie.»

«Anch'io, ma non te la do.»

«Me ne farò una ragione. Intanto tu sparecchia che io metto i bimbi a letto.»

E mentre Pietro si lava i denti e Micol armeggia con l'acqua del bidè penso che, nonostante tutto, oggi è un giorno sì. Nei giorni sì hai un'amica che ti fa ridere e un bambino che ti fa sentire stlonza. Nei giorni sì ogni gesto dei tuoi figli avvalla la fondatezza della teoria evoluzionista, Darwin non era un coglione.

C'è voluto un sacco di gente per metterli al mondo: ci sei voluta tu, un padre, due nonne, due nonni, quattro bisnonne, quattro bisnonni. Insomma un esercito di geni, una battaglia tra cromosomi vincenti e cromosomi perdenti, tra caratteri dominanti e caratteri recessivi. Nei giorni sì guardo Pietro e Micol e mi sembra che i buoni abbiano vinto.

6

Per ogni giorno sì, il mio karma chiede un tributo di almeno tre giorni no. Quelli li riconosco dalla puzza, non ci si può sbagliare.

Oggi dovevo correre in ufficio presto, per una presentazione, mi sono anche conciata decentemente, sembravo quasi una donna e non il solito ragazzino di dodici anni.

Micol, colta da un'improvvisa tosse da fumatore di Nazionali senza filtro, è rimasta a casa con mia madre, così io ho fatto il mio ingresso trionfale alla materna con Pietro girocollo, stile koala.

Nel momento in cui è sceso mi sono accorta dell'irreparabile: il piccoletto ha pestato una merda di rinoceronte poco prima di farsi prendere in braccio, spalmando la suddetta merda gigante su gonna, cappotto e sciarpa.

Ho avuto ancora il coraggio di fare un tentativo e pulire lo scempio nei lavandini ini ini dei bagnettini ini ini della materna, imbrattando un asciugamanino ino ino di un povero bambino ino ino. Poi sono fuggita meritandomi sul campo l'appellativo di mamma stercorario.

Che poi "stercorario" è una parola perfetta, è la crasi di "sterco" + "orario" e infatti la merda, puntuale, è arrivata. E a me non resta che spingere la mia palletta di cacca, una palletta di pensieri e rimpianti, una palletta di giorni no, di piccole cose insidiose. Spingo e intanto cerco di mimetizzarmi, senza farmi notare troppo, per paura che le maestre, i genitori, i colleghi, Davide, Renato Zero scoprano il mio segreto: non ho la minima idea di cosa fare, a parte spingere. Ma questo non lo deve sapere nessuno, soprattutto non lo devono sapere Pietro e Micol.

Non devono sapere che quando li minaccio col "conto fino a tre e vengo lì" confido nei numeri periodici, perché non ho nessun piano da mettere in atto dopo il tre. Sorvolerei anche sulla questione delle gocce di fluoro. Non gliele ho mai date, le compro, ma poi finisce che mi dimentico e mi sento in colpa e metto le sveglie sul cellulare per ricordarmi di farlo da domani e poi domani gli do le gocce ma non gli faccio lavare i denti e, alla fine, aspetto che su Facebook qualcuno che fa controinformazione mi dica che le gocce di fluoro fanno crescere i denti sani, ma sotto le piante dei piedi.

Non so cosa sto facendo nemmeno con la loro educazione spirituale, ho barrato il sì nella casella "ora di religione" a inizio anno, ma era pigrizia, la pigrizia salverà l'anima dei miei bambini dalla dannazione eterna. La mia no, la mia è perduta per sempre. Certo, quando Micol balla *Maracaibo* il mio ateismo vacilla, ma resta che da piccola, a sei o sette anni, i miei mi portavano alla messa e per tutto il tempo la mia mente ripeteva delle bestemmie impronunciabili, era più forte di me, sapevo che era sbagliato e mi sentivo in colpa, ma quelle affioravano direttamente dall'inferno ed era impossibile ricacciarcele. Di notte temevo che mi apparisse la Madonna per punirmi. La storia delle bestemmie in chiesa è un'altra cosa che i miei figli non dovrebbero sapere.

Se l'educazione spirituale procede a tentoni, l'educazione sentimentale brancola nel buio più totale, ma quando si parla di sentimenti, è buio per tutti. Ché i sentimenti "si provano" e molto spesso, purtroppo, non "si riescono". Detto questo, non c'è dubbio alcuno, che loro mi siano usciti da Dio. E questa, forse, è l'unica cosa che dovrebbero sapere davvero.

Spingendo avanti questi pensieri va la mamma stercorario. È piuttosto sola, non fa più parte di una coppia e quindi ha smesso di frequentare gli amici con figli, è troppo doloroso, complicato, imbarazzante. Non vede spesso nemmeno le amiche single, hanno abitudini e ritmi inconciliabili con i suoi, si incontrano giusto per un aperitivo strappato alla domenica sera o nelle pause pranzo, senza bambini per non imporre quelle chiacchiere a scatti, interrotte mille volte da un "mamma senti...". Le mamme separate che conosce, invece, sono tutte più grandi, mosse da nuovi ormoni, non più quelli dell'allattamento.

Ha due genitori che hanno vissuto insieme per venticinque anni, prima di lasciarsi. Venticinque anni sono un sacco di tempo, si finisce per assomigliarsi fisicamente come certi cani con il proprio padrone.

Ha anche un bisogno impellente di una buona tata, di una buona tinta e di una buona dormita.

Le resta Sara, l'amica che le porta a casa un pezzo di mondo, le fa conoscere assurdi ragazzoni, glieli presenta, si prende gioco di loro, li mette alla prova, guarda come reagiscono a Pietro e Micol. Le resta il lavoro e una presentazione che, dopo il battesimo della merda, andrà sicuramente bene.

7

La parte peggiore della "cosa" è renderla nota. Come esistono le partecipazioni per annunciare al mondo un matrimonio, bisognerebbe inventare le partecipazioni della separazione.

"Dora e Davide sono spiacenti di comunicare che il loro amore è finito. Rompete le righe, andate in pace."

E invece no, bisogna parlarne, spiegare, affrontare silenzi indagatori, sorrisi di comprensione, a volte può essere confortante, altre volte spiazza e basta. Ho trovato una formula molto semplice, diretta, per dare l'annuncio, che è: "Davide mi ha lasciata".

È la verità, ma è una verità che suona falsa e ipocrita, è una formula che mi salva e che mi butta la croce insieme, è una formula da Ponzio Pilato, il discutibilissimo Ponzio Pilato. E infatti le reazioni sono quasi sempre discutibili.

«Davide mi ha lasciata.»

«E tu non hai fatto niente?»

«Be' sì, l'ho trascinato in uno chalet di montagna, rompendogli le gambe, costringendolo a letto per mesi a scrivere un finale migliore per la nostra storia.»

Purtroppo la parte di *Misery non deve morire* non riesco mai a dirla.

«Davide mi ha lasciata.»

«Magari è solo un momento.»

Eccolo lì, lo sguardo che ha segnato una generazione, lo riconoscerei tra mille. Sono gli occhi di chi aspetta da vent'anni che Dylan e Brenda tornino insieme. Adoravo *Beverly Hills 90210*, un telefilm da dieci stagioni, Brenda e Dylan stanno insieme solo nella prima, addirittura l'attrice che interpretava Brenda a un certo punto esce dal cast, eppure ho visto tutte le altre nove serie nella speranza che i due si rifidanzassero.

So per certo di non essere stata la sola. È dura da mandare giù ma è così: Dylan non abita più qui.

«Davide mi ha lasciata.»

«Ma avete appena comprato casa...»

Incredibile come un mutuo a tasso variabile possa diventare un'idea fissa nella mente di amici e conoscenti. Effettivamente la casa in questione è un bell'appartamento, con due bagni e una lavastoviglie, è della banca, ma la banca (ci) mi permette di viverci al di sopra delle (nostre) mie possibilità, lavandomi i denti da una parte e facendo la pipì dall'altra (la minzione itinerante dà una grande illusione di benessere).

Per comprarla quattro anni fa abbiamo dovuto battagliare con altri acquirenti, il prezzo era basso, lo stato interno ottimo. Noi avevamo l'arma segreta che ha intenerito i vecchi proprietari: una pancia.

Al momento dell'atto di vendita Pietro guardava ancora il mondo da un oblò e faceva il dito medio a un'altra coppia senza figli. Gli ex proprietari mi colpirono molto, lei soprattutto, mi aveva presa da parte tutta intenerita: «Sembrate noi, dieci anni fa» mi aveva confidato, «così felici, così pieni di entusiasmo, mi sento tranquilla a passare il testimone a voi».

Ora che ho perso il testimone per strada, ripenso a quelle parole e colgo una nota nostalgica, quasi triste, che prima non avevo percepito. La coppia-specchio, i noi del futuro, si era amata sicuramente all'inizio, di quell'amore che ti convince a prima vista e ti intenerisce a un esame più approfondito.

C'era stato il tempo delle domeniche arruffate in cui facevano i sofàlopitechi pigri e felici, il sole li alzava dal letto solo per restituirli al divano, tra baci e briciole.

Poi l'amore si era fatto adulto, non ardeva più ma scaldava ancora, una borsa dell'acqua calda da tenere nel lettone condiviso con il loro bambino.

Come succede quasi sempre tra adulti, avevano cominciato a sbagliare da professionisti, magari lui aveva preso a flirtare con una vecchia amica del liceo ritrovata su Facebook, l'aveva inserita nella rubrica telefonica con un nome da maschio, tipo Danielo o Jessico. Non era esattamente un James Bond del flirt extraconiugale, c'era andato a letto e si era fatto scoprire. Allora era iniziato il difficile.

La parola "crisi" era stata pronunciata e, siccome la parola crea, crisi fu. Ci furono liti e poi silenzi, scelte da prendere, il coraggio di restare, il coraggio di andare. Erano restati, un po' più tristi, ma comunque insieme.

Credo di averli incontrati proprio a quel punto, al cambio di casa per cambiare vita, due persone divise da interrogativi taciuti, stordite per aver sfiorato lo strapiombo, caparbiamente parte di un "noi", in quel fragile guscio che è la famiglia.

Oggi, non so chi stia meglio, se lei con il suo amore-borsa dell'acqua calda o io con la mia casa con due bagni e un solo genitore, ma con Micol e con Pietro che mi scalda con il suo thermos.

«Davide mi ha lasciata.»

«Io sono tua amica e non te lo potevo dire, ma gli unici pregi di Davide per me erano l'altezza e la giovinezza. E ora sta pure invecchiando. Pensa che io quando devo dare dello scemo a mio marito gli dico: "Sei proprio un Davide".»

Direi che questa si commenta da sola. La collega dell'ufficio Davide l'avrà visto sì e no tre volte, sufficienti a quanto pare.

«Davide mi ha lasciata.»

«Gli uomini ragionano con l'uccello.»

Credo non esista offesa più grande. Principalmente perché dà per scontato che un uccello non sceglierebbe me. A me chi mi sceglie? L'intestino tenue?

Lo immagino quest'uomo con il suo pisello in mano come un rabdomante che mi passa vicino e mi ignora. Davide non ragiona con l'uccello, Davide non mi ha lasciata per un'altra donna, in qualche modo mi ha tolto anche quel conforto, mi ha lasciata per un'altra vita, che è peggio.

Contro un'altra donna si combatte, noi invece siamo rimasti paralizzati in un infinito stallo alla messicana, senza forze per impugnare la pistola fino a quando il cowboy più annoiato ha alzato le mani come a dire: "Si è scherzato", ha fatto dietro front e se n'è andato a Milano. Perché è là che il mio ex rabdomante vive e lavora adesso, lontano ma non troppo, vicino ma non troppo.

«Davide mi ha lasciata.»

(sospiro...)

Inutile girarci intorno, da una parte dichiaro un fallimento, dall'altra insinuo un dubbio, e se molti tirano un sospiro di sollievo e si rallegrano ("Non è successo a noi"), altri sospirano e basta ("Non è successo a noi... ancora").

«Davide mi ha lasciata.»

«MerdaSchifosaOraVadoEGliTaglioLePalleEGlieleFaccioMangiare.»

La logica dei manichei delle emozioni rassicura sempre: lasciati = buoni, lascianti = cattivi. Il problema è che genera il paradosso. Ovvero io che mi dipingo come un mostro detestabile, spiegando tutti i motivi per cui vivere con me è un inferno.

Per esempio sono la regina del procrastinare per quanto riguarda burocrazia e spese per la casa. Fosse per me Pietro e Micol non avrebbero ancora un nome registrato, andrebbero in giro come "il nano tutt'occhi" e "la pelata con la faccia di mamma".

Quando finisce la carta igienica prima di comprare un altro pacco costringo la mia famiglia a pulirsi il sedere con salviette struccanti, fazzoletti di carta, pezzi di Rotoloni Regina dividendo i due fogli altrimenti è difficile mandarli giù dallo scarico, tovaglioli a tema natalizio dell'anno prima, tovaglioli a tema Spiderman del secondo compleanno di Pietro. In ultimo, quando l'alternativa resta la carta di giornale o le foglie del fico in balcone, rubo un rotolo in ufficio.

Un'altra cosa che facevo con Davide era impartire ordini indiretti parlando con i figli: «Micol, amore, hai fatto la cacca? Ora papà ti prende e ti cambia il pannolino». E il papà era sempre appena arrivato dal lavoro, appena tornato da un viaggio, appena dentro e già con la voglia di scappare fuori.

Davide detestava anche il mio modo di mangiare da quando ero diventata mamma: in piedi, una forchettata agli avanzi di uno, una mestolata dalla pentola, una cucchiaiata dal piattino dell'altra, imboccando, servendo, pulendo. Un movimento continuo che lui subiva, seduto al suo posto come un re sul trono, impassibile di fronte alle richieste dei figli, ai piccoli capricci, alle pappe volanti.

Ma ciò che lo mandava in bestia più di ogni altra cosa era il lavaggio dei piedi nel lavandino, uno alla volta come una contorsionista. Una sera mi fece una scenata incredibile, urlando come un pazzo su quanto fosse una cosa sconveniente e davvero schifosa, manco avessi pisciato sui piatti della cucina, e io stralunata in posizione fenicottero, profondamente stupita perché non mi era mai venuto in mente prima che i piedi si potessero lavare nella vasca da bagno o nel bidè.

Ai manichei dell'amore piace pensare che la fine di una storia metta in ballo i massimi sistemi, che esista qualcuno da incolpare, un demoniaco traditore, una madre indifesa, che i rapporti si chiudano per insanabili fratture, ferite inferte e subite.

Nel profondo desidererei che fosse così, ma nel doppiofondo del mio profondo mi appare chiaro che perdiamo tempo a cercare risposte esistenziali, ci spremiamo il cervello in mille "perché", quando basterebbe spremere il dentifricio dalla parte giusta del tubetto.

«Davide mi ha lasciata.»

«... E i bambini?»

È una stilettata al cuore, la più infame delle domande. E i bambini? I bambini stanno a guardare, occhi di seta lui, occhi di sete lei, Pietro e i suoi occhi che chiedono, Micol e i suoi occhi che sanno.

Come non essere preoccupata sapendo che la "e" tra mamma e papà per loro sarà una congiunzione solo tra due parole. Come non essere triste sapendo che il lettone dove si rifugiano dagli incubi, a volte ospiti i miei.

«Davide mi ha lasciata.»

«Adesso possiamo scopare?»

A volte avere un ex amante riporta tutto nella giusta prospettiva.

8

«No, non possiamo scopare, Efrem.»

«Sei sicura? Secondo me sono gli ormoni dell'allattamento a parlare.»

«Possibile, ma credimi, appena gli ormoni torneranno a posto sarai il primo a saperlo.»

«Davide è un coglione, ma questo lo sai già.»

«Le cose sono un po' più complicate di così.»

«No, sei tu che te le complichi, baby.»

Pochi uomini possono permettersi di chiamare una donna "baby". Uno è Patrick Swayze nella scena finale di *Dirty Dancing*, un altro è il più buzzurro tra i tronisti di "Uomini e Donne", il terzo è Efrem. D'altronde pochi uomini possono permettersi un nome come Efrem, e su di lui ha sempre fatto la sua porca figura.

Ci siamo conosciuti ai tempi dell'università, lavoravamo in un locale del centro, due sere la settimana giusto per avere qualche soldo in più, lui portava quella maglietta nera, le maniche arrotolate e dentro il pacchetto di sigarette.

Pochi uomini possono permettersi un pacchetto di sigarette arrotolato nella manica senza sembrare Fonzie... ma cosa lo dico a fare, Efrem poteva anche questo. E soprattutto poteva tutto con me.

Facevamo l'amore nei bagni del locale, nelle pause veloci, ci lasciavamo messaggi sui taccuini per le ordinazioni, lui disegnava bene e mi dipingeva sempre nuda, sconcia, ma buffa.

Poi durante la settimana, fuori dal weekend di lavoro e sesso sconcio ma buffo, di sigarette fumate nel retro, di baci che ci annodavano e mi scioglievano, spariva. Doveva studiare per l'esame di Stato, diventare un avvocato penalista, così diceva.

Non ci avevo messo molto a capire che era una relazione part time la nostra, l'altra parte del time se la beccava una biondina sexy e allegra, con cui era fidanzato da un sacco di anni.

Avevo tentato una scenata di gelosia, provato a lasciarlo, a sottrarmi alla sua faccia, ma poi era bastato che mi mettesse al muro una sera: «Vieni qui, baby», con la mano stretta dietro ai capelli. Ed ero di nuovo sua, certo che ero sua.

Non importa quanto tu sia intelligente, critica, navigata, non importa quanti libri tu abbia letto, quanti film tu abbia visto, quante primavere tu abbia vissuto, se un uomo ti prende in quel modo, una cosa è certa: tu ti lasci prendere. Abbiamo giocato a nascondino ancora un mese, io scappavo per finta, lui mi rincorreva e ci ritrovavamo sempre a letto, il mio futon dell'Ikea. Lo avevamo montato insieme. Quattrocento travi e travette grandi come stuzzicadenti, doghe di grissini rubatà superfriabili che riuscimmo a rompere dopo un solo collaudo. Non tutti si possono permettere di dire: "Ora ti smonto" prima di fare l'amore e mantenere la promessa, Efrem sì.

Poi c'era stata la notte strana. Eravamo nel solito letto a lasagna dove fogli dell'università si stratificavano su carte di preservativi, su involucri di incensi, su cartoni di pizza, su veli di cartine, su pagine di diario. Io completamente nuda, ma lui più nudo di me, aveva cominciato a parlarmi di suo padre, di quanto gli mancasse, se lo ricordava poco, era morto male in un incidente d'auto. Aveva pianto un po' e il mio cuore era franato, tanto che gli dissi: «Ti amo», lui annuì, tirò su col naso.

«Ok, però ora ti scopo, non vorrai mica che mi infrocisca.»

E scopammo per l'ultima volta.

Per anni ho pensato che l'errore fosse stato avergli detto "ti amo". In criminologia si dice che se un delitto non viene risolto entro i primi due giorni difficilmente l'indagine avrà esito positivo, per il "ti amo" è lo stesso, o la risposta arriva diretta entro quarantotto ore o il caso è chiuso.

Il nostro caso si chiuse lì. Lui due mesi dopo conviveva con la biondina sexy, io ci misi più tempo a trovare la mia strada, com'è o come non è io ci metto sempre di più. Ma non ero arrabbiata con lui, anche il silenzio se lo poteva permettere, era nell'ordine delle cose.

Tre anni dopo Efrem mi manda un messaggio:

"Mi sono svegliato con la voglia di baciarti."

"A volte accade quando ci si sveglia da un coma di tre anni."

Io avevo già incontrato Davide, ed ero in una fase bella, dell'amore concreto e reale, quando ti svegli con la voglia del primo bacio, ma hai il buon senso di lavarti i denti prima. Efrem era solo, invece, lavorava in uno studio di avvocati abbastanza famoso a Torino, aveva abbandonato la maglietta per una giacca e una cravatta, era sempre bello, ma il suo fascino non mi colpiva e soprattutto non mi affondava più.

Salta fuori che io rimanevo nei suoi pensieri, che la sera del "ti amo", il "ti amo" non lo aveva nemmeno sentito, il suo pianto improvviso l'aveva scosso, aveva avuto paura. A questo non ho mai creduto fino in fondo, secondo me la biondina sexy c'era da più tempo, era più gestibile, doveva darle un'occasione, io nonostante tutto ero una gran rompicoglioni. Però gli ero rimasta di traverso, il famoso ovo sodo che non va né su né giù e, una volta archiviata la biondina, si era sentito malinconico, aveva preso la sua agenda in mano in cerca di un vecchio batticuore. E aveva scritto il messaggio.

In questi anni, di tanto in tanto, Efrem apre l'agendina e si fa vivo, gioca con me all'amante rifiutato, qualche volta ci vediamo per un caffè o una cena, mi chiama ancora "baby", dice che la maternità mi ha resa più bella. Non parliamo mai dei miei figli, non parliamo mai di Davide, ci raccontiamo film, libri, stralci di passato molto remoto, qualche segreto intimo e poi lui mi saluta, sempre nello stesso modo: «Avremmo dovuto essere noi due, baby».

9

Micol ha mosso i primi passi. È partita come un velociraptor felice di sentire tutta la pianta del piede sul pavimento. Non ha un briciolo di delicatezza, va spudorata e io mi auguro che continui così, che non proceda nella vita in punta di piedi, che in punta di piedi ci stia solo per guardare oltre l'ostacolo.

È la cosa migliore che abbia fatto, dopo Pietro, ma solo per ordine di tempo. Sono un duo comico a mia totale disposizione, come avere Benny Hill e il suo vecchietto sdentato in salotto. Lei trotta da una stanza all'altra con il tasto "avanti veloce", lui la insegue per scuzzettarla sulla testa pelata come fosse un tamburo. Lei si alza la maglia e mostra la pancia, lui la spernacchia urlando: «Mottlo pancione, mottlo pancione». Poi lei prende un piede a lui, se lo porta all'orecchio e strilla dentro la cornetta: «Tontooo!». Che vuol dire "pronto", ma "tonto" detto a suo fratello con le gambe per aria ci sta tutto. Pietro alza la coda al gatto, Micol cerca di usare il suo povero orifizio come presa per il caricabatterie. Poi si baciano fortissimo, si graffiano di baci, si spintonano di baci. Un pogo di baci, un'orgia di schiocchi. Io in realtà potrei anche non esserci, veglio su di loro per vedere che non schiaccino i rispettivi tasti di autodistruzione, e mi godo lo spettacolo finché dura.

Presto, prima di quanto possa immaginare, lei diventerà una ragazzina lagnosa e lui un ragazzino fessacchiotto, e smetteranno di giocare insieme. Lei probabilmente sarà una campionessa del celo-manca, ignorando le cose belle che avrà ed elencando solo quelle mancanti (capelli lisci e biondi, grandi tettone, naso alla francese, per dirne tre). Lui altrettanto probabilmente si dedicherà al gioco del celo-lungo, misurando e rimisurandosi con i suoi amici brufolosi. Ma ora sono qui, con me: i miei due figli, unici.

Pietro la guarda e mi guarda, io dico: «Vi voglio bene», lui risponde meccanico: «Ti voglio bene», ma è finto e siccome Renato Zero mi ha detto di tentare di far parlare Pietro il più possibile per capire cosa sta passando, cosa capisce di questo momento gli propongo un gioco.

«Senti un po', Pietro, ora io ti dico un'emozione, una cosa che provi e tu mi dici dove la senti.»

«...»

«Inizio io.»

«Va bene, mamma.»

«Io, per esempio, quando sono allegra lo sento nella punta delle dita.»

«Nelle dita?»

«Sì. Tu dove senti quando sei arrabbiato?»

«Qui.»

E mi fa vedere la gola. E ha senso, la rabbia ti strozza, ti soffoca, ti impedisce di parlare.

«Dove senti quando ti manco?»

E lui mi fa vedere le braccia. E ha senso, la mancanza è un abbraccio vuoto.

«Dove senti il nervoso?»

«Qui.»

E lui mi fa vedere i piedi. E ha senso, quando un bambino è nervoso, fa i capricci e batte i piedi.

«Dove senti la paura?»

E lui mi fa vedere i capelli. E ha senso, la paura fa venire i capelli dritti.

«Dove senti l'amore?»

Mi aspetto che mi mostri il cuore e, invece, si tocca le gambe. E ha senso, perché l'amore piega le ginocchia.

«Dove senti la felicità?»

Lui ci pensa un po' e poi mi fa vedere la pancia. E poi aggiunge:

«Pelché Micol plima stava nella pancia.»

Ha senso e dà senso a tutto.

«Ti voglio bene, Pietro.»

«Anch'io, mamma.»

«Ora sai cosa vuol dire?»

«No.»

Quando Pietro dice cose così ho l'immediata tentazione di chiamare Davide e raccontarglielo. È una specie di riflesso incondizionato, passerà. Ma stavolta lo chiamo davvero per dirgli la novità di Micol camminatrice, ci parliamo al telefono una volta al giorno per un veloce ragguaglio sui bambini, i fine settimana torna a Torino e sta con loro un intero pomeriggio, giochiamo tutti insieme, qualche volta prende solo Pietro e lo porta al parco o a pranzo dai suoi genitori che nel weekend stanno in campagna.

«Micol ha camminato.»

Mi è uscito con un tono così triste che pare stia per aggiungere: "... ed è scappata di casa".

«Oh piccola, l'avevo vista domenica che stava per staccarsi dalla mano.»

«Sì.»

«Se per te va bene questo weekend resto qui, mi prendo un giorno lunedì, così vengo a Torino, andiamo dalla psicologa e poi tengo i bambini tutto il pomeriggio.»

«Ok. Dobbiamo anche parlare della babysitter, hai ragione tu, bisogna cercare qualcuno che mi aiuti.»

«Che *ci* aiuti.»

«Per aiutare me ci vuole la babysitter, per aiutare te ci vuole uno bravo...»

«Non ti piace, vero?»

«Cosa?»

«Andare dalla psicologa.»

«Mi pare che il termine "piacere" sia fuori luogo, ma se va bene a te, va bene anche a me. È per i bambini.»

Da quando è avvenuta "la cosa" sembriamo due dame del Settecento, tutti accondiscendenza e gentilezza: "Prego passi lei, no, no, passi pure lei", e non andiamo da nessuna parte.

«Mi piacerebbe portare i bambini a Milano un weekend, per fargli vedere la casa nuova, per spiegargli meglio.»

«...»

«Dora?»

«Sì, sì, ok, parleremo anche di quello. Ora devo andare, Micol sta piangendo.»

«Va bene, ciao.»

«Ciao.»

È una fortuna che il telefono non abbia più un filo, perché altrimenti mi ci impiccherei. Un weekend a Milano non va bene un cazzo, Renato Zero che mi dice come evitare di trasformare Pietro in un serial killer non va bene un cazzo. Tutta questa misura non va bene, questa separazione abulica non me la merito. Abbiamo fatto due bambini pieni di vita, la vita l'abbiamo davvero messa tutta lì?

È questo che significa essere adulti? Sono io questa donna di buon senso, che annuisce e non alza la voce? A forza di dire cose con un tono credibile c'ho creduto anch'io?

Ci siamo tirati fuori da quest'auto in corsa un attimo prima dello schianto, al momento del salto pensavo fosse un bene, poi ho cominciato a credere che i fuochi, le scintille, il fumo e la lamiera accartocciata avrebbero reso tutto più reale, avrebbero tolto il dubbio: non ci sarebbe stata una frenata alla fine, nessuna sterzata in extremis.

Oggi ho ricominciato ad aspettare lo schianto.

10

La domenica mattina ha i suoi riti. È il giorno in cui Pietro può decidere cosa fare e novanta su cento quello che vuole fare è andare alla stazione di Porta Nuova. Tra Gardaland e la stazione sceglierebbe la stazione.

C'è tutto ciò di cui ha bisogno: la tabaccheria dove comprare l'ovetto Kinder schifando il cioccolato e fiondandosi sulla sorpresa, il bagno più fico di Torino che a soli ottanta centesimi gli consente una pipì altolocata, una barista che gli prepara un vero finto caffè macchiato, ci sono i poliziotti annoiati su una macchinetta biposto che una volta gli hanno fatto fare un giro vicino ai binari. E soprattutto ci sono i treni.

Anche Micol è contenta di venirci, ma il posto preferito di Micol è per definizione qualunque luogo dove le è consentito tenere un biscotto in mano.

Vista dalla stazione di Porta Nuova anche la domenica fa meno schifo. Prendiamo un croissant e un cappuccino da portar via e ci sediamo su una panchina a vedere partire qualche locomotiva, capita che ci raggiunga mio padre, o Sara, oggi nessuno dei due è dei nostri.

Un ragazzo, non particolarmente bello, scende dal vagone, una ragazza, non particolarmente bella, lo sta aspettando. Si corrono incontro e si abbracciano e cominciano a girare.

Girano, girano come due dervisci rotanti, prima veloci sull'impeto di essersi ritrovati, poi a un ritmo più lento. Non sentiamo cosa si sussurrano all'orecchio, ma è il mantra dell'amore, la ripetizione del nome dell'altro forse, forse lui chiude le frasi che lei lascia in sospeso, forse si respirano solo.

«Cosa fanno, mamma? Ballano?»

«Una specie. Quando i grandi si amano a volte fanno la ruota.»

«Anch'io voglio essere grande.»

«Per fare la ruota?»

«No, per fischiare.»

Li lasciamo, i due dervisci rotanti. Un barbone spinge un carrello pieno di roba che è la sua casa, io spingo Pietro e Micol su un passeggino con pedana che è casa mia.

Il pomeriggio lo dedico a tirar fuori qualche disegno autentico dalle mani di mio figlio, domani ci sarà il secondo incontro con la psicologa e voglio andarci preparata. Allora mi metto con calma, carta e colori e finalmente Pietro si decide e disegna un grande ovale circondato da tanti ovali più piccoli, quasi tutti rosa.

«Ti piace, mamma?»

«Che meraviglia... cos'è?»

«Dillo tu...»

«Mmm, vediamo... È una battaglia di palle di neve in un inverno di colori.»

«No.»

«È l'urlo di Munch, ma con tutti gli sputazzi che gli escono dalla bocca...»

«No.»

Non capisce, ma ride.

«È una tempesta di polpette che si sta abbattendo su un gruppo di vegani?»

«Mamma... tu sei buffa!»

«Ho indovinato?»

«No.»

«È un banco di pesci rosa che va al Gay Pride.»

«Ma nooo, mamma, non lo vedi?»

«No, amore, non è il test di Rorschach. Dimmelo tu cos'è.»

«Sono dei cerchi! Dei cerchiolini e dei cerchioloni!»

Euclide 1 - Pollyanna 0. Ma questo, a Renato Zero, non lo dirò domani.

11

A Renato Zero dico altro. Ci chiede delle nostre famiglie d'origine, di mia madre e mio padre, di sua madre e suo padre.

Stavolta parlo molto, sono in forma, ho i disegni dei cerchiolini e dei cerchioloni e sono pronta a usarli, sfodero la teoria delle famiglie corpo a corpo e delle famiglie minuetto.

Io sono un frutto puro di una nobile e antica stirpe corpo a corpo, figlia unica di genitori separati troppo tardi. In una famiglia corpo a corpo lo scontro è di casa, a volte volano parole grosse, a volte volano i bicchieri. Non si ha paura di parlare, quasi sempre ad alta voce, di discutere i ruoli, di litigare. Nelle famiglie corpo a corpo si ama con rancore, che è una cosa estenuante.

Nelle famiglie minuetto, di cui Davide è il delfino, i ruoli sono rispettati, ci si parla con gentilezza o con durezza, ma non si trascende. I genitori sono gli adulti, i figli i bambini, anche se hanno quarant'anni. Nelle famiglie minuetto l'amore passa attraverso i rituali: il cibo buono, lo shopping, le vacanze. Ci si confronta, ma mai a muso duro. A volte nelle famiglie minuetto ci sono i segreti sotto i tappeti.

Io che sognavo il Mulino Bianco, ma che del Mulino Bianco possedevo solo un servizio di piatti preso coi punti e tutto sbeccato, volevo la pace delle famiglie minuetto: la mamma che ti compra i vestiti il sabato pomeriggio o ti consola quando piangi per il primo fidanzato che ti molla, anni luce dai nostri psicodrammi serviti a pranzo e a cena, dalle montagne russe emotive, dall'assordante sbattere di porte.

Poi ho capito. Ho capito che c'è una sola grande differenza tra le famiglie corpo a corpo e le famiglie minuetto. Nelle prime cresci squilibrato, ma consapevole di esserlo. Nelle seconde cresci squilibrato, ma pensi che i pazzi siano sempre gli altri.

«E lei, Dora, che famiglia vorrebbe creare?»

Me lo dice con tono accondiscendente, con un sorriso così comprensivo che le girerei la faccia.

«Io puntavo a una via di mezzo, a una famiglia danza di paese o anche una famiglia capoeira o una famiglia pizzica.»

Non coglie la mia ironia.

«Credo che lei fosse molto brava a giocare a nascondino, Dora.»

«La più brava, dottoressa, la più brava. C'è gente che mi sta ancora cercando.»

Sorrido anch'io ed è lei ora che mi girerebbe la faccia.

«Non mi fraintenda, dottoressa, l'altra seduta avete fatto un gran parlare di ricerca della felicità. Ecco io vorrei che i miei figli non fossero felici, o meglio fossero felici perché consapevoli, altrimenti meglio un po' di tristezza, no? La tristezza non è una malattia.»

«Non so, la tristezza non dona a nessuno.»

«Neanche la felicità a tutti i costi. A Davide non dona, per esempio.»

Davide tace. Oggi si è ritagliato questo spazietto da spettatore, è a disagio come durante una rappresentazione teatrale d'avanguardia, quando temi che a un certo punto gli attori scendano dal palco e ti coinvolgano nella storia. È lontano il tempo in cui bastava una battuta a smorzare i toni.

Lo guardo e vorrei urlargli: "Ma dove sei finito? Minuscolo uomo sprofondato nella tua poltrona, pensi di poterti mimetizzare ancora a lungo? Dov'è quel ragazzo, quello che tornava a casa e, se avevo mal di stomaco, storpiava Domenico Modugno urlando: 'Ma guarda intorno a te, che doni ti hanno fatto: ti hanno inventato il MAAALOOOX!'".

«E cosa dona a Davide?»

Io, io, sono io che dono a Davide, brutta imbecille! Noi due ci donavamo, ci stavamo bene. Non ricordo più come dove e perché in questo preciso momento, ma noi si spaccava come i Queen a Wembley, roba che ci potevamo fare le magliette brandizzate Davide&Dora e la gente le avrebbe messe.

I miei ricci tra i suoi ricci la mattina, i suoi denti perfetti quando rideva delle mie imperfezioni. C'eravamo divisi i compiti: io sapevo dire le cose, lui le sapeva fare. Io scrivevo, leggevo, disegnavo. Lui tassellava, dava il bianco, sistemava tubi. Io mi prendevo le strade cittadine, lui i sentieri di campagna, ma poi ci si incontrava sempre a casa. L'unica cosa che facevamo insieme, allo stesso modo, era ridere, avremmo riso di te, cara la mia Renato Zero, Davide avrebbe imitato quella tua inflessione da suora laica, ti avremmo giudicata senza pietà, invece di lasciarci giudicare.

«Possiamo parlare dei bambini?»

Alla fine ciò che è rimasto di quell'uomo riemerge dalla poltrona.

«Ai bambini bisogna dire la verità» sentenzia lei.

«Pietro sa la verità. Gli abbiamo detto che mamma e papà non stanno più insieme, che papà ora vive a Milano e che per lui e per Micol non cambierà niente.»

Effettivamente gli abbiamo detto questo, ma non sono sicura che sia la verità.

«Bene, molto bene, e lui cosa ha detto?»

«Io non credo che abbia capito molto, Davide lavorava fuori Torino anche prima, l'unica cosa che ha chiesto è stata dove dovesse dormire lui e ha chiarito che voleva dormire solo con me e sua sorella.»

«Quindi non lo avete mai portato a Milano.»

«NO.»

Mi comincio ad agitare.

«Sì, infatti volevo parlarne, mi piacerebbe portarli da me, magari per Pasqua.»

Eccolo, il pugno in faccia.

«Lei, Dora, non è d'accordo?»

«Io, dottoressa, non capisco questa fretta. Quando è morto il nostro criceto, Davide c'ha messo due settimane per dirlo a Pietro, non voleva turbarlo, si è inventato che fosse andato in vacanza, aveva lasciato la sua ruotina per andare nella grande ruota panoramica di Londra, gli ha fatto pure vedere le foto del London Eye. È il suo retaggio da famiglia minuetto.»

«Ma mi sembra di capire che lei non vorrebbe una famiglia minuetto.»

«No, infatti, alla fine gliel'ho detto io a Pietro del criceto.»

«Cosa gli ha detto?»

«Che il criceto era morto.»

«E lui?»

«E lui mi ha chiesto dov'è che si va dopo morti.»

«...»

«Gli ho spiegato che si va in cielo, nel Paradiso dei criceti. Lui ha scosso la testa e ha detto: "Ma no, mamma, volevo dile, dove va Emile? Nel bidone dell'umido?". Sa, prende molto sul serio la questione della differenziata.»

«Direi che avete un figlio intelligente.»

«Su questo siamo d'accordo.»

«Pietro ha accettato la morte del criceto, vi ha sorpresi. Non pensa che potrebbe stupirvi e reagire bene anche alla gita a Milano?»

Gita un cazzo, penso io. Per un attimo mi passa per la mente che Renato Zero prenda delle mazzette da Davide.

12

Il poeta bidello si chiama Simone. Come promesso, Sara me lo porta a cena per la prova del no: su dieci uomini che mi presenta, nove per me sono un no.

Ha molti peli in faccia, in testa, sulle braccia, innegabilmente brevilineo, sicuramente sovrappeso. Una testa così grande e imponente che non sfigurerebbe accanto a un mezzobusto di Socrate nell'atrio di un liceo classico. La barba nerissima da Mangiafuoco che fa a pugni con la camminata da burattino. Piedi piatti, mi dico, e mentre me lo dico quei piedi inciampano sul tappeto dell'ingresso, lui barcolla e impreca: «Cazzome*r*da». Arrota la erre di brutto.

«Cazzomerda a te. Io sono Dora.»

Gli porgo la mano, lui la prende e fa per baciarla con un inchino. Ha grazia, mai visto un uomo goffo così aggraziato, scommetto che sa pure ballare. Un quarantacinquenne pingue con il senso del ritmo è una rarità.

«Gattomelda, gattomelda.»

Pietro gli saltella intorno. Cerca di farsi prendere in braccio, ignora Sara che accanto a Simone pare un levriero vicino a un barboncino nero. Pietro ha scelto il barboncino.

«Sa*r*a e Do*r*a... avete nomi fatti l'uno per l'alt*r*o. Alt*r*o che quelle sfigate di Thelma e Louise.»

«Ho anche un gatto che si chiama Zora...»

Sorridiamo e dico ai bambini il solito: "Salutate...", Sara mi bacia distratta e va da Micol come se il poeta non fosse affar suo, due invitati a un matrimonio che si trovano al tavolo dei single e non si sono manco simpatici.

«Non ci fare caso, Sara mi ama, ma è troppo timida per ammetterlo. Comunque bellissima casa...»

Fa finta di sussurrare, ma ha una voce baritonale che rimbomba nella bellissima casa ancora semivuota. È rimasto così questo appartamento, a metà, come la vita progettata con Davide. Niente lampadari, le pareti spoglie, le fotografie ci sono ma sembrano una beffa, una coppia mi sorride da una mensola, lei sono io, lui è lui, mi sa che ridono di me. Stronzi.

Non abbiamo avuto il tempo di appendere i quadri, troppo presi a traslocare prima e a lasciarci poi, li ho abbandonati appoggiati ai muri, stanno bene, sembra una scelta d'arredamento finto casual. È una separazione finto casual. I cd, i vinili, i libri sono al loro posto, la mia amata letteratura americana tra le sue amate guide di montagna. Wallace, Auster, Lansdale, Roth, Malamud per me, Zafón, Coelho, Dan Brown per lui. Non abbiamo ancora avuto la forza e il tempo di dividerci i beni primari, anche se il divorzio da Coelho arriverà sempre troppo tardi. Quando i miei ospiti sbirciano i titoli nella libreria, mi sento in dovere di giustificarmi ogni volta: «Con Coelho è finita».

Poi aggiungo: «Sara mi ha detto che sei un poeta».

«Sì, poeta professionista vivente, per la precisione. Ma faccio anche il bidello part time in una scuola materna.»

«Ora non si dice "assistente" all'infanzia?»

«Pulisco dove i bambini sporcano. "Bidello" va benissimo.»

Per un attimo mi viene in mente di dirgli della cacca con cui ho smerdato gli asciugamani della materna di Pietro, ma non mi pare un buon racconto precena. Ci mettiamo a tavola, Pietro sgomita per il posto accanto all'ospite.

«Sembra che tu gli piaccia molto.»

«Ci sono abituato, attiro i bambini, credo sia l'aspetto da hobbit.»

«Il Signore degli anelli di totano...»

Sara fa la acida, ma Simone sorride, le dà una carezza e lei si lascia accarezzare.

«E a te piacciono i bambini?» chiedo.

«Non lo so, è come dire "ti piacciono le persone?"... Alcuni mi piacciono, altri li detesto. I tuoi mi sembrano simpatici.»

Sta superando la prova del no. Uno su dieci ce la fa. Mangiamo un risotto, i miei figli sono impeccabili come sempre quando c'è uno straniero a tavola da sedurre, lo straniero in compenso mangia come fosse l'ultimo pasto, mugugna di piacere, un grugnito di approvazione a ogni forchettata, roba da lava che smuove i vulcani. È un bel suono, sa di remoto.

Parliamo di Torino, la nostra città. Ne sanno più loro, ormai, che la vivono di notte, mentre io mi sono trasferita nel paese diurno delle mamme, un sobborgo di giardinetti e ludoteche, di stazioni e vetrine di giocattoli. Simone mi spiega che legge le sue poesie in giro per locali, sembra che abbia un buon seguito. Non mi stupisce, vederlo a tavola è uno spettacolo, gesticola vistosamente seguendo un ritmo suo, accompagna le parole, le pause, le riprese, brandisce la forchetta, la fa sparire nella fessura della barba dove si indovina ci sia la bocca.

Gli chiedo se ha voglia di recitarmi un suo pezzo, mi dice di sì, ma solo se può portare a casa gli avanzi del risotto. È una poesia strampalata d'amore, di questi due che si baciano un sacco e ogni volta che si baciano muore un nazista e, insomma, per farla breve, riportano la pace nel mondo e vincono il Nobel dei baci. L'ha scritta per Sara, la chiama "dolcezza" e lei, effettivamente, si addolcisce.

Non è proprio per niente un Dottor Stranumore, è solo Strano, ma di una stramberia originale, per nulla costruita. Come dolce ha portato un pandoro, ad aprile, penso sia scaduto, io non ne voglio, lui ne mangia tre fette, l'ultima la strappa con le mani, Pietro e Micol lo seguono a ruota, entusiasti. Sara fa no con la testa, sconsolata, e poi ci lascia soli occupandosi delle grandi manovre della nanna.

«I bambini mi sembrano sereni, comunque.»

«Comunque?»

«Sara mi ha detto della separazione.»

«Sì, sono piccoli, credo che ci vorrà un po' a capire se

sono sereni o meno. Andiamo anche da una psicologa, che odio con tutta me stessa.»

«Sara mi ha detto anche questo. Mi sono sempre chiesto quali parametri usino per misurare la serenità di un bambino.»

«Non ne ho idea.»

«Per quanto mi riguarda, sono della vecchia scuola di mia nonna: la felicità di un bambino si misura in dita di sporco lasciate nella vasca dopo il bagno serale. Più sporco, più felicità.»

«È una gran bella teoria.»

«Sì, che poi uno parte dal presupposto che i bambini debbano essere felici, spensierati, ma invece io li osservo a scuola. C'hanno un sacco di problemi. Hai presente come può rovinare la giornata di un piccoletto lo scivolo rovente ad agosto?»

Rido, gli do corda.

«Ma anche lo scivolo a temperatura ambiente con pantaloncini corti e cosce nude, che si crea quell'attrito da scintille con annesso effetto catapulta...»

«Ecco, appunto, sono quelli i traumi veri, mica i genitori che divorziano. Se tu vuoi fare i tuoi figli felici, per cortesia, non spacciargli mai *Fantasia* di Walt Disney come un cartone animato. Io ricordo ancora la delusione al cinema quando capii che si trattava di un concerto di musica classica lungo un'ora e mezzo.»

«Giuro, niente *Fantasia*! Sai, invece, cosa faceva incazzare me?»

«Il fottutissimo "Ecco! E ora stai senza" detto quando ti cadeva il gelato per terra?»

«Quello anche, ma io uscivo davvero di testa quando un adulto mi chiedeva di giocare al gioco del silenzio. Oppure quando mio padre mi prometteva una storia e invece iniziava con la tiritera: "C'era una volta un re, seduto su un sofà, che disse alla sua serva...". Hai presente, no? Quelle filastrocche che non vanno da nessuna parte...»

«Certo, le filastronze! Però io la sapevo nella versione "C'era una volta un re, seduto sul bidè".»

Ride. Ha il vocione anche quando ride.

«Mi sa che ci scriverò una poesia sulle cose che rendono una merda la vita dei bambini.»

«Mettici la paura di lasciar ciondolare il braccio o la gamba giù dal letto di notte e la puntata di Natale dei Simpson trasmessa il 15 agosto.»

«Quella mette di cattivo umore anche me.»

«Pietro non ti ha lasciato un minuto stasera, mi spiace.»

«No, mi fa piacere, davvero. È un tipo a posto tuo figlio.»

«Ci sai fare, sei un bidello deluxe.»

«Io di pedagogia non so niente, ho fatto Scienze politiche, figurati. Anche di scienze politiche non so niente, ho dato dieci esami, ognuno tre volte, ho dato trenta esami quindi. Che è a tutti gli effetti una laurea, anche se il Magnifico Rettore non è d'accordo. Ti dicevo che però so che cosa piace ai bambini. So, per esempio, che il pongo con cui preferiscono giocare è la nostra volontà. So anche che al gioco del "facciamo finta" a noi tocca sempre il personaggio più merdoso. Poi, fammi pensare...»

Parla e non si ferma, argomenta ogni cosa inanellandola sulle dita delle mani, si infervora, ogni tanto agita il palmo come a dire: "Fammi finire, non interrompere". Va a getto continuo, conviene solo aspettare l'esaurimento del flusso e stare a guardare. Applaudire alla fine, forse.

«... Ah sì, conosco l'efficacia di un rutto, il rutto intrattiene, diverte, non impegna. Inoltre, bisogna essere pronti a soffrire, il corpo dell'adulto è il gioco più divertente in assoluto per un bambino e i giochi vanno rotti e rovinati. Io a scuola mi prendo un sacco di mazzate, ma ho gli organi interni di gommapiuma, sotto uno spesso strato d'adipe. Tu sei troppo secca per giocare con i tuoi figli, finisci per infilzarli con quelle costole lì... Mangia, ragazza. Ricordati anche che non puoi conversare con l'amico immaginario di tuo figlio, a meno che siano avvenute le presentazioni e siate già stati seduti intorno allo stesso tavolino dell'Ikea per un tè. E, perdio, se Pietro ti passa un telefono giocattolo tu devi rispondere! E sappi tu, che sembri sapere molte cose ma non tutte, Riccioletta, per quanto il reparto ricerca e sviluppo 0-18 mesi della Fisher Price si impegni, nessun gioco potrà mai eguagliare una pozzanghera, questo me l'ha insegnato Peppa Pig. E chi siamo noi per mettere in dubbio la saggezza di un maiale con la testa a forma di scroto? Un'ultima cosa: non bisogna avere paura, le cose che a noi sembrano crudeli possono essere divertenti. Io, da piccolo, decapitavo le Barbie con l'ascensore della casa di Barbie di mia sorella. Non è detto che uno da grande debba fare lo stesso. Per esempio io non mi occupo più di ascensori. Però, te lo confesso, a fare il bidello si becca un sacco di milf col Suv...»

E ride. Fortissimo. Ha finito.

«Simone, credo che mi stia per sanguinare il naso...»

«Succede con me, lo ammetto. Scusa.»

«Fai sul serio con Sara?»

«Sul serissimo. Il fatto che Sara mi abbia scelto per fare del dolce su e giù è una sorta di miracolo, tipo la transustanziazione.»

«Dopo i miei figli, è la persona che più mi sta a cuore.»

«Vai tranquilla, a me sta anche a un altro paio di organi vitali.»

«Allora siamo d'accordo.»

«Direi di sì. Posso fumare?»

«In balcone.»

E per fumare intende farsi fuori un paio di chili di marijuana girandosi una specie di cannolo siciliano. Quando avrà finito tutto il palazzo sarà in preda a un'incredibile fame chimica da fumo passivo.

«Hai altri vizi illegali?»

«No, direi di no. Perché?»

«Perché sto per chiederti se vuoi diventare la tata dei miei figli.»

13

Io mentre faccio le pulizie sbatto gli oggetti, sbuffo, me la prendo con le minoranze. È una lotta con me stessa prima e con lo sporco poi. Mastro Lindo ha perso i capelli dopo avermi visto lavare i pavimenti. Io faccio emigrare le Anitre wc verso altri bagni a forza di bestemmie e maledizioni.

Nonostante questo ho impiegato anni per convincermi a prendere una donna a ore che sbrigasse le faccende più ingrate. Alla fine Davide me la impose argomentando con un secco: "A te piace fare tutto da sola, per poi incazzarti perché nessuno ti aiuta". Io gli tenni il muso per giorni, come mi accade solo quando il mio interlocutore ha ragione da vendere. Anni dopo la stessa questione si è ripresentata con quello che i miei biografi chiameranno "tata-affair".

Davide è stato cresciuto da una tata, una donna deliziosa che ho avuto la fortuna di conoscere. Erminia ha ormai ottant'anni, piegata dall'umiltà ma forte come una roccia, una formichina operaia in grado di tirar su sette volte il suo peso. E infatti nella vita avrà tirato su almeno sette generazioni di figli d'altri.

Io non ho avuto mai nemmeno una babysitter occasionale, mia madre non lo concepiva, a me ci pensava lei, al massimo mio padre, raramente i miei nonni. Sono figlia unica e tardiva, cercata tantissimo, i miei a forza di cercarmi si sono persi, mia madre molto presto mi ha usata come scusa e scudo per non farsi avvicinare più dal marito e dalla vita in generale. Doveva occuparsi di me, non poteva divertirsi, non poteva più nemmeno fare la moglie.

La babysitter era roba da genitori borghesi, sfaticati, con l'ardire di chiedere aiuto. Era per gente navigata che sapeva le lingue, non certo per una maestra elementare.

C'è da dire che essere la figlia della maestra è un'esperienza che ti segna, ma mai come avere due figli a distanza ravvicinata, cercando di mantenere un lavoro e la dignità di essere umano femmina. Insomma, esiste una linea sottile tra il senso del dovere e il senso del ridicolo, tra il voler far da sé e il voler farsi male.

Se incroci per strada una donna sudata che spinge un passeggino carico di buste del Carrefour manco fosse il furgone dell'arrotino, con una neonata urlante in braccio (se non peggio, attaccata a un seno), un treenne tutt'occhi appeso a una gamba, una borsa a tracolla, le chiavi di casa in bocca, mentre biascica: "Diamo la caccia al bruco" scodinzolando con il sedere, be' quella donna la linea sottile l'ha superata da un pezzo.

Che poi c'è gente che si chiede come abbiano fatto gli Egiziani a costruire le piramidi, quando basterebbe vedere una madre alle prese con un passeggino e una spesa settimanale. Date a una mamma un passeggino e vi solleverà il mondo, piramidi comprese. E chi solleva la madre in questione dal peso del mondo? La babysitter o meglio tata, che fa più altolocato. Ora ci sono arrivata pure io, anche se resta da capire quale tata.

Davide propendeva per una giovane studentessa Erasmus, magari madrelingua inglese, ché le lingue bisogna impararle da subito, ma a me viene istintivo pensare ad Amanda Knox, ottima pronuncia anglofona, ma non esattamente la persona a cui affiderei i miei figli. Inoltre io parlo inglese solo dopo la terza pinta di birra, per capirla avrei dovuto darmi all'alcolismo. Io e Amanda ubriache: bocciata l'opzione studentessa straniera.

Per un paio di settimane intorno a Natale ho fatto un tentativo con una signora filippina consigliata da un'amica di famiglia. Tutto bene, fino a quando i discorsi di Pietro hanno cominciato a insospettirmi. La sera a letto mi diceva meraviglie dei materassi Eminflex, assumendo i toni del pubblico pagante di "Uomini e Donne", mi aspettavo che dopo una sgridata mi urlasse indignato: "No, pelò così è tloppo Malia, io me ne vado!". Così prima che mi chiedesse di fare un'esterna, intendendo l'andare ai giardini, ho ritenuto opportuno archiviare l'esperimento come fallito.

La scelta più saggia sarebbe stata chiedere la disponibilità a una delle educatrici del nido di Micol. Ci conoscono, sono attente, preparate, hanno esperienza e passione. Sono brave. *Troppo* brave: lo ammetto, io voglio che i miei figli stiano bene, ma che il benissimo lo riservino a me. Quando li lascio a scuola la mattina preferirei sorridessero allegri, non che gioissero scodinzolanti saltellandomi via dalle braccia. Inoltre, non sono pronta a esporre le mie abitudini domestiche al giudizio di un'esperta, vorrebbe dire ogni volta nascondere merendine, bibite gassate, giochi elettronici e sostituire tutto con mele cotogne bio brutte ma in compenso cattive e costruzioni equosolidali in legno di alberi anziani non abbattuti, ma caduti per cause naturali.

Sarei obbligata a parlare apertamente della separazione, cosa che andrà fatta, ma non adesso. Temo quell'occhio di riguardo che si riserva agli alunni in difficoltà, mi dico che non è nulla di grave, sono amati, sono come gli altri. Ma poi penso che un bambino abbia il diritto di fare un cazzo di "vola vola vola" come si deve, ogni volta che lo desidera, appeso alla mano sinistra della madre e alla destra del proprio padre. E allora sono assalita dai sensi di colpa.

Simone non sarà Julie Andrews, ma non mi giudica. Piace ai miei figli e, al momento, fa l'amore con la mia migliore amica, ha un buon odore, costa poco, sa raccontare storie e recitare poesie. Certo ha qualche limite. È affetto da una logorrea ciclonica, ma sporadica, dice un sacco di parolacce, ma ha promesso che edulcorerà il suo linguaggio limitando le imprecazioni a "accimerda!" e "yuppiminchia", sa come è fatto un bambino e conosce le manovre base per pulire efficacemente un sedere, è un uomo massiccio, spero forte, pare sufficientemente infantile per ricordarsi come si parla a un treenne, non fa le vocette trottoline du du da da, ha un rapporto conflittuale con la erre ben peggiore di quello di Pietro. Inoltre Davide sarà obbligato ad accettarlo dopo il fatidico: "Scegli tu, io mi fido" pronunciato qualche settimana fa, ma lo detesterà.

In cuor mio spero che non sia una cazzata, Simone mi dà l'idea di essere una persona buona, uno che per i miei figli sarebbe in grado di cedere la punta di cioccolato del suo Cornetto Algida. Come referenze ci siamo.

14

«Una tata uomo.»

Mia madre lo dice senza inflessioni, è una constatazione più che una domanda.

«Sì, si chiama Simone.»

«Non bastava che Micol sviluppasse un Edipo irrisolto? Ci voleva anche la tata maschio.»

«Ti piacerà. E per l'Edipo irrisolto di Micol lo sai che stiamo andando da una psicologa...»

«E tu sai che non serve a niente.»

«Guarda, lo pensavo anch'io ma ora che l'hai detto tu, mi sa che cambierò idea. Non servirà ma va fatto. Davide insiste, credo che voglia fare le cose per bene con i bambini.»

«Ma le cose con i bambini le avete fatte per bene, è tra di voi che le avete fatte di merda.»

Da qualche anno ha cominciato a dire le parolacce.

«Non credo che tu possa dare lezioni in merito a coppie di merda.»

«Certo, ma infatti io vi invidio. Ai miei tempi non si poteva mollare a metà un matrimonio, dovevi lottare. Era inconcepibile lasciarsi alla prima difficoltà. Ci si impegnava, per uno o due decenni, almeno.»

«Sì, ma non mi pare con grandi risultati...»

«Che ci vuoi fare... io e tuo padre non siamo andati mai dallo psicologo.»

«E si vede.»

Fa spallucce, sa che ho ragione, non le importa niente di Milano, della "cosa", di Davide, manco della tata maschio. È in una fase della vita in cui le importa solo dei nipoti. La mamma malinconica e insoddisfatta della mia infanzia ha lasciato il posto a questa nonna fracasso, una che in un'età in cui i giochi sono fatti, ha solo voglia di giocare senza ritegno e dire parolacce.

«Fate voi.»

E mentre stiamo ancora parlando acchiappa Pietro e ruba il naso a Micol. Lei fa così, quando sente odore di discussione si dilegua, fa una mossa diversiva, urla: «Guarda, un asino che vola», e scappa via. Il tempo del corpo a corpo tra noi è finito.

Ha le mie chiavi, perché un paio di pomeriggi a settimana va a prendere i bambini a scuola, ma sono stata tentata di sequestrargliele. Una sera torno a casa dall'ufficio e la trovo vuota. Sul tavolo c'è un bigliettino: "Siamo al parco, ci vediamo alle sette". Allora metto su la cena, risistemo il caos di Lego, collage, aeroplanini di carta sparsi ovunque, poi vado in camera da letto, mi cambio e solo a quel punto, ad almeno quindici minuti dal mio ingresso nell'appartamento, mia madre e i suoi piccoli alleati saltano fuori dall'armadio urlando come pazzi. Io c'ho messo dieci minuti per ricominciare a respirare, loro lo stesso tempo per smettere di ridere.

È diventata imprevedibile, pensa di aiutarmi, ma è un aiuto che mi affatica. Un po' perché mi sento in debito con lei, un debito che pago con gli interessi a botte di consigli non richiesti. Un po' perché fa un casino che mi ci vogliono tre giorni a mettere a posto e altri tre a farmi passare il mal di testa. Lei urla, canta, grida. Dice che è colpa del lavoro, una deformazione professionale da maestra in pensione, urla per farsi ascoltare. Io la imploro di chiudere le finestre, almeno, con le note alte c'è il rischio di richiamare i cani da ogni parte del quartiere. E lei niente, se ne fotte, basta che Micol si spanci, la guardi come la Madonna, la invochi con gridolini di piacere.

Dove passa non ricresce più il parquet... pesta i piedi,

batte i tacchi, fa il flamenco, corre, si accuccia, fa il passo del giaguaro. E soprattutto sporca, nipoti in primis, li impiastriccia, sceglie cibi particolarmente impiastriccianti per il perverso gusto di farne carta moschicida. Una volta ho fatto l'errore di lasciarle a tiro un Rotolone Regina, l'ha trasformato nella nevicata del '56.

«Mamma, ma 'ste treccine?»

«Non ti piacciono?»

«Hai settantadue anni...»

«Ho capito ma a Pietro piace Pippi Calzelunghe.»

«Ho capito ma a Pietro piace anche la Pimpa e non per questo vado in giro con le macchie rosse sul corpo.»

«Sbagli, ti starebbero bene.»

Non so esattamente a che punto sia avvenuta la metamorfosi, quando la maestra si è trasformata nell'alunna irriverente, ma mi piace questo nuovo folletto con le treccine, è buffo, ha una tenerezza sgraziata. La madre che è stata mi piaceva meno, la donna per niente, troppe insoddisfazioni, troppi rimpianti, troppe rivendicazioni, poca vita vissuta, troppa vita sognata.

Ricordo di aver letto da qualche parte un racconto sul Giappone dove si spiegava che agli anziani, dopo un'esistenza di rigore e regole, è concessa la libertà, così diventano spiriti pazzerelli, rispettati e tollerati per le loro stravaganti abitudini.

Mia madre, ancora bella e minuta come un'orientale, con occhi piccoli e pungenti, è diventata uno spirito pazzerello, venerato dai bambini, guardato con sospetto da mio padre, nonché suo ex marito, da Davide e dalla mamma di Davide, la Signora minuetto.

Nonna Mimì e nonna Nené sono due creature tanto diverse da non appartenere nemmeno alla stessa specie. Agli antipodi nel carattere, nelle priorità, nell'aspetto, nel gusto, nei valori, sono state due maestre, entrambe, ma è proprio minimo come comune denominatore. Il confronto è illuminante.

La casa di nonna Mimì. È come se mia madre avesse chiamato Gozzano, il cantore delle piccole cose di pessimo gusto, lo avesse incaricato di rifare l'arredamento, ma prima di lasciargli carta bianca gli avesse tagliato il budget e tagliato male anche la cocaina. Il risultato è un'accozzaglia postmoderna ed esilarante che ha visto ospitare nuovi "pezzi" d'avanguardia, soprattutto dopo la separazione da mio padre. Uno tra tutti, il centrotavola: niente meno che un vecchio secchiello da spiaggia giallo fluo brandizzato Coppertone riempito di terra dove cresce un bel mazzetto di fiori finti – che siano finti secondo me è importante, come è importante che la terra sia vera –, il tutto posto all'interno di una zuppiera di vetro blu con decorazioni sberluccichine.

La casa di nonna Nené. Una portaerei per dimensioni, un container per numero di pezzi d'antiquariato, quadri di pregio, collezioni di varia natura che marito e moglie hanno scovato in mercatini in giro per la Costa Azzurra. Tutto lustro, lustrissimo e in un ordine da museo. Per capirci, ci sono donne che stirano le calze. Lei stira anche i lacci delle scarpe.

Le piante della nonna Mimì. Il binomio finto-vero tanto caro alla mia famiglia ritorna anche in salotto, nei vasi dei ficus e dei tronchetti della felicità, una felicità malinconica, di piante consapevoli di essere sopravvissute loro malgrado e malgrado l'incuria di mia madre. È nella terra dei loro vasi che si mimetizzano piccoli peluche a tema animalier: un elefantino, un orsetto, qualche pupazzetto preso con i punti del Carrefour. Praticamente la serra della Famiglia Addams che io ho ribattezzato la "giungla".

Le piante della nonna Nené. Rigogliose, splendide, lussureggianti, le sue piante d'appartamento sembrano uscite dalle pagine di "Case&Country". Talmente belle che il gatto di casa piuttosto di rovinarle mangiandole e vomitando, si produce i conati con due unghiette in gola.

La cacca di Pietro secondo la nonna Nené. "Pietro, cos'è questa puzzetta?" La cacca di Pietro secondo la nonna Mimì. "Pietro, hai fatto un bello stronzone!"

Il pasto con la nonna Mimì. *Animal House*, ma togliendo qualche freno inibitore a John Belushi. Il pasto con la nonna

Nené. Una sala chirurgica. Ecco, solo con più tupperware, tanti tupperware, quanti non ne ho mai visti in vita mia.

I regali della nonna Mimì. I giochi che mia madre regala ai suoi nipoti devono in ordine: fare casino, molto casino, schiamazzare in almeno cinque lingue orientali, illuminarsi, spernacchiare, rompersi in un nanosecondo e provenire da una bancarella dei cinesi. I regali della nonna Nené. Pensatissimi e di ottimo gusto, sono sempre doni di valore, di marca, capi di abbigliamento che io non lavo per paura di rovinare. Giochi educativi e libri miniati da un amanuense certosino.

La reazione alla separazione di nonna Mimì. "Io ho sempre sognato di essere una ragazza madre."

La reazione alla separazione di nonna Nené. La Signora minuetto, per un secondo, ma solo per un secondo, ha perso il suo aplomb, si è arrabbiata con Davide manco avesse giocato a bowling con la sua preziosa collezione di statuette in porcellana Royal Copenhagen. Ho ringraziato il cielo di essere stata la lasciata e non la lasciante.

Micol per la nonna Mimì. "La mia bella caccapuzza." Micol per la nonna Nené. "La mia principessa."

La nonna materna mina la tranquillità mentale della nonna paterna ogni giorno. Per esempio, uno di quei libri miniati da un amanuense certosino lei l'ha tagliuzzato per fare un bel collage colorato. Eppure la convivenza tra i loro modelli educativi in qualche modo funziona, sono complementari.

Pietro dice che nonna Mimì rompe e nonna Nené aggiusta. Nonna Mimì sporca, nonna Nené pulisce. Nonna Mimì mette la cera, nonna Nené toglie la cera.

Nonna Mimì, quando tutti dormono, torna a essere anche un po' mia madre. Prima di andare a letto riprende il discorso di inizio serata:

«Tu non hai bisogno dello psicologo e nemmeno i vostri figli hanno bisogno dello psicologo, ne ha bisogno Davide che ti ha lasciata. Ho fatto la maestra per quarant'anni, i bambini sono sempre stati i bambini, ma a un certo punto si è cominciato a parlare di disturbo dell'attenzione, salta fuori che i più distratti o solo più somari hanno il disturbo dell'attenzione. La vostra generazione è così, gli uomini sono sempre gli stessi uomini, ma questi vostri non sono più solo stronzi o traditori o cazzoni, no, questi c'hanno il disturbo dell'attenzione emotiva.»

«È una teoria.»

Ed è la cosa più materna che mi abbia mai detto.

Il disturbo dell'attenzione emotiva sarebbe una possibile spiegazione, il problema è che non mi sono accorta dei sintomi nel momento in cui si manifestavano, ero disattenta anch'io, presa dalle gravidanze, assorbita dai bambini e dalla voglia di far bene.

A posteriori i segnali c'erano, e se dovessi mettere in guardia un'amica nella mia stessa situazione le direi di cronometrare il tempo in cui lui sta in bagno, perché è direttamente proporzionale al disagio che prova nello stare con te. Davide nell'ultimo periodo tornava dal lavoro alle sette (quando non era a Milano), salutava velocemente i bimbi e si chiudeva nel cesso per una seduta di mezz'ora. Quella lunga parentesi era una fuga, la sua mezz'ora d'aria, per quanto viziata.

L'aria gli mancava di sicuro, io ero diventata meticolosa, tutta gesti destinati a uno scopo, non c'era più improvvisazione e lui invece sentiva di improvvisarsi adulto, padre, compagno.

Se ne stava seduto sul trono, l'unico da cui nessuno era riuscito ancora a spodestarlo, credo che pensasse alla Dora degli inizi, che lo faceva sentire a casa ridendo dei suoi dubbi amletici: «Secondo te come mai, sotto la doccia, i capelli si annidano nella piega del sedere?». Ora quella casa non esisteva più, spazzata via dall'uragano delle responsabilità, del pragmatismo, dei doveri che si sommano ad altri doveri. E la Dora di cui si era innamorato gli urlava dall'altra parte del muro: «Ma cazzo, ma 'sta cacca non la puoi fare in ufficio, così mi dai una mano?».

Un altro sintomo sottovalutato era la febbre del weekend. Ogni sabato mattina Davide si alzava con qualche malessere, a volte solo un mal di testa, spesso un dolore di stomaco, qualche linea sopra i 37.

La fine di una storia parte sempre dal fine settimana,

devo ricordarmelo per il futuro. Io mi piazzavo davanti a lui sdraiato sul divano imbozzolato nella coperta, un grande brucone da cui speravo volasse via un nuovo compagno, fresco e riposato, pronto a occuparsi di me, di Micol e di Pietro con slancio vero.

Incalzavo: «Dài, cosa facciamo? Mica possiamo rimanere in casa tutto il giorno?». E lui si limitava a ciondolare, senza programmi. Non lo riconoscevo più, Davide è sempre stato il tipo di padre che gioca, impara, dà il meglio di sé perché prende il meglio dai propri figli. Una sorta di madre a cui hanno tolto sensi di colpa, apprensione atavica e ormoni.

Ricordo un pomeriggio di un anno fa, io ero prossima al parto e arrancavo dietro a lui che teneva Pietro sulle spalle. Mi faceva pensare a una citazione di Bernardo di Chartres che si riferisce al valore della storia in rapporto al futuro: "Siamo come nani sulle spalle di giganti, così che possiamo vedere più cose di loro e più lontano". Il gigante in questo caso era il piccoletto, ma anche Davide non scherzava e non importa se proprio quella volta Pietro prese una segnaletica stradale in piena fronte.

E poi, invece, poco dopo l'arrivo di Micol erano partite le febbri, i mal di stomaco, la pigrizia, avevo partorito da tre ore quando mi disse secco: «Ora però basta, due è il numero perfetto», ma di perfetto non c'era proprio niente, a parte Micol.

«Lo vuoi conoscere?»

«Chi?»

«Il tato. Facciamo la prova stasera, io esco e lui sta con Pietro e Micol.»

«Esci?»

«Esco, sì. Il tato serve a questo: a poter uscire ogni tanto, senza chiedere a te il permesso, come quando avevo quindici anni.»

«Mi eri più simpatica quando avevi quindici anni.»

«Io quando avevo quindici anni ti odiavo, mamma.»

Fa spallucce e io non le dico che uscirò con Efrem perché ho voglia di avere vicino qualcuno che finga di amarmi veramente, mentre fingo di avere un'alternativa alla solitudine.

«Allora lo vuoi conoscere?»
«Sì, certo. Credi che mi piacerà?»
«Credo che ti piacerà molto. Credo che scapperete insieme con un circo, non senza avermi prima distrutto casa e timpani.»

15

Ci baciamo sulla guancia, un bacio solo, prolungato. Efrem è in bici, mi sembra una buona idea e prendo la mia che ha il seggiolino per i bimbi. Mentre pedaliamo uno accanto all'altra penso che i miei figli saranno sempre con me, anche quando fingo il contrario.

La notte è fresca e umida, stiamo in silenzio. Mi stupisco del suo abbigliamento adulto, della sua bici a scatto fisso, della tracolla perfettamente abbinata alla giacca, degli occhiali con la montatura spessa, dell'iPhone che ha già tirato fuori dalla tasca due volte lasciando il manubrio.

«Baby, dove andiamo?»

«Fai tu, Efrem, mi sembra di non conoscerla più questa città.»

«Allora andiamo a fare l'amore.»

«Non credo di esserne più capace.»

«Dicono che sia come andare in bici.»

«Come andare in bici sui binari del tram, quando piove.»

Ci piazziamo in un dehors riscaldato a San Salvario, un quartiere dove Torino si finge Berlino; potevamo scegliere il Quadrilatero Romano, un quartiere dove Torino si finge Parigi, ma qui è più di moda. L'unico posto dove Torino era davvero Torino, la zona dei Murazzi, non esiste più, spazzata via dal sindaco che ha chiuso tutti i locali sul fiume.

Prendiamo due birre, io bevo e mi guardo intorno, lui saluta. Una bella ragazza con un mezzo scalpo e vestita come una Amish, un tizio con grandi baffi a manubrio uscito da *Amore e ginnastica*, la barista-modella che ci ha servito, fa anche un cenno a un signore che pascola il suo cane sul marciapiede. Naturalmente saluta anche il cane, che risponde scodinzolando.

Cosa fa la meglio gioventù di Torino, la sera? Si saluta. Si fa vedere e fa vedere che si diverte, ogni età ha le sue mitologie, la nostra è la festa, essere là dove sono tutti, con le facce da Facebook, facce che portano alla bocca cocktail, facce che portano alla bocca altre bocche, bocche che fanno boccacce. Non c'è niente di male, dentro ognuno di noi alberga un bambino che è stato scelto per ultimo nella squadra e che chiede il suo riscatto. Ma io di bambini ne ho due a casa e con loro ho una gran pazienza, qui invece alla prossima pacca sulla spalla data da Efrem mi alzo e me ne vado.

«Mi sembri nervosa.»

«No, no, sono solo un po' stanca.»

«È successo qualcosa?»

È successo che questa serata non sta andando come speravo. Tu, Efrem, dovevi far finta di amarmi e di desiderarmi come da copione, mi sono infilata in questi pantaloni superskinny da supergiovane solo per quel motivo e, ti confido, non sono il massimo per andarci in bicicletta. Avresti dovuto flirtare con me, tra il malinconico e il divertito, e io, prima di salutarti, ti avrei baciato sulla bocca ma non te l'avrei data, perché, ti confido anche questo, sotto i pantaloni superskinny ho dei superpeli.

Tu questa sera, solo per questa sera, avresti dovuto essere l'uomo perfetto. Stasera avresti dovuto parlare male di tutti quelli che mi stanno sulle palle, anche se non li conosci, dando un bel calcio nel culo alle teorie sull'indulgenza e sul rispetto dell'uomo.

Mi avresti dovuto dire che sono una meravigliosa madre, ma che sarei altrettanto brava come ingegnere aerospaziale, disinfestatrice, accademica, attrice di Bollywood, lapdancer o papa.

Avresti dovuto capire che la mia razionalità è solo un fondale di cartapesta, una finta città dell'Oregon in Barbagia, un set degli spaghetti western: il saloon è una facciata, puntellata da due travi di legno. E invece 'sto fondale te lo sfracellerei sulla testa.

«No, niente, davvero.»

«Ma è quel "niente" denso di significati che io so che tu sai che io so, ma non ti chiedo perché ho paura di infilarmi in un terreno che impantana giusto?»

«È quel "niente". In realtà stavo solo pensando a quanto sia cambiato il mondo qua fuori.»

«Non è cambiato così tanto dall'ultima volta che siamo usciti a berci una birra.»

«L'ultima volta che siamo usciti io avevo ancora un fidanzato, cambia completamente la prospettiva. Ero un'ospite di passaggio, ora sono qui per restare.»

«E in cosa è cambiato?»

«Non ci sono più i Blockbuster.»

Efrem ride.

«Lo sai anche tu, no? A parte noi che non ne abbiamo mai avuto bisogno, ma affittare due film e prendere una confezione gigante di Häagen-Dazs era il concetto di "preliminari" che metteva d'accordo uomo e donna. Di solito erano un film impegnato con risvolti erotici, scelto da lei, e una roba di alieni, macchine o macchine aliene scelta da lui, si guardavano le prime tre scene di *Lezioni di piano*, si faceva sesso, si guardava *Independence Day* (tutto), se ti andava bene si rifaceva sesso, ci si scassava di Häagen-Dazs. E bon. Poi nessuno dei due riportava le cassette ed erano 5 euro di mora. Ma 5 euro ben spesi.»

«Bei tempi, anche se non avrei mai scelto *Independence Day*.»

«Certo, tu sei un raffinato cultore della trombata Potëmkin.»

Efrem ride e io mi tranquillizzo.

«Mi vuoi dire che non sei pronta ad avere un'altra storia perché non si affittano più i film?»

«No, non sono pronta perché Pietro scoreggia e dice in pubblico che sono stata io. Non è sexy.»

«I tuoi pantaloni sono sexy.»

Cominciamo a ragionare.
Mi indica una luce accesa nella casa di fronte.
«Ti ricordi il gioco della finestra?»
Mi ricordo. Qualche volta, dopo aver chiuso il locale, ci piazzavamo davanti a una bella casa e fumavamo, seduti sul marciapiede. Immaginavamo le storie dietro alle poche finestre ancora illuminate, ne nascevano racconti semplici e pieni di speranza. Partivamo da un particolare come un lampadario, la tinta sui muri, la cornice di un quadro, un mobile, e lo facevamo fiorire.
I nostri abitanti stavano sempre bene, meglio di noi almeno: gente che ha capito quel che vuole, che si ama tranquilla, che lavora e studia e si parla fitto fitto.
«Ci pensi mai a come sarebbe stato essere insieme dietro a quella finestra?»
«Ci ho pensato tanto, ora non più.»
«Non mi hai mai perdonato, vero?»
«Ti sbagli, io non solo ti ho perdonato, ti ho pure capito. Sarebbe finita male tra noi, dall'altra parte del vetro, e lo sapevi. Siamo come quei vecchi esami che davamo all'università. Sai, no, la parte istituzionale e la parte monografica? Ecco, siamo perfetti sul monografico, ma ci manca tutto l'istituzionale, ci mancherebbero le basi, come coppia. Tu non sai nemmeno come si chiamano i miei figli.»
«E per essere amanti?»
«Per quello basta il monografico.»
La birra è finita, ora posso scegliere. Di chiudere la serata qui, tornare a casa, dietro alla mia finestra, con Micol e Pietro, sentirmi felice della nostra luce, aspettando il prossimo messaggio di Efrem, il mio personale panchinaro che finge di voler entrare in campo.
Oppure di seguirlo a casa sua per una tisana, guardarlo mentre si toglie la maglia con un unico gesto plastico, afferrandone un lembo dietro al collo e scoprendo prima la testa di ricci neri, poi il naso piccolo e a picco sul volto, le labbra sottili e sensuali e i denti un po' a casaccio che mostra in sorrisi rari. Non ho mai capito come ci si possa sfilare i vestiti in quel modo.

Davide si è sempre tolto il maglione alla missionaria, avendo cura di tenere la maglietta bianca della salute con una mano per non scoprire la pancia. E poi il maglione lo piegava pure.

In questa possibile proiezione temporale in cui Efrem e io siamo insieme e lui è già senza maglia, ci baciamo a occhi chiusi e li riapriamo solo per capire che siamo ancora nel suo appartamento. Mi dimentico di tutto, pure della depilazione approssimativa, non sento altro che la lingua, le labbra, la bocca e poi il respiro, il mio? Il suo? Non si capisce. Facciamo l'amore, lui mi sembra meno ingenuo, non ha voglia di stupirmi, solo di starmi vicino, dentro, sopra, sotto e tutt'intorno. Siamo su un letto da adulti, niente più futon Ikea, un letto all'altezza di noi due cresciuti e consapevoli.

Dopo rimaniamo in silenzio e io non gli chiedo: "A cosa stai pensando?", e lui non risponde: "Niente". Io non incalzo con: "Non è possibile, non pensare a niente", e lui non pensa tra sé e sé: "Non è nemmeno possibile sfracassarmi le palle appena finito di scopare".

Rimaniamo in silenzio perché non abbiamo più niente da chiedere. Anzi, no, qualcosa lui me la chiede: "Come si chiamano i tuoi figli?". Ed è come se si fosse dimenticato il mio di nome, ma in fondo lo sapevo, noi siamo ottimi sul monografico, pessimi sull'istituzionale. Scarto, quindi, e chiudo questa possibile porta temporale.

L'altro periodo ipotetico, quello della realtà, si svolge nel seguente modo: Efrem mi riaccompagna sotto casa e mi bacia, tengo gli occhi aperti, il bacio è bello ma non riesco a godermelo perché ho paura che arrivino Mangia prega chiava, di ritorno da qualche cena vegan.

E invece arriva un ragazzo che non avevo mai visto prima nel palazzo, fa un cenno di saluto ed entra, io mi sento in colpa, ho la tentazione di seguirlo e spiegargli che sono stata lasciata, che ho tutti i diritti di baciare chi voglio e quando voglio, che non sono una pessima madre. Abbraccio Efrem e salgo, ma davanti alla mia porta non c'è nessuno, solo la solita targa mortuaria D. BIAGI e D. TEALDI.

16

Per la prima volta, da mesi, torno a casa e trovo un uomo ad aspettarmi. Non importa se è l'uomo della mia migliore amica, non è rilevante neppure che lo paghi per star lì in attesa, in qualche modo aprire e trovare Simone sdraiato sul divano che russa come un cinghiale con la tv accesa su "Malattie imbarazzanti" mi migliora l'umore.

«Ti sei divertita, Riccioletta?» mi chiede, stropicciandosi gli occhi.

«Una specie. Voi?»

«Noi siamo andati alla grande. Tua madre è la donna della mia vita. Credo di averla sedotta, l'ho chiamata Madame e poi abbiamo cantato insieme tutte le canzoni di *West Side Story*. Io ho ballato pure la quadriglia di *Sette spose per sette fratelli*.»

«I bambini?»

«Quali bambini?»

Ride.

«I bambini sono stati bravi. Pietro ha doti da poeta.»

«Lo so. Non so se si tratti di una dote.»

«Mia cara Riccioletta, in questa nostra terra arida se vuoi trovare un po' di poesia, ti conviene iniziare a scriverne. Ma tu sembri triste, siediti un po' con me, su questo divano scomodissimo. Tra l'altro non ti stupire che gli uomini ti lascino se hai un divano così.»

«Sono tutta un po' scomoda.»
«Ma allora è andata proprio male questa serata.»
«No, non male. C'ho rimediato due limoni e un discreto corteggiamento, ma ora sono più giù di prima. Non si può far diventare un panchinaro un titolare.»
«Io odio il calcio, non ci capisco niente, è che ho i piedi piatti, sono basso e lento. E comunque basta parlare di te, sono un po' giù anch'io, la tua amica non mi ama.»
«Devi avere pazienza, Sara è una donna strana, lei è attratta dal lato oscuro.»
«Ma io sono un maledetto jedi dell'amore!»
«Questo è chiaro. Ma renditi conto che lei, fino a ieri, è stata solo con uomini tatuati, ombrosi, di quelli che si siedono al bar e leggono un saggio sorseggiando tequila.»
«Io non ho nemmeno un tatuaggio. Vale una voglia di uva sul culo?»
«No, non vale. Ma a me piaci e io sono dalla tua parte. Ora alza il tuo culone voglioso di uva dal mio divano e vai a casa.»
Così, barcollando, segue il mio consiglio. Mi bacia sulla fronte, prima di uscire mi incalza.
«Secondo te non le piaccio perché non ho la patente?»
«Non hai la patente?»
«No, pensa, io non potrò mai andare da solo in un Autogrill.»
«Notte Simone.»
«Notte Riccioletta.»
Prima di mettermi sotto le coperte faccio un veloce giro a baciare Micol e Pietro, come se dovessi farmi perdonare qualcosa. Cerco un pretesto per infilarli tutti e due nel lettone ma hanno un respiro lento e profondissimo.
A cinque anni essere sveglia mentre tutti gli altri dormivano era la mia idea di solitudine, rimanere nel silenzio, con il ronzio del frigo a farmi da coperta di Linus, tutto il mondo in un'altra dimensione così vicina e così inaccessibile.
È buffo perché, crescendo, il concetto di solitudine si ribalta completamente, significa dormire quando tutti gli altri

sono svegli, ballano nei locali giusti, si divertono nel modo giusto, fanno l'amore nelle posizioni giuste, litigano magari, ma per motivi giusti.

Ora che ho passato una serata proprio con quelle persone, invece di dormire il sonno dei giusti mi ritrovo faccia a faccia con il buio, con la rabbia, con i fantasmi e con lo spirito del maledetto Belloveso. Perché è proprio quando la notte si fa più buia che mi tornano alla mente particolari letti su "Forse non tutti sanno che" della "Settimana Enigmistica". Funziono così.

Forse non tutti sanno che Belloveso, nipote del sovrano dei Galli Biturgi, una bella mattina del 600 a.C. si svegliò con intenzioni bellicose, giunse nella Pianura Padana, la trovò nebbiosa ma accogliente e uccise qualche etrusco. A quel punto il suo umore cambiò e da bellicoso si fece costruttivo e fondò Milano, rovinandomi la vita. Se quel mattino del 600 a.C Belloveso si fosse svegliato pigro, magari malinconico, oppure stranamente allegro, le cose avrebbero preso un'altra piega e oggi Milano non sarebbe una metropoli di 1,316 milioni di abitanti. Più uno. Più Davide.

Pensare che gli avevo suggerito io di fare domanda per il trasferimento: "Sono più soldi, un incarico dirigenziale, è un'ora di viaggio in treno, ci metti di più ad attraversare il centro di Torino la mattina...".

Bluffavo? Forse. O forse erano gli ormoni della gravidanza a parlare, quella positività ottusa e onnipotente che ti rende sicura del futuro, della famiglia, del "ce la faremo, basta che tu torni da me la sera, stanco ok, ma felice".

Che stronzo sei stato, Belloveso, a svegliarti bellicoso quella mattina di nebbia. Alla fine Davide il posto lo ha avuto, nel momento più sbagliato, appena prima della notte in cui ci hanno rubato il Natale e la tua Milano è diventata la scelta più comoda. Davide è andato via una domenica di fine gennaio, sembrava partisse per una gita verso una casa da studente scelta in fretta e furia: una valigia, uno zaino e una chitarra. Pietro era da mia madre, Micol dormiva ancora.

«È solo un'ora di treno, non è definitivo, abbiamo bisogno di spazio e di tempo.» Questo l'ha detto lui. «La chitarra l'hai sempre suonata di merda.» Questo l'ho detto io. Ma pensavo ad altro, dentro di me sapevo che era definitivo, eravamo sulla porta di casa, sulla soglia del dolore e, effettivamente, faceva male.

17

Una notte così pessima non può che concludersi con una crisi dell'armadio mattutina. Non sto parlando del sano imbarazzo da "cosa mi metto?". Sto parlando di un armadio quattro stagioni riversato sul letto (l'armadio di una donna è l'ultimo posto dove esistono ancora le mezze stagioni, i quarti di stagione e gli ottavi di finale). Sto parlando della camera che si trasforma in *Panic Room*.

Sono davanti alle ante aperte e provo compulsivamente tutto, la versione horror di Arturo Brachetti. A ogni cambio sbraito, bestemmio, maledico Zara, Mango e gli altri dèi dei grandi magazzini, mi chiedo chi abbia lavato a tradimento tutto il guardaroba a novanta gradi stringendolo di una taglia.

Mi accadeva spesso quando stavo con Davide, lui si teneva alla larga, sapeva che se fosse entrato in quel momento gli avrei sottoposto due capi identici domandando: "Quale?", e qualsiasi risposta sarebbe stata sbagliata.

A pensarci c'è un indubbio collegamento tra la donna, il guardaroba e le relazioni amorose, può sembrare una cazzata da settimanale femminile e invece a me pare illuminante. Il rapporto con un vestito tanto desiderato regge il paragone con le fasi dell'amore. Prima c'è il corteggiamento, cammini per strada, vedi un capo che ti folgora in vetrina, entri. Accanto a lui c'è un altro vestito interessante, magari più comodo, magari della taglia giusta, ma tu no, vuoi quello un po' strettino, non in saldo, dal costo elevato. Deve essere tuo.

Poi arriva l'innamoramento, sulla strada che ti riporta a casa fantastichi del vostro favoloso futuro insieme, pensi ai momenti che trascorrerete in armonia, tu e il tuo capo perfetto e versatile, con te nel tempo libero e sul lavoro, con te per infonderti fiducia e farti sentire bene sempre.

A casa, però, c'è sempre un momento in cui ti penti dell'acquisto. Là, sul manichino, ti sembrava perfetto ma adesso, buttato sul letto sfatto, cominci a vederne i difetti. Il colore non è poi così vivace o, al contrario, è troppo sgargiante e vistoso, il taglio non così raffinato come te lo ricordavi. Oppure il vestito ti appare perfetto, sei tu che sei troppo grassa o troppo magra, che non sei all'altezza della sua leggerezza, della fattura ineccepibile, senza mai una piega.

A questo punto le strade sono due: puoi sostituirlo, riportarlo al negozio e dimenticarlo, oppure prenderlo per quello che è. Semplicemente indossarlo, farlo diventare parte della tua quotidianità, qualche volta tenendo la pancia in dentro, altre volte forzando la cerniera, sbuffando. Bisogna stare attenti all'usura, alla noia, reinventarlo un po' ogni volta. Stamattina vorrei tanto avere un amore che si lasci fare l'orlo.

E invece mi infilo gli scomodissimi jeans superskinny di ieri sera, mi piazzo pure i tacchi per alzarmi il morale, trotto imbizzarrita per la casa svegliando i bambini, vestendoli, dandogli da mangiare qualcosa e lasciando che la gatta salga sul tavolo.

«Mamma, non voio andale a scuola.»

«Pietro non ora, sii buono.»

Ed è proprio una cazzata da mamma, quell'implorazione: "Sii buono". Lui comincia a ciondolare, un sacco vuoto che si appende alla mia mano, pesantissimo, lamentoso. Sbuffa a intermittenza, come se la bocca fosse uno sfiatatoio, non piange, si lagna che è peggio. Trascino nel pianerottolo tutti e due, mi chiudo la porta dietro e, mentre controllo di aver preso il cellulare, succede.

Pietro ciondola via dalla mia mano, proprio sul primo scalino della rampa. È un attimo. Non sono lucida, ho i tacchi, un urlo mi resta intrappolato in gola, cerco di prenderlo al volo e, invece, mi trascino dietro anche Micol. Ci facciamo diciassette gradini, quelli che Pietro conta tutti i giorni mentre saliamo in casa.

L'urlo che resta intrappolato in gola viene risputato fuori dai bambini, che gridano, piangono ed è tutto amplificato dall'eco della tromba delle scale.

Metto a fuoco, prendo entrambi tra le braccia e li passo allo scanner. Palpeggio le teste, apro le bocche già spalancate, tocco i nasi, controllo braccia e gambe e intanto trattengo il respiro. Non si sono fatti niente, Pietro è slittato di schiena sullo zainetto, Micol è slittata su di me.

Se qualcuno passasse in questo momento vedrebbe una donna seduta per terra, senza scarpe, che trema con due bimbi in lacrime tra le braccia, dice soprattutto a se stessa: «Non è successo niente», ma loro continuano a urlare.

Quel qualcuno effettivamente passa ed è il ragazzo di ieri notte, lascia la spesa per terra e si affretta sul nostro trittico improbabile.

«Signora, sta bene?»

«Sì, sì, siamo scivolati, ma stiamo bene.»

Non piange più nessuno, lui mi restituisce una scarpa e poi mi tende una mano, Pietro si pulisce il naso sui miei pantaloni, Micol su quelli del ragazzo. Cerco di scusarmi, farfuglio qualcosa, rido implorandolo di non chiamare i servizi sociali, sembro una pazza, mi tremano le mani.

«Stia tranquilla, sono Enea, il fratello di Barbara.»

«Barbara?»

«Sì, la sua vicina.»

«Ah sì, scusami, Barbara.»

Il fratello di Sai Bubu.

«Sono partiti per l'India, vengo a bagnare le piante, in realtà sfrutto l'appartamento per studiare in santa pace.»

Annuisco, ma sono da un'altra parte, più torno in me più ho voglia di fuggire lontano, riesco ancora a dirgli:

«Studiare in pace? Vicino a noi? Sarà dura...»

Alla fine lo schianto è arrivato e un ragazzo mi ha chiamato "signora".

18

«Sono una madre di merda.»

«Non sei una madre di merda.» Sara cerca di consolarmi, ma oggi è un'impresa titanica.

«Ho fatto fare ai miei figli una rampa di scale con i denti, dopo aver passato la serata con un uomo che non era il loro padre e aver detto a Pietro: "Sii buono" con tono implorante.»

«Ok, questa si avvicina molto alla mia definizione di "madre di merda"...»

«Mamma. Non sei una madle di melda.»

Anche Pietro sembra convinto della tesi di Sara e me lo vuole comunicare mentre finisce la sua cena.

«Ecco, i miei figli dicono le parolacce. In più parlo di loro in loro presenza, errore gravissimo.»

«È vero, però non ti ho mai sentita dire: "Mio figlio non *mi* mangia", cosa che farebbe di te una madre di merda e di tuo figlio un cannibale. Inoltre non parli con loro come se fossi Tinky Winky dei Teletubbies, tutta moine e acuti senza capo né coda.»

«Continua, mi stai convincendo.»

«Non sei nemmeno una mamma "tesoro mi si è ristretto il Garzanti", hai presente quelle che usano solo i diminutivi.»

«Sì, una volta una tizia che conosco è riuscita a partorire: "Amore, hai mangiato abbastanzino?".»

«Vedi che non sei una madre di merda?»

«Non lo so, Sara, mi è capitato di fingere delle telefonate a Gargamella per far mangiare Pietro. Tipo: "Gargamella, Pietro non vuole la minestra, vieni pure a prenderlo".»

«È vero, una volta ti ho sentita anch'io, ma non hai mai detto: "Non toccare quello, è cacca!" mentre Micol prendeva da terra una carta o un sassolino.»

«No, quello no. A parte la volta che voleva davvero raccogliere uno stronzo di cane e allora ci stava, no?»

«Sì, sì, quando è cacca vera si può dire.»

«Comunque sono entrata con Pietro in un negozio di giocattoli e per velocizzare la scelta tra un trenino e un libro di Nemo l'ho incalzato: "Se scegli in fretta ti prendo un lecca lecca". Una Caporetto montessoriana.»

«Sfoderi l'artiglieria pesante. Ok, però non parli dei tuoi figli in prima persona plurale, non dici: "A noi piace tanto il Fruttolo".»

«Ma queste sono cose piccole, senti qui. Una volta sul tram mentre Micol frignava sono sbottata, ho indicato una signora a caso e le ho detto: "Se non smetti di piangere la signora ti sgrida". E la tizia mi ha risposto: "Sai che me ne importa a me se sua figlia piange".»

«E aveva pure ragione.»

«Certo che aveva ragione, vedi che faccio schifo come madre?»

«Aspetta però, tu non ti rivolgi a te stessa chiamandoti "a mamma".»

«Questo è solo perché sono di Torino, "ammamma" si usa al Sud.»

«Mmh. Non hai sostituito tutti i nomi di battesimo con Tato e Tata.»

«Giusto, però abuso di "zia" o "zio", tutti i miei amici sono zia o zio di Pietro e Micol.»

«Ah, maledetto, vuol dire che non sono la tua unica Zia Sara?»

Sara fa il solletico a Pietro che ridacchia e si contorce.

Mi sto impegnando con determinazione per lasciare ai miei figli del buon materiale da lettino. Tra tutte le recriminazioni e le accuse che mi rivolgeranno, ce n'è solo una che non accetterò, quella di non averli fatti divertire. Li faccio ridere in tutti i modi che conosco e poi, quando hanno il mal di pancia e mi chiedono pietà, salto addosso ai loro corpicini straziati per finirli con il solletico. A volte esagero e mi diverto solo io.

Un paio di settimane fa ero con Pietro all'odiato parco, un bambino lo prende per i capelli e lui si lagna un po'. Io non intervengo, l'antagonista è particolarmente antipatico, anche la mamma sembra odiosa, una di quelle giovani donne appartenenti alla razza padrona, convinte che la cacca del proprio figlio non puzzi.

Torniamo a casa e Pietro mi chiede: «Pelché quel bambino è stato bilbone?». E io: «Perché la sua mamma è una ninfomane compulsiva e suo padre è criptogay». Io lo so che non si fa, che la supercazzola ai bimbi è un reato, ma quando lui mi guarda e ripete con aria interrogativa "linfioname?" io lacrimo dal ridere.

«Però, se posso spezzare una lancia a mio favore, ho avuto un'infanzia difficile, insomma i miei erano della scuola "Mangia i pomodori altrimenti Gesù piange".»

«A me dicevano sempre: "Non si giura!". Non so se mio padre avesse visto troppe puntate di "Perry Mason" e temesse una mia falsa testimonianza di fronte al tribunale dei peluche.»

«Possibile. E "Non si beve l'acqua dopo la banana"? "Non si beve l'acqua dopo il cioccolato e dopo il gelato"? Insomma non si beve. Però guai a non fare la pipì ogni ora altrimenti "ti esplode la vescica".»

«E mia nonna che mi minacciava: "Se incroci gli occhi diventi strabica"? E se faccio il verso del cavallo divento un minotauro? Ma il capolavoro era quando mi intimavano di non prendere il sole attraverso i vetri, mia madre sosteneva facesse venire il raffreddore.»

«O forse temeva che i raggi sui vetri ti dessero fuoco, come la lente di ingrandimento.»

«O forse siamo una famiglia di vampiri.»

«Così si spiegherebbero tante cose, Dora.»

Dopo cena giochiamo ancora un po' con i bimbi, sedute per terra. Non ci chiedono molto, solo di ripetere qualche battuta, senza protestare né uscire dal seminato, facciamo finta di essere due commesse, Pietro e Micol entrano nel negozio, Pietro chiede se ci sono degli occhiali azzurri, noi rispondiamo che no, gli occhiali non li vendiamo. «Glazie lo stesso» fa lui. «Buona giornata» rispondiamo noi. La sequenza si ripete invariata almeno trenta volte.

Chi ha detto: "Il gioco è bello quando dura poco" non conosceva i bambini, per un bambino il gioco è bello quando è lungo, ripetitivo, uguale a se stesso, insomma quando fa venire il prolasso.

Ma io stasera mi sento così in colpa che osservo la mia penitenza di "no, gli occhiali azzurri non li vendiamo" con contrizione, manco snocciolassi il rosario. Alle fine, tentiamo un colpo di scena.

«Pietro, proprio oggi ci sono arrivati gli occhiali azzurri.»

Lui è sbalordito.

«E costano cinque?»

«Sì.»

«Allora li regalo a Micol.»

Tutto per lui costa cinque. Pietro ha un sistema di pesi e misure davvero affascinante. Il cinque è il numero perfetto, la santissima cinquina, tende all'infinito. Quanto pesi? Cinque chilometri. Quanto sei alto? Cinque. Quanto mi vuoi bene? Ti voglio bene così, e fa il cinque con la mano.

Anche la nostra gatta Zora è un'unità di misura, nonché merce di scambio emotivo, un po' come i cammelli. Un barbone per strada che chiede l'elemosina? Mamma, è tliste quel signole, diamogli Zola. Sai che mi sei mancato oggi in ufficio? Sì mamma, allora domani poltati Zola.

L'indice di figosità si ottiene incrociando cinque (!) parametri, ovvero la capacità di fischiare, la capacità di nuotare sott'acqua, il saper contare fino a trentacinque, la fragorosità delle flatulenze, il possesso di indumenti verdi.

Il verde è il colore del vento. Il tempo, invece, viene misurato in domeniche. Ciò che è accaduto nei giorni precedenti è sempre successo di domenica, mentre quello che dovrà accadere di bello avverrà di mercoledì. Mercoledì andiamo al cinema, vero? Mercoledì andiamo a vedere la neve? Eccetera.

Abbiamo anche l'oggieri, un avverbio temporale che specifica eventi relativi al passato prossimo. Oggieri siamo andati al parco, oggieri ho mangiato il gelato. Lo spazio si quantifica in mezzi e percorrenze, col tram o la macchina si va vicino, col treno si va a Nizza, con l'aereo si va in cielo.

In cielo si va anche se si è vecchi o malati o ci si fa molto male e si muore, come il criceto Emile e la signora Ellie di *UP*. Tutti e due si tengono compagnia su un volo Alitalia.

Alla fine cerco di fargli dire qualcosa sulla caduta della mattina.

«Racconti alla zia cos'è successo stamattina?»

«Oggieli siamo caduti pel le scale. Ci siamo fatti un po' male, così», e mostra il cinque, «ma alla fine non siamo andati in cielo, siamo andati a scuola. In tlam.»

Ridiamo, ride anche Micol che batte la mano in terra e dice: «Pum». Per come mi sento avrei bisogno di una dose di Zora da cinque. Mi fa male ovunque, mezza coscia ha già preso un colore bluastro e mica per niente il blu è il colore della tristezza.

«Li metto a dormire e poi ti racconto di ieri sera.»

«È andata tanto male?»

«Non lo so, ti dico dopo, siamo stati interrotti da un ragazzo che mi ha chiamato "signora".»

Addormento Micol in braccio, mentre sto seduta accanto al letto di Pietro.

«Mamma, ma gli aelei muoiono?»

«Sì, ma quando muoiono, scendono a terra.»

Si addormentano tutti e due, mi piacerebbe molto piangere, ma mi riesce difficile. Mi farebbe bene aprire il frigo e affettare delle cipolle, solo per lacrimare, pura meccanica per depurare l'anima.

Non ho nemmeno voglia di raccontare a Sara cosa è successo, mi piacerebbe fare come da bambina, quando mi rintanavo sotto al grosso tavolo della cucina per tenere il muso in pace. Era nodoso, con quattro zampe da felino, coperto da una tovaglia all'uncinetto, praticamente un lupo travestito da nonnina. Mi piaceva stare seduta lì sotto, vedere senza essere vista, aspettando di saltare fuori dalla pancia del mio lupo.

Invece salto fuori dalla stanza di Pietro perché qualcuno ha suonato alla porta, nell'ingresso c'è il ragazzo, il fratello di Sai Bubu, Sara lo indica:

«Credo che sia il tizio di cui mi parlavi, ha chiamato "signora" anche me. Uccidiamolo.»

19

Non lo uccidiamo. Enea viene in pace, dopo la caduta vuole solo verificare che tutto vada bene. Metto su una tisana, mi pesa avere un nuovo ospite, ma Sara, da buona yes woman, insiste perché resti a fare due chiacchiere.

«Questa cosa del "signora" non va bene.»

Lo prende subito in mezzo.

«No, lo so, è che ho visto i bambini, una mamma, capisci, mi è venuto spontaneo.»

«Sì, ma io non ho figli, non ci sono scuse.»

Allora intervengo.

«Dài, lascialo stare, io sono a tutti gli effetti una signora.»

«Non è vero. Ci sono dei parametri per essere considerate signore, parametri che tu non hai.»

«Tipo?»

«Tipo curare la pedicure anche d'inverno, con smalto rosso e senza peli da hobbit sugli alluci.»

«Ok, niente pedicure. Poi?»

«Poi una signora deve possedere un gancio per borse da tavolo.»

«Cos'è un gancio per borse da tavolo?»

«Se fossi una signora lo sapresti. Hai un erogatore di sapone per le mani nel lavandino della cucina?»

«Ma che domande sono, non c'ho manco il detersivo per i piatti, continuo ad allungare un fondino di Nelsen da un mese...»

«Vedi? Una signora sa come gestire i propri detersivi. Inoltre intrattiene rapporti duraturi con i propri ombrelli, rigorosamente di tonalità pastello, senza perderli, lasciarli sul tram, rompere o storcere le bacchette di alluminio. Tu giri con l'ombrellino di *Cars* di Pietro.»

«È vero. Immagino inoltre che una signora non canti *Ufo Robot* ai propri figli nella versione "Si trasforma in un cazzo missile coi circuiti di mille valvole", vero?»

«No, infatti.»

«Ma come una vera signora io ho una tata.»

«Lasciamo perdere questo argomento. Hai una tata con la barba, che canta ai tuoi figli i Pooh e che dopo aver fatto sesso, invece di coccolarmi, mi chiede grattandosi un orecchio se ho mai avuto un tappo di cerume. Ecco che tata hai.»

Enea ci guarda e sembra divertito, naturalmente non capisce, ma sta al gioco. Forse sta pensando che una signora non dovrebbe nemmeno baciare amanti sotto casa, quando i figli e il marito dormono un paio di piani più su.

«Ora la smettiamo», assumo il mio solito tono materno, «è che prima ti chiamano "signora" e poi ti cedono il posto sul tram. Per una donna è dura da accettare. Un uomo non subisce lo scioccante passaggio dal "signorina" al "signora", ed è per quello che mediamente invecchiate meglio di noi.»

«Sono stato superficiale e direi che da qui in avanti ci daremo del tu, vero?»

«Direi di sì, quanti anni hai?»

«Venticinque.»

«Dentro di me dovrebbe esserci ancora una donna di venticinque anni, sta qui, da qualche parte, ma va in giro in una custodia da trentacinquenne.»

«Trentacinque. Sei ancora giovane...»

Io porgo una tazza di tisana a Sara, che non riesce a trattenersi.

«Hai detto "ancora" giovane?»

«Ho sbagliato di nuovo?»

Sara si sta divertendo un sacco, guarda Enea leccandosi i baffi, non sa se mangiarselo o fargli le fusa. La conosco abbastanza bene per capire che il ragazzino le piace, non resiste quando sa di avere il potere e può esercitarlo, il potere è la sua debolezza. La sua bellezza le ha sempre permesso piena libertà di scelta, le ha anche concesso la libertà di non scegliere, di poter uscire con un poeta bidello e flirtare con un ragazzino. Il suo aspetto non fa selezione all'ingresso, ha un pubblico vastissimo, poi però c'è quel piccolo problema, che Sara in amore trova più importante avere ragione piuttosto che essere felice.

«Hai sbagliato, sì.»

«Volevo dire che è ancora giovane e bella, era un complimento.»

Sorrido.

«Sì, ma hai rovinato tutto con quell'"ancora". È come se ammettessi la decrepitezza del soggetto, sempre la più bella delle decrepite, ma ugualmente decrepita. Ti conviene non fare mai complimenti che implichino avverbi temporali. Per esempio: "Stai benissimo, oggi". Le donne hanno orecchie che selezionano l'"oggi" e perdono lo "stai benissimo". "Oggi", vuol dire che ieri stavo male, che ero una sciattona, che, oddio, dovevo mettermi il vestito che mi tira su le tette e così via.»

«Credo di avere molto da imparare.»

«E siamo qua per questo, vero Dora?»

«Esattamente, molestiamo sempre i vicini di casa fino a notte fonda, è una cosa che va molto tra noi vecchiette.»

«Prendi appunti, ti do un paio di dritte utilissime con le tue compagne di corso. La complessità di un complimento dovrebbe essere direttamente proporzionale alla bellezza della destinataria del medesimo. La donna oggettivamente figa è abituata a sentirsi dire che lo è. Il mio consiglio è: sbizzarrisciti con le somiglianze a opere d'arte sconosciute. "Il tuo sguardo l'ho visto in un quadro di Jan Vermeer" ha più chance di "Che bel sorriso"...»

E qui continuo io.

«Non esagerare però, la donna bella è bella ma non scema. Stessa cosa vale per le donne dalla bellezza dubbia. A loro, e lo so per esperienza, vanno dette cose semplici: "Sei bella" funziona sempre. Ci crederà anche se è un cesso, mai sottovalutare la forza dell'autoconvincimento, lei ci vuole credere. In più, nessuno pensa nel proprio profondo di essere brutto e in un certo senso è vero, il segreto è trovare il proprio pubblico, per quanto di nicchia sia.»

«Esatto, amica. Un altro consiglio che mi sento di darti è non esagerare mai con i complimenti a sfondo sessuale, vanno calibrati bene sul senso dell'umorismo della ricevente. Sconsiglio di uscire con una frase come: "Se riuscissi a venire a letto con te poi me lo taglierei e lo farei mangiare al gatto, non riuscirei ad avere niente di meglio".»

«Oddio Sara, non me la ricordavo questa, te l'aveva detta quel barista tutto tatuato...»

Enea ride, non sembra in imbarazzo, io mi sento meglio, le risate, le parole a raffica, stanno facendo riassorbire la botta. In sere come questa mi pare che la mia vita sia in mano a un buon sceneggiatore.

«Posso aggiungere una cosa io? Ignora il difetto. Chi più chi meno, siamo tutti modelli difettosi, ma preferiamo ignorarlo. Io, per esempio, ho un grande nasone.»

«Hai detto "naso"? Quale naso?»

Enea si è guadagnato un sacco di punti.

«Good boy, good boy... impari in fretta.»

Effettivamente ho il nasone, ma non è mai stato un problema, credo nel profondo che senza non sarei io e che possa essere storto quanto vuole ma se la schiena è dritta non gliene frega niente a nessuno. Il mio becco, a differenza del nasino alla francese di Sara, fa selezione all'ingresso, divide le masse, è uno spartiacque: a sinistra quelli che lo accettano e lo amano, a destra quelli che mi suggeriscono il chirurgo plastico. Il mio target sta a sinistra, a patto che non se ne parli mai. Non valgono nemmeno i complimenti mascherati. Davide per esempio mi disse: «Hai un profilo coraggioso», avrei dovuto capire subito tante cose.

«Anche il gioco "animali, cose, persone" va utilizzato con parsimonia», Sara è incontenibile. «Suggerisco grande attenzione nella scelta dei paragoni: "Sei bella come è bello il prato tenero dietro l'arcobaleno nel tacito meriggio d'acqua e sole" è ok.»

«È di Juan Ramón Jiménez. È più che ok» ribatte lui, che ha venticinque anni ma ha studiato, a quanto pare.

«Bravo, infatti. Jiménez va molto bene. Va bene anche una versione paracula del tipo: "Sei bella, assomigli alla felicità", al limite un paragone gastronomico: "Sei più dolce di un tiramisù". Estremizzando un paragone gossipparo: "Sei bella, potresti essere la sorella di Belen". Ma è inaccettabile: "Sei bella, di una bellezza buffa, sembri Gonzo dei Muppet".»

«Uh, che colpo basso», le tiro dietro un tovagliolo. «Questa l'aveva detta a me il tizio ai Murazzi!»

«Poi, mio caro Enea, ricordati che a una donna insicura non devi mai fare complimenti troppo specifici e vagamente astrusi come: "Hai delle ginocchia molto sexy". Nella sua mente scorreranno le immagini di tutte le parti del corpo improponibili che hai scartato prima di arrivare alle ginocchia. Vale anche: "Stai proprio bene con i pantaloni", lei lo leggerà come: "Hai i polpacci di Maradona, la gonna non te la puoi permettere".»

«Direi che c'è tutto, no? No, aspetta, ricordati di evitare i paragoni con le ex. La ex non va menzionata, nemmeno se il paragone gioca a favore della ricevente. Ad esempio: "Che bello, finalmente una donna intelligente, non come la mia ex", non va bene e sai perché non va bene? Perché con la decerebrata ci tornerai, lasciando noi donne intelligenti a trastullarci con la fisica quantistica.»

«Ok. Credo di aver capito tutto. Secondo la vostra logica non dovrei nemmeno dire a una donna: "Sei dimagrita", perché lascia intendere un passato di obesità. Io propongo: "Sei ulteriormente dimagrita".»

«Sì, sei *ulteriormente* dimagrita potrebbe stare in una poesia stilnovista.»

«Allora facciamo così» dico io in tono solenne, «non ti uccideremo, almeno non stasera, io ora vado a letto, voi chiacchierate ancora un po', senza fare troppo casino che i piccoli coinquilini dormono. È stato un piacere, Enea, io sono Dora.»

«Dora, come Dora Markus di Montale.»

«Sì, Enea, come Enea che pianta in asso la povera Didone spingendola al suicidio.»

Vado a letto, loro restano in cucina per un po', poi non li sento più, magari hanno attraversato il pianerottolo e sono andati nell'appartamento di fronte. Questa volta mi addormento, con un pensiero che mi ha suggerito il giovane Enea.

Dentro di me c'è una donna un po' più giovane, appena cinque anni in meno. Mi azzardo a chiamarla "ragazza", è innamorata ma irrequieta, ha scelto la fila e aspetta il proprio turno di felicità. Di tanto in tanto butta un occhio alla coda che procede parallela e pensa: "Ho sbagliato tutto, guarda come vanno veloci quelli, ora mi sposto", ma non lo fa. Sogna un rubinetto della cucina con la doccetta estraibile e una famiglia da catalogo Ikea.

Dentro quella ragazza ce n'è un'altra più giovane, cinque anni in meno. Ha un lavoro, un uomo accanto che la ama, sono anime gemelle ma ciò che non sa ancora è che i gemelli alla fine sono fratelli e l'amore non può essere familiarità, non a venticinque anni.

Dentro quella ragazza ce n'è un'altra più giovane, di appena cinque anni. Ma sono i cinque anni che fanno la differenza, in cui ci si butta, ci si schianta, panciate su panciate sulle persone sbagliate. Non cerca l'amore, cerca un pubblico, un colpo di fulmine e un colpo di teatro. "Dimmi ti amo, anche a rate, anche una parola per volta." Fa regali che hanno il sapore di compiti a casa: "Se mi vuoi bene leggi questo libro e poi fammi il riassunto, ti interrogo domani". Quella ragazza va al concerto degli Smashing Pumpkins e su *Tonight* chiama lui e gliela fa ascoltare e le sembra che non ci sia modo migliore per trascorrere insieme tre minuti.

Dentro quella ragazza ce n'è un'altra, cinque anni più piccola. È il tipo di ragazzina che piuttosto del cantante sceglie il batterista o il bassista. Sogna, ma con un piede per terra.

Dentro quella ragazzina c'è una bambina di dieci anni, saggia come solo a quell'età si può essere. Guarda la televisione e le sembra che la gente dietro lo schermo sia più grande delle persone come lei, più alta, più massiccia.

Dentro quella bambina di dieci anni ce n'è una di cinque, ha una bambola con un occhio rotto che resta chiuso, ma per lei è perfetta così.

Dentro quella bambina di cinque anni c'è il seme, è così che si chiama la più piccola bambolina della matrioska. È il seme dell'amore, una vita che ha tutto da scrivere e nulla da correggere.

La bambola più grande della matrioska in russo si chiama madre e sono io, la me di oggi, che guarda tutte le altre con tenerezza e rabbia, a volte le culla, a volte le vorrebbe schiaffeggiare, ma non può fare a meno di stringerle in un abbraccio e accettarle tutte. E mi addormento così, abbracciando tutta me stessa.

La mattina dopo trovo sul tavolo un bigliettino, è di Sara e ci metto un po' a capire che si tratta del testo di *Tanta voglia di lei* dei Pooh. Dice:

"Mi dispiace devo andare
il mio posto e là
il mio amore si potrebbe svegliare
chi la scalderà.
Strana amica di una sera
io ringrazierò la tua pelle sconosciuta e sincera
ma nella mente c'è tanta, tanta voglia di lei.

P.S. non sono riuscita a corrompere il ragazzino. Sarà gay?"

Sorrido e non mi è chiaro se sia per la canzone dei Pooh o perché Enea non ha ceduto.

20

La primavera è esplosa e si è innescato anche il conto alla rovescia per la Pasqua, il ticchettio me lo sento dentro, è l'ansia di dover lasciare Pietro e Micol a Davide. Sarà solo per due notti, abbiamo contrattato, lui ha buttato là un tre, io ho bluffato con un uno, ci siamo accordati sul due.

Il tutto è avvenuto al telefono, abbiamo cenato insieme mercoledì e dopo abbiamo giocato sul tappeto sorridendo. I nostri figli ci fanno da messa a terra, scarichiamo su di loro l'affetto, ma anche la tensione che c'è tra noi.

Qualche volta accade pure che le nostre mani si incontrino in una carezza fatta a Micol, ma ci ritraiamo subito, due adolescenti al cinema che si sfiorano le dita nella stessa vasca di pop corn.

Fino a poco tempo fa non aveva pudore a ficcarmi un piede sotto il naso intimandomi: «Massaggia», cinque mesi appena dopo il primo incontro e si addormentava con una mano sul mio culo che usava come un antistress.

Ci siamo visti nudi, freschi di doccia, caldi di coperta, appiccicosi di febbre. Mi ha scaldato le mani quando avevo freddo, gli ho tenuto la testa mentre vomitava. Ci siamo pianti sulla spalla, gli ho schiacciato i punti neri, mi ha controllato le placche in gola, ci siamo visti da vicino, vicinissimo, mi ha soffiato via dagli occhi mille bruscolini, io gli ho tolto dai polpastrelli piccole spine insidiose. L'intimità ciglia a ciglia.

Poi l'intimità ha ricevuto l'ordinanza restrittiva. Ora giochiamo vestiti da lavoro, Davide non si toglie nemmeno le scarpe, facciamo finta di non sapere come siamo fatti sotto gli abiti.

Lui dice a Micol: «Quanto sei bella», e io rispondo: «Grazie», un riflesso condizionato che mi fa vergognare e sentire stupida. Ci dividiamo i figli da far addormentare, Micol a lui, Pietro a me.

«Papà è tliste a casa da solo?»

«Non credo, ma dovresti chiederlo a lui.»

«Dovlemmo lascialgli Micol, folse così non si sente solo.»

«Poi così ci sentiamo soli noi.»

«Allora fatti mettele un'altla fratellina nella pancia e poi la plende lui.»

«Dormi adesso, amore mio.»

«Mamma...»

«Dimmi.»

«Io stavo nella tua pancia?»

«Sì.»

«Allora ti ho vista dentlo.»

«Sì, tu mi hai vista dentro.»

Addormentati i bimbi, Davide scappa via per prendere l'ultimo treno per Milano, poi mi chiama dalla stazione. Parliamo a lungo al telefono e i toni si alzano, le voci litigano. Il pretesto è la scelta della tata, lui esordisce con: «Mi chiedo come mai con te nulla possa mai essere normale». E io mi ritrovo a girare per la casa in mutande, al buio, con il cellulare in mano, spostando oggetti e maledicendo il giorno in cui ho smesso di fumare.

«"Normale" non vuol dire niente. La volevi tu la tata, mi hai detto che avevo carta bianca...»

«Non fare la furba. "Normale" non va bene, ok, allora "facile", vuol dire di più? Perché con te nulla può essere facile?»

Dice "facile", ma vuole dire "felice". La domanda vera è perché con me nulla possa essere felice. E a quella domanda non so dare una risposta.

«Non mi pare che sia stato tanto difficile lasciarmi.»

E da lì in avanti inizio un monologo dove riesco a dire

anche: «Perché mi fai questo?», e non so esattamente cosa voglio intendere con "questo". Sono sprezzante, inizio le frasi con «Il tuo problema è...» e continuo con una paternale insopportabile.

Blatero sul fatto che lui e quelli come lui non conoscano il valore dell'abbastanza: «Il tuo problema è che pensi davvero di meritare di più, sempre di più». E poi a braccio proseguo con argomenti che, non so perché, spaziano dall'incapacità di vivere a Steve Jobs, non parlo a lui, parlo al mondo maschile intero: «Vi hanno detto di puntare alto, altissimo, che tutto è possibile, basta volerlo. La passione supera la ragione, cicala batte formica uno a zero. Vi hanno detto di andare oltre i limiti, ma sai che c'è, mio caro? I limiti si superano solo se si riconoscono. Tu e quelli come te state sempre a berciare su questo destino crudele che non vi dà quello che vi spetta, dando colpa a tutti e a nessuno. Quel coglione di Jobs vi ha fatto il discorsetto, "siate affamati", e voi siete diventati bulimici». Lui rimane in silenzio, mentre io deliro a ruota libera. E poi mi uccide.

«Dora, io conosco il valore dell'abbastanza. Io ne ho abbastanza. Se potessi scegliere di amarti ti amerei, ma non funziona così, purtroppo.»

Non so più cosa dire, per la prima volta. E attacco il telefono, dopo dieci minuti gli mando un messaggio. Ciò che non riesci a dire occhi negli occhi, dillo al telefono. Ciò che non riesci a dire al telefono scrivilo in un messaggio.

E nel messaggio scrivo: "Puoi prendere i bambini sabato mattina, me li devi riportare domenica sera. Ancora una cosa: dalla psicologa non ci vengo più, andatevene affanculo tu e lei". Spengo il telefono.

Poi vado a riesumare nello sgabuzzino i walkie talkie che usavo quando Pietro era piccolo, ne piazzo uno in camera dei bambini, attraverso il pianerottolo e busso a casa dei Mangia prega chiava.

Mi apre Enea. Sembra sorpreso, gli dico solo:

«Senti, scusa, sono due giorni che ci penso: quel tizio con cui mi hai vista l'altra sera... non era il mio amante. Sono stata lasciata, il padre dei bambini mi ha detto che non mi ama, che vorrebbe, ma non ci riesce. Volevo solo dirtelo. Ora tu dovresti invitarmi a entrare e offrirmi qualcosa da bere e guai se mi propini qualche intruglio vegan di tua sorella.»

21

Enea è giovane. Non c'è bisogno di chiedergli la patente per capirlo, basta guardare com'è vestito, indossa una magliettina bianca lisa, dei pantaloni della tuta, ha i piedi scalzi, ma al collo porta uno sciarpone, uno sciarpone in casa, alle dieci di sera ad aprile.

I ragazzi moderni devono essere tutti soggetti a gravi tonsilliti a giudicare dall'attenzione con cui tengono coperto il collo. Anche i disegni con cui ha scelto di tatuarsi l'intero braccio sinistro sono meglio del carbonio-14 per capire l'età.

Noi negli anni Novanta avevamo i tribali in bianco e nero e le scritte in cinese, un buon trenta percento della mia generazione va in giro con "involtini primavera" o "scemo chi legge" tatuato dietro al collo, o sul torace o sul polso, ma tanto non lo saprà mai, a meno che vada in Cina a farselo tradurre.

Ora è l'epoca delle carpe, dei fiorellini di ciliegio giapponesi, del colore, Enea ha un'intera manica nipponica, è fresca di inchiostro, gli dico che è bella, mi chiede se anch'io ho un tatuaggio.

«Dài facciamo i vecchi commilitoni che si mostrano le ferite di guerra» mi dice sorridendo.

«Ma io della mia ferita mi vergogno, è una fucilata nel piede autoinferta. Un incidente di percorso. Tra l'altro ha vent'anni tondi tondi, ho un tatuaggio poco più giovane di te.»

«E cosa rappresenta?»
«Allora», tiro un sospirone, «avevo letto il *Piccolo Principe* e ne ero ossessionata. Con i libri che amo mi capita esattamente il contrario che al resto del mondo, non ho nessuna voglia di consigliarlo, condividerlo, confrontarmi, me lo tengo tutto per me. È una relazione totalizzante ed esclusiva che non prevede interferenze esterne. Dalla mia posso dire che ai tempi non era ancora inflazionato come adesso.»
«Una frase del *Piccolo Principe* l'ho vista sullo status di Facebook della signora che va a fare le pulizie da mia madre.»
«Eh lo so, infatti ora se vedo una volpe mi viene voglia di farci un collo di pelliccia per un cappotto. Quindici anni fa invece non c'erano ancora gli status di Facebook e io ero tutta presa dalla storia dell'addomesticamento, della poesia malinconica, della rosa.»
«E quindi ti sei fatta tatuare la rosa?»
«Magari.»
«L'illustrazione della volpe?»
«Nemmeno...»
«Tutto il pianeta con il Piccolo Principe sopra?»
«No, neanche. Hai presente le prime pagine? Saint-Exupéry racconta di quando da bambino disegnò un serpente boa che ingoia un elefante.»
«Sì, e gli adulti lo presero per un cappello.»
«Bravissimo. Saint-Exupéry inserisce il disegno, che effettivamente sembra un cappello.»
«Ti sei fatta tatuare il serpente boa che mangia l'elefante e che sembra un cappello?»
«Sì, peccato che sulla pelle sembri semplicemente una cacca.»
«Quindi tu hai un tatuaggio di un serpente boa che mangia un elefante che sembra un cappello che sembra una cacca?»
«Esatto. Ai tempi mi sembrava una buona idea.»
«E dove ce l'hai?»
«Non te lo faccio vedere. "L'essenziale è invisibile agli occhi."»
Enea sorride, capisce la citazione e questo mi tranquillizza. Non c'è nulla di peggio che sprecare una battuta, alza-

re una palla che cade nel vuoto. Con Davide siamo sempre stati perfetti alzatori, l'uno delle palle schiacciate dall'altro, ridevamo solo noi per i nostri tormentoni.

Mi manca quella lingua comune che diventa improvvisamente lingua morta, niente mi fa sentire il vuoto dell'assenza quanto trovarmi a pronunciare un'espressione, una frase, un modo di dire che capirebbe solo lui.

Ora, per esempio, mi guarderebbe e direbbe: "Stai lucidando l'argenteria, eh?". E intenderebbe che sto tirando fuori il servizio buono, che sto cercando di apparire meglio di come sono, per piacere a Enea.

Io gli risponderei: "Figurati, ma non lo vedi che è un ragazzino, che si fa una cultura su 'Novella 2000'?". E rideremmo ripensando a quando il Davide quattordicenne si chiudeva in bagno con "Novella 2000" per toccarsi guardando le foto in topless di Serena Grandi.

Sua mamma una volta lo beccò uscire con il giornale sottobraccio e gli chiese come mai leggesse quella roba e lui rispose che voleva tenersi informato.

«È successo da tanto?»

Si fa serio e capisco che sta parlando della "cosa".

«No, tre mesi circa. Ma credo di averlo realizzato davvero solo stasera.»

«Mia sorella mi ha parlato di voi come di una bellissima coppia.»

«Anch'io parlavo di noi come di una bella coppia. Solo non sapevo di mentire.»

«Sei ancora innamorata?»

E in tutta questa storia è la prima volta che qualcuno me lo chiede. Sono cresciuta con il desiderio dell'amore. È iniziato tutto con Devilman, ho tre o quattro anni ma quando c'è lui bacio lo schermo e canto: «Devilman grande uomo diavolo, come un angioletto su nel cielo volerai se ti innamorerai. Un cartone animato di un diavolo caduto che cambia per amore, si comincia bene».

Poi Lady Oscar nuda con André, André nudo con la benda sull'occhio, un po' principe un po' Capitan Harlock. E io che penso che l'amore sia questo: spogliarsi in un prato sotto una coperta di capelli biondi. I bigliettini "ti vuoi mettere con me sì no forse". Il picciolo della mela girato su se stesso dicendo l'alfabeto fino a quando si rompe.

A me piace Andrea, ma il picciolo non si rompe mai al primo giro. Mi fischiano le orecchie, dimmi un numero: 8. abcdefgh... "ma nooo, non conosco nessuno che abbia un nome che inizi per h". Nessuno può mettere baby in un angolo. *Pretty Woman*, Pretty in pink e la gran culo di Cenerentola. *Sposerò Simon Le Bon*, il sabato pomeriggio su Italia1.

Ti ha baciata? Se ti bacia con gli occhi chiusi vuol dire che ti ama. E poi i succhiotti, gli inutili succhiotti sul collo, il marchio dell'amore. Le cassettine e le dediche alla radio. Videomusic quando ancora non c'era MTV. Ascolto i Nirvana ma mi commuovo con i video di Bon Jovi. Leggo *Opinioni di un clown*, riscrivo pezzi sul diario. Leggo *Il giovane Holden*, riscrivo pezzi sul diario. Scrivo, scrivo un sacco, pagine arate a inchiostro, filari di parole. Faccio quello per cui potrei rimanere incinta.

Le telefonate con il cuore in gola: «Buongiorno signora, sono Dora, c'è Paolo?», e Paolo non c'è mai. E forse la signora non sa nemmeno esattamente chi è Dora. Alla fine chiamo e, se non risponde lui, attacco. A volte mi faccio male, a volte faccio male io. *What's up* dei 4 Non Blondes cantata a squarciagola, poi sono in macchina con Alanis Morissette e guida lei, penso che la mia vita andrebbe meglio se avessi la felpa e i pantaloni di Natalie Imbruglia nel video di *Torn*.

Mi hanno detto di aspettare il grande amore, ma anche i piccoli non sono male e fanno diventare grandi. A un certo punto però ho smesso di diventare grande e ho cominciato a invecchiare. Cerco di spiegarglielo.

«Quando ero ragazzina facevo il gioco del picciolo della mela. Sai, no? Tieni il picciolo e giri la mela e nel frattempo snoccioli l'alfabeto in testa come un rosario. A, b, c, d... la scienza vuole che il picciolo si spezzi sull'iniziale del nome del tuo amore.»

«Sì, Barbara lo faceva con la linguetta della Coca-Cola, avanti e indietro fino a staccarla.»

«Tua sorella, la signorina green equo e solidale, beveva la Coca-Cola?»

«Ebbene sì, potrei ricattarla. Ma cosa c'entra la cosa della mela?»

«Ecco, io non giro più il picciolo della mela aspettando la d di Davide.»

«Capisco. Mi sa che la mela hai cominciato a sbucciarla ai tuoi figli.»

«Sì, ma non credere che sia finita perché i figli cambiano tutto.»

«Quindi non sei innamorata perché non hai più tredici anni e non fai i giochini di sommare i numeri delle targhe per vedere se c'è qualcuno che ti pensa?»

«Non lo so, credo solo di essermi concentrata sempre molto sul farmi amare e poco sull'amare io. Sei il primo che mi chiede se sono innamorata. È strano, no?»

«Sì, è strano.»

«Da adolescente quando tornavo a casa e raccontavo a mia madre di essermi presa una cotta, lei mi guardava alzando il sopracciglio e mi chiedeva sempre: "Ti ha detto 'ti amo'?", e non: "Lo ami?". Via via è diventata una sorta di ossessione il farmi dire "ti amo" e così lo dicevo prima io, con conseguenze discutibili.»

«Tipo?»

«Al mio primissimo fidanzatino, quello a cui diedi la verginità, sentivo di doverlo dire. Non si fa sesso senza amore, non a quindici anni. E lui mi chiese: "Perché?".»

«Perché?»

«Sì, io lo intesi tipo: "Perché un giovane virgulto come te dovrebbe amare uno come me?". E allora mi lanciai in un elenco con gli occhi a cuore: perché quando ti vedo mi sento felice, perché tra le tue braccia sono a casa e soprattutto perché te l'ho data e bla bla bla. Lui invece intendeva perché amassi uno come lui, cioè voleva sentirsi dire che era bello, una promessa della musica rock, con un senso dell'umorismo straordinario, occhi blu profondi. Cose così.»

«Ma a quell'età si è tutti un po' egocentrici, dài.»

«Aspetta. Storia successiva, sono un po' più grande, diciassette anni io, ventuno lui, uno che mi faceva sempre sentire sulla porta. Sbuffava anche quando mi chiamava lui. Il "ti amo" l'ho trattenuto un po' più a lungo, qualche mese, poi non ce l'ho più fatta e via, gliel'ho detto e lui mi ha risposto: "Ah". Capisci? Ah. Aveva constatato. Dopo due giorni di silenzio (suo) e musi lunghi (miei), mi telefona imprecando che avevo rovinato la nostra storia, che ora sarei rimasta ad aspettare la sua risposta, che avevo reso tutto forzato e faticoso e che non se la sentiva più di uscire insieme. Chiuse il discorso con: "So che potrei dirtelo anch'io "ti amo" un giorno, ma nell'attesa è meglio se ci lasciamo".»

«Un genio del male.»

«Sì, ma aveva ragione lui, io mica lo so se l'amavo.»

«Anche le donne non sono meglio nelle reazioni al "ti amo".»

«Dici?»

«Tre anni fa stavo con una ragazza come la tua amica Sara, una di quelle donne che non devono chiedere mai. Mi faceva paura ma mi piaceva molto, ero perennemente a disagio, eppure la adoravo. Almeno avesse stonato sotto la doccia e invece no, era perfetta anche quando nessuno la guardava.»

«Magari sapeva che tu la stavi ascoltando dall'altra stanza?»

«Può darsi, comunque le dissi "ti amo" e lei rispose: "Noi siamo più importanti di qualunque definizione, non banalizziamo".»

«Oddio, questo, in traduzione, significa che aveva un altro, vero?»

«Esatto, uno con cui era bello banalizzare, evidentemente.»

«Tu che parli di Sara come una che non deve chiedere mai... a lei hanno dato la risposta peggiore a un "ti amo".»

«Cioè?»

«Cioè, tieniti forte: "È bello che tu me lo dica pur sapendo che io non posso dirti altrettanto. Deve essere proprio vero".»

«No!»

«Sì. Poi ho sperimentato sulla mia pelle anche l'amante

di *Ghost*. Quello che quando gli dicevo "ti amo" mi rispondeva "idem" come il protagonista del film.»

«Non l'ho visto il film.»

«Se vuoi ti faccio il riassunto: lei dice "ti amo", lui dice "idem". Lui muore. Se l'è cercata.»

«Capisco. "Idem" non è una risposta.»

«No, e nemmeno "grazie", che è proprio da maleducati. Ed escluderei anche "lo so" e "io ti adoro" o "anch'io mi sto innamorando di te". Che cazzo significa "anch'io mi sto innamorando", ha tutto un senso di "vorrei ma non posso", "ci siamo vicini, ma forse anche no". Mette ansia, capisci?»

«Sì, capisco. Una volta una ragazza mi ha detto "ti amo" e io ho sentito "andiamo" e ho risposto: "È tardi, sì". Mi ha lasciato lei.»

«Sai il tizio con cui ero l'altra sera, quando sei tornato?»

«Sì, quello che ti baciava?»

«Tecnicamente anch'io baciavo lui, ma vabbè. Gli ho detto "ti amo" tanti anni fa. Allora non rispose nulla e sparì, sostiene di non averlo neanche sentito il "ti amo".»

«Sarà stato troppo preso dai suoi pensieri.»

«Ho paura di sì.»

Rimaniamo ancora un minuto in silenzio nella nebbia di incenso.

Prendo il mio walkie talkie e mi alzo.

«Mi ha fatto bene uscire e fare due passi fino a qui stasera.»

«Dovremmo rifarlo.»

«Sì, dovremmo.»

22

Sono una donna piena di quesiti irrisolti. Non ho mai capito come accovacciarmi sulla turca, se con la fronte alla porta o al muro, stesso dubbio amletico mi coglie nell'affrontare il bidè. Non so neppure perché se Superman ha bisogno di privacy per cambiarsi scelga di andare in una cabina rivestita di vetro e ignoro il motivo per cui nei film polizieschi la chiamata agli agenti di pattuglia arrivi sempre quando hanno dato il primo morso al panino preso al chiosco. Ma qualche cosa la so.

So, per esempio, che prima di un pasto consumato con mio padre lui dirà: «Mangia piano, non ti ingozzare».

So anche che qualora io starnutisca o faccia un qualsiasi altro verso che ricordi uno starnuto il mio genitore rinuncerà al tradizionale "salute" per un petulante: «Ecco ti sei ammalata, è perché vai in giro sempre nuda».

Ma soprattutto so che se gli chiederò, come stamattina, di venire ad aiutarmi a portare i bimbi a scuola per le otto, lui alle sette starà già scampanellando al citofono come un ragazzino in vena di scherzi.

Mio padre è così: in anticipo sugli eventi, proprio come l'ansia. Mio padre, il mio riferimento, la mia certezza.

Un chierichetto travestito da rabbino, un ex seminarista senza Dio, un uomo che viene dalla campagna ma che ha sempre avuto mani e occhi (miopi) da città. Uno che non è mai stato figlio, orfano di entrambi i genitori prima di averne ricordo, diventato troppo presto marito, professore da sempre.

Un uomo che è tante cose, ma è soprattutto un buon padre, nella misura in cui io sono una buona figlia per lui. Ci sono figli che ti tirano fuori i demoni, io sono stata una figlia che l'ha riconciliato con Dio, e uno a Dio vuole sempre credere. Se ci penso, il suo sguardo carico di speranza, di fede più che di fiducia, cieco ma benevolo, mi ha costituito più di qualunque cosa.

Uno sguardo che forse mi ha tolto un po' di innocenza, che mi ha messa di fronte alla responsabilità, perché uno sguardo così te lo devi meritare, uno sguardo che ti fa crescere velocemente. Ho creduto davvero poco a Babbo Natale, ma è anche vero che non serve credere a lungo a Babbo Natale se hai un babbo che crede in te. E che in questo momento si è attaccato al tuo citofono perché non vede l'ora di vedere i suoi nipoti.

Gli apro con i lineamenti a casaccio, vergati dal cuscino, i capelli di una Gorgone. Mi guarda e come da copione mi sgrida: «Dormi troppo poco, non ti curi».

Rido: «Hai ragione, papà, magari con un'ora in più di sonno avrei una faccia migliore». Lo bacio e vado a fare la doccia, ne esco sempre con i lineamenti confusi ma ora sottolineati da un po' di mascara.

«Dormono...»

«Sì, dormono, lasciali ancora dieci minuti, ti faccio un caffè.»

«Decaffeinato.»

«Ok.»

Mentre traffico in cucina, penso che l'anticipo sia solo per godersi con calma quei minuti prima che i bambini si sveglino, prima che tutto si attivi. E in quei pochi minuti ripassiamo un nostro vecchio dialogo, già avvenuto altre volte, ma ogni volta con diverse sfumature di struggimento.

«Sono perfetti.»

«Sì, hanno addirittura due occhi a testa, hai visto, nonno?»

«Dora, tu non puoi capire.»

«Non posso capire l'amore?»

«Non puoi capire l'amore di un nonno.»

«Lo vedo. Vi vedo, tu e la mamma, e non sempre vi riconosco.»

«Per i nipoti è un amore davvero puro, non te ne frega più niente della carriera, del sesso, del passato, non ti importa niente nemmeno del futuro. È tutto compresso nel presente. Non hai l'ansia di educare, a educare ci siete voi genitori.»

«A sbagliare, vorrai dire.»

«Stai facendo un buon lavoro, lo sai.»

Mio padre non nomina mai Davide, non che nutra del rancore, solo l'ha cancellato.

«*Stiamo* facendo, papo, *stiamo*...»

«Sì, sì. Comunque loro sono davvero il mio grande amore. Mi mancano quando non ci sono, mi fanno felice se sono felici, mi sento triste se sono tristi. E poi sono perfetti.»

«Questo l'hai già detto, ma tutti i bambini sono perfetti.»

«Cazzate! Loro sono speciali.»

«Tu lo dici solo perché Pietro porta il tuo nome.»

«È un nome perfetto per un bambino perfetto.»

«Tu ti sei rincoglionito, bevi il caffè va'.»

«Senti se non è un bambino perfetto. L'altro giorno eravamo sul tram, gli avevo promesso un gioco in quel negozio del centro, hai presente?»

«Sì, il Paradiso dei bambini.»

«Sai quanto gli piaccia il tram.» Pietro adora tram, metropolitane, treni e tutto ciò che va su binari. Credo che i bambini abbiano bisogno di binari per poter deragliare di tanto in tanto, ma questa è una storia a parte. «Si è scelto il suo posto vicino al finestrino, guardava fuori, indovinava le strade e soprattutto si è messo a fare l'eco alla voce meccanica che annuncia le fermate.»

«Sì, lo fa sempre: "Prossima fermata Vittorio Emanuele", e poi anticipa la versione inglese: "Next stop Vittorio Emanuele".»

«Proprio così: "Nettop Vittoio Emanuele". Così di nettop in nettop ci avviciniamo alla nostra meta. Il negozio. Noi siamo mano nella mano, seduti, io cerco di stanarlo dal torpore e lo avviso che la prossima fermata è la nostra e potrà avere il suo regalo. Lui mi guarda e sai cosa mi dice?»

«No, papà»

«Mi sorride e dice: "Nettop: felicità".»

«Che paraculo!»

«Vedi che sei sciocca. Comunque mi ha commosso. Ho proprio pensato che la felicità non fosse nella prossima fermata. La felicità era lì, nella sua manina abbandonata nella mia, tra noi due, vicini e paralleli.»

Gli do un bacio sulla fronte e lo prendo in giro:

«Bisognerebbe diventare nonni senza essere padri.»

«Non credo sia possibile.»

«Ora ci penso, secondo me è possibile, ma illegale. Vado a svegliare Pietro, tu vai da Micol.»

«Oggi va la mamma a prenderli?»

«No, va Davide, è a Torino.»

Annuisce e trattiene una smorfia. Avere due genitori che si sono separati dopo anni di lotte intestine ti dà un certo vantaggio. Mio padre di fronte alla "cosa" ha reagito con signorilità ed equilibrio, ha invitato a cena Davide, una volta sola e una volta sola ha ascoltato le sue ragioni. Poi è tornato da me, sembrava molto scosso: «Davide fa un uso smodato del "quant'altro" e del "piuttosto che", ha anche detto "mi perplime". È inaccettabile».

Scherzava, ma fino a un certo punto, credo che fosse il suo modo da professore di lettere per dirmi che l'incomunicabilità, a volte, parte proprio dalle parole.

«Non ti è mai piaciuto Davide, vero?»

«Lo sai, a me non importa. È tua madre che si interessava, chiedeva, voleva conoscere. Io sono stato contento di essere andato via di casa prima che tu ci portassi i fidanzati, ho troppo pudore. Preferivo non sapere, lo preferisco ancora. Dicono che un buon padre sia uno in grado di dare risposte, io non lo so, non l'ho avuto un padre, ma il buon senso mi ha suggerito che un padre deve sapere quando smettere di fare domande. Per come la vedo io, Davide è il padre di Pietro e Micol, in qualche modo gli sono debitore.»

«Nonostante il "quant'altro".»

«Sì, nonostante il "quant'altro".»

«A Pasqua porterà i bambini a Milano.»

Stiamo in silenzio. È una di quelle volte in cui pensa sia il caso di smettere di fare domande. Ne fa un'altra, che suona retorica.

«Come vai in ufficio?»

«In bici.»

«Vestiti, sei sempre mezza nuda.»

Mio padre è la mia certezza. E io sono la sua.

«Ah, Dora, ancora una cosa. Pietro mi ha nominato un certo Simone. Non stai facendo delle sciocchezze, vero?»

«Mi stai chiedendo se ho un uomo nascosto nell'armadio?»

«...»

«È il nuovo babysitter dei bambini, un amico. Scrive belle poesie.»

«Dora, tutti scrivono poesie. Nonostante questo i libri di poesie non vengono comprati da nessuno, ciò significa che chi scrive poesie non legge poesie. E se scrivi poesie e non leggi poesie, scrivi brutte poesie.»

«Non fa una piega. Ma lui è anche bidello e legge poesie. Le poesie che scrive.»

«Se va bene a te e a Pietro...»

La successiva mezz'ora la passiamo a coccolare i bambini ancora caldi della notte. Micol salta dal sogno al collo di suo nonno, il suo grande amore barbuto; io e Pietro ci diamo i baci con le ciglia, delicati e leggeri, ideali per un risveglio lento, per accarezzarci con gli occhi.

Poi passiamo al bacio col pizzico, che è un piccolo bacio sulle labbra mentre mi stringe le guance tra le dita. Mi piace pensare che col bacio mi dica "ti voglio bene" e col pizzico mi faccia capire che è tutto vero.

23

«Amica, alla fine non mi hai raccontato niente di Efrem.

Sara e io siamo sedute per terra e stiamo facendo un puzzle difficilissimo, sulla scatola c'è scritto "+10" che vuol dire "consigliato ai bambini di almeno dieci anni", ma mio padre lo ha regalato a Micol pensando che fosse consigliato ai bambini con più di dieci mesi.

«E tu non mi hai detto più niente di Simone.»

«Non ho molta voglia di parlarne. Lui mi spiazza. È buffo, capisci? Ha il borsello, cazzo. Porta un borsello...»

«Capisco sì, ma ammetterai che lo porta con grande stile.»

«Lo ammetto. E scopa benissimo. Credo che sia perché è brutto, sviluppano altre doti i brutti, tipo i ciechi che sentono i sapori o gli odori meglio di noi.»

«Non lo so, è la mia tata, voglio pensarlo asessuato, mi fa impressione.»

Ormai vivo per queste poche ore: la mattina e le coccole del risveglio e la sera, le coccole della nanna e poi il cazzeggio con Sara. In mezzo è tutto confuso e sincopato. Il lavoro, le corse contro il tempo, contro le scadenze e contro i pensieri.

Continuiamo a girare tessere grandi come un'unghia, senza guardarci in faccia.

«Credo che dovremmo partire dalla cornice e poi andare verso il centro.»

«Sì, dicono di sì, credo che aiuterebbe avere la scatola con l'immagine di riferimento.»

«Mia mamma ne ha fatto un'armatura per Pietro ricoprendola di nastro adesivo nero.»

«Quella che indossava quando l'hai messo a letto?»

«Sì.»

«È perfetta anche per un attacco di zombie.»

«Mia madre è una donna previdente.»

«Tua madre è pazza, ma io le voglio bene.»

«Me l'ha detto anche la tata.»

«È perché è pazza anche lui. Sai, credo che dovremmo fare cose più da amiche.»

«Tipo?»

«Tipo fare shopping, andare dall'estetista, cambiare pettinatura e dirci che stiamo benissimo.»

«Hai appena nominato tre cose che mi mettono molta ansia.»

«Anche a me.»

«Lo shopping mi piace, ma ho paura delle commesse. Mi fanno sentire inadeguata.»

«Cos'è, la sindrome di *Pretty Woman*?»

«Ma no, è che ora ci sono quei negozietti del centro con la commessa dj ma anche un po' fashion blogger e cool hunter. E il negozio non si chiama più "negozio" ma "outfit inspirational trendsetter design di 'sta cippa". Tu entri e le due tipe alla cassa stanno parlando fitto fitto della migliore serata underground berlinese del momento, di quanto è figa Berlino, di come sarebbe bello vivere a Berlino. Tu provi ad attirare la loro attenzione con un sorriso e un colpo di tosse e loro ti guardano da capo a piedi come se Wilma De Angelis si fosse intrufolata a un rave party.»

«Che poi Berlino è davvero brutta brutta. A me la commessa berlinese non spaventa, mi fa più paura la profumiera. Con un fiuto affinato negli anni odora le tue insicurezze e attacca solo alla fine, quando arrivi alla cassa con in mano un bagnoschiuma e ti insinua il dubbio: "Ho pensato di lasciarle dei campioncini omaggio per le borse di coccodrillo sotto gli occhi, per le zampe di galline che son buone per farci il brodo, per la cellulite a trapunta... credo che le possano essere utili".»

«Hai ragione. Le odio. E le commesse vigilantes? Che ti accolgono gentili e sorridenti e che al tuo: "Posso curiosare?" cominciano a seguirti come un'ombra, silenziosa ma impossibile da seminare. Ti nascondi dietro a una pila di maglioni e loro non mollano. Cerchi riparo nei camerini e vedi i loro piedi spuntare dall'altro lato della tenda. Io, a quel punto, comincio a sospettare che loro conoscano il mio passato di ladra e mi viene voglia di costituirmi alla cassa: "È vero, tre mesi fa sono uscita dal Carrefour senza aver pagato l'hamburger di Chianina. Ma la confezione di carne l'aveva trafugata a tradimento Pietro nascondendola nel passeggino. Sì, potevo tornare indietro a pagarla, una volta per strada, ma nel frattempo Micol aveva fatto la cacca e dovevo correre a casa a cambiarla".»

«Sì, e poi diciamocelo, la Chianina costa un botto.»

«Sì.»

Sono tentata di prendere le forbici e rifilare queste tesserine per farle combaciare. Intanto Sara non demorde:

«Allora andiamo dall'estetista insieme. Quella sì che è un'attività da amiche.»

«Se c'è una cosa positiva nell'essere tornata single è che posso andare meno dall'estetista.»

«No, Dora, questa non te la passo. Bisogna andarci, devi resistere all'inedia e alla sciatteria, non depilarsi perché non hai un uomo è la fine, è come smettere di fare l'albero e addobbare la casa perché hai scoperto che Babbo Natale non esiste.»

«Hai ragione, ma io intendevo fare un disboscamento un po' approssimativo a casa, con le strisce e il Silk-épil. Quando vado dall'estetista ci arrivo sempre come a un esame universitario, passo tutto il tempo a giustificarmi per i miei peli irrispettosi. Entro nella cabina e parloparloparlo: "Stavolta ho superato me stessa, ma sai gli ormoni dopo la gravidanza e poi i bambini, gli impegni, sono sempre di corsa e poi siamo appena usciti dall'inverno, mi piaceva stare al calduccio".»

«Mamma orsa!»

«Scherzi ma io ho seri problemi anche con la mutanda di carta che ti lasciano sul lettino. Non so mai se devo indossarla tipo tanga, quindi con la parte più sottile nelle retrovie. Oppure con la striscia piccola davanti per consentire una perfetta sgambatura e i peli nel culo a batuffoli. E soprattutto, perché se chiedo "togli tutto" mi pare che mi guardi come fossi una pornostar e se dico "lascia pure" mi sembra che mi guardi come una pornostar anni Settanta?»

«Ma le cose fatte a casa vengono sempre una chiavica. Ti ricordi quando mi ero fatta il piercing all'ombelico?»

«Sì, certo.»

«Mi mettevo l'acqua ossigenata la sera e un po' colava sempre tra le gambe. Nel giro di una settimana avevo i peli bicolore: metà rossi e metà neri.»

«Oh sì! Mi ricordo, la chiamavamo la Tigra!»

«La Tigra ha fatto vittime, ai tempi.»

«La Tigra del ribaltabile.»

«Comunque, Dora, su una cosa ti do ragione, dall'estetista c'è troppa scelta. Ora la patata te la possono fare in un sacco di modi: alla brasiliana, con la frangetta, con la riga in mezzo, con la sfumatura alta, a triangolo isoscele, equilatero e scaleno, a pennello...»

«Sai cosa dovremmo fare? Una carta menu inguinale, con i tagli più in voga per il pube. Come dal parrucchiere.»

«Ma con le foto?»

«Sì, con foto, tagli e personalità abbinati.»

«Ci sto. Dora, è evidente che il ragazzino ti vuole trombare.»

«Ma chi? Enea?»

«Sì, c'ho provato tutta la sera e non me l'ha dato. Dopo, a casa sua, mi ha chiesto molto di te.»

«Lascia perdere, ci manca solo il giovinetto con i desideri di accudimento. Continuiamo il gioco delle fighe va'. Io vorrei farmela surrealista, con i baffi di Dalí, sai c'ho una vagina con un mondo interiore tutto suo, onirico e bizzarro, amo il sesso d'avanguardia.»

«Sì, bellissima, anch'io voglio la surrealista. E che mi dici della comunista, con barbone alla Marx? Per la donna che crede che la depilazione sia frutto di una società borghese e dei canoni della classe dominante, perché l'estetista è l'oppio dei popoli.»

«Poi c'è la nemica numero uno della marxista: la minimal, quella che hai tu adesso, la tabula rasa. Essenziale, curata, incontra i gusti di designer e architetti che incrociano le regole del kamasutra con quelle del feng shui.»

Ridiamo, come sempre, tanto che ho paura di svegliare i bambini. Le faccio segno di tacere, ma Sara continua.

«E dove la mettiamo l'intellettuale? Nulla la eccita come la parola "apotropaico", pare che al cunnilingus preferisca la consecutio. Quando fa sesso è sempre colta dal dubbio amletico come Nanni Moretti in *Ecce Bombo*: "Mi si nota di più se vengo e me ne sto in disparte o se non vengo per niente? Vengo. No va', non vengo".»

«Sara, questa è davvero bella.»

«Sì, meglio di questo puzzle di merda. Ma si può fare un puzzle di quattro miliardi di pezzi tutti nelle nuance del grigio, bianco, beige ed écrue?»

«Magari il soggetto è un paesaggio in val Padana.»

«Possibile, comunque dobbiamo trovarci un'altra occupazione per superare il tuo lutto sentimentale.»

«Dici che non l'ho superato?»

«Non ti depili e non ti sei nemmeno tagliata i capelli, vuol dire che hai rimosso la cosa. Tutte le donne che sono state lasciate si tagliano i capelli o cambiano colore.»

«Ho problemi pure con il parrucchiere. Anche lì ho la giustificazione logorroica: "Eh, hai visto che ricci? Son sfibrati... ma è perché ho preso gli antibiotici, poi ho allattato per anni e anni e non mi sono potuta tingere, sì lo so che ci sono tinte naturali, ma non mi fido, un po' di ammoniaca ce la ficcano sempre".»

«Secondo me tu sui capelli hai delle turbe legate all'infanzia.»

«Ma di sicuro. Tutta colpa di mia madre e della sua fissazione delle code. La coda a sinistra, la coda al centro, la mezzacoda, la fontanella sul cucuzzolo, i codini, il "leghiamo i capelli perché fa ordinato e così mostri la faccia". Legare i capelli per mia madre significava stringere così tanto da impedirmi la chiusura delle palpebre e modificarmi i lineamenti. Con la fontanella sul cucuzzolo mi veniva il naso alla francese, con la coda di cavallo mi venivano gli occhi a mandorla, se esagerava a tirare con lo chignon mi veniva una bella faccia liscia come un culo, ma sorridente.»

«Io ti ho conosciuta nella fase suora laica, con la coda bassa e il cerchietto imbottito.»

«Cristo. Il cerchietto non serviva per tirare bene indietro i capelli, ma per creare la celebre collinetta tricotica, tipo unicorno.»

«Ma ti ricordi quando andavamo dal parrucchiere con le foto delle attrici dicendo: "Fammi così"?»

«Certo che me lo ricordo, portavamo la foto di Winona Ryder in *Ragazze interrotte* e uscivamo come Napoleone Bonaparte. Tu eri fissata con Meg Ryan. Che se ci pensi è come andare dall'estetista con la foto di Charlize Theron e chiederle: "Depilami come lei", sperando di uscire con il suo stacco di coscia.»

«Dora, 'sta settimana ti ci porto dal parrucchiere, alla fine sono innocui, basta seguire poche e semplici regole.»

«Illuminami.»

«Per esempio non dirgli mai: "Fai tu, mi fido", potresti uscirne senza capelli. Poi diffida da espressioni come "taglio portabilissimo, da tutti i giorni", sarà una roba portabile come la parrucca di Maria Antonietta. Soprattutto le extension, non le fare mai, io come sai sono caduta per un periodo in quel tunnel e sembravo Riff Raff, il tuttofare gobbo del *Rocky Horror*.»

«Se non erro il periodo Riff Raff coincideva con il momento Tigra.»

«Sì. Ma fammi finire. Quando il parrucchiere ti chiede: "Balsamo?", la risposta è no. Non è come l'amaro a fine cena, offerto dalla casa, è un balsamo a base di radice di sassofrasso del Madagascar e costa come il tuo primogenito. Inoltre, non cedere mai all'acquisto dei prodotti usati dal parrucchiere. L'unico modo per ripetere l'effetto della messimpiega a casa sarebbe comprare il parrucchiere.»

«È tutto?»

«No, aspetta. Se il parrucchiere ti dice: "Scavalla le gambe" non è perché ti vuole scopare. Serve per la simmetria del taglio.»

«Ho capito, mi hai convinto. Non andremo insieme in bagno come le amiche perbene, ma siamo pronte per fare il mio nuovo taglio postabbandono.»

«Sai cosa potremmo provare?»

«Cosa?»

«Le cinesi, le parrucchiere cinesi. Ci sono andata una volta, è un'esperienza violenta, ti danno dei colpi fortissimi con la spazzola, poi accendono 'sti phon al plutonio, ma ne esci con una piega liscia ineccepibile.»

«Io dai cinesi non ci vengo, non mi fido. Una mia collega è andata da una massaggiatrice cinese. Le ha fatto il massaggio e alla fine le ha chiesto con aria candida: "Ora lecco patata?".»

Piangiamo dal ridere.

«Sara...»

«Dora...»

«Sono triste. Davide non mi ama più.»

«Lo so, amica, lo so. Ma niente "lecco patata".»

24

È l'ultima estate prima delle medie, l'ultima trascorsa con la famiglia al completo. Prima che cada il Muro di Berlino e venga eretto quello di Torino tra i miei genitori. Un amico di mio padre ci invita a Gaeta per il mese di agosto.

Non ho ricordi precisi di quei giorni, li immagino pieni delle classiche cose: il sole, qualche giro in giostra, gli ombrelloni, i castelli stile Sagrada Familia, fatti con la sabbia bagnata colata dalle dita. Il Paradiso in terra, insomma.

Alla vigilia della partenza mia madre organizza una cena d'addio che è anche una cena di ringraziamento per l'ospitalità.

Mi lascio infilare in un vestito troppo stretto e troppo infantile, senza opporre resistenza, la ribellione non è (ancora) un'opzione.

Sono una bambina ubbidiente e piuttosto noiosa, la più grigia dei bambini indaco. Eppure lui mi prende per mano: «Vieni con me» mi dice. Il primo lui della vita, si chiama Giovanni e mi porta via.

Ha undici anni, io ne ho dieci, è il figlio degli amici di mio padre. Gli occhi grandi e frenetici della sorpresa, la bocca socchiusa dell'attesa, il broncio dell'offesa. È un ragazzino capace di sostenere lo sguardo degli adulti.

In un minuto siamo in strada, correndo come matti, ridendo, cantando. Quella notte nella mia mente è un unico film da dilettanti girato con una cinepresa difettosa, con audio scadente, facce confuse e dialoghi inesistenti.

Forse gli racconto della paura che mi appaia la Madonna, o degli altri mille dubbi mistici che mi attanagliano. Forse mi parla di una nonna sarta, muta con un ago in mano, rimpicciolita dall'umiltà. Forse è un sogno.

So solo che è tutto bellissimo, che ci perdiamo per Gaeta, che scattiamo delle foto in una macchinetta sul lungomare, che mangiamo una granita. E che ci vengono a riprendere i carabinieri alle sei di mattina.

Arrivano prima loro, seguiti da mia madre fuori di sé. Dietro ci sono i genitori di Giovanni. E io allora sbaglio, in modo imperdonabile, perché piango. Per paura, per evitare la punizione, per rassicurare i miei. Lui invece fissa suo padre e si becca uno schiaffo secco come un ramo che si spezza.

Poi guarda me che l'ho tradito e va avanti nel mondo dei grandi, mentre io rimango lì, la più grigia dei bambini indaco.

«Fatico a immaginare che tu sia stata una bambina noiosa, Dora.»

«Lo ero, ero davvero molto noiosa, parlavo poco, mi sentivo al sicuro tra gli adulti, perduta tra i bambini. Tu mi ricordi Giovanni. Ci penso da quando mi hai restituito le scarpe sulle scale.»

«Io? Sono onorato. Anzi no, forse no. Dici che sembro un bambino?»

«No, è che faccio sempre questa cosa di vedere i bambini dentro gli adulti e gli adulti in nuce dentro i bambini. Mi riesce con tutti tranne che con i miei figli. Pietro e Micol sono il qui e ora. Per me sono quei due che corrono un po' storto, due cuccioli che deragliano in curva, le teste come corolle di fiore, troppo grandi per lo stelo, per quelle spalle da uccellino.»

«Non sono così testoni, dài.»

«Sì, invece, hanno capoccioni grandi per occhi grandi.»

«La piccola effettivamente sembra un lemure.»

«Sì, è vero, non ci avevo mai pensato. A me ricorda Gizmo dei *Gremlins*.»

«Cosa sono i *Gremlins*?»
«Non hai mai visto i *Gremlins*?»
«No...»
«Ma che cazzo di infanzia avete avuto voi ragazzini? E *I Goonies*?»
«Nemmeno, mi spiace.»
«No, ma spiace di più a me. Se non fosse che sono le due di notte, che io sono una madre di famiglia e che tu probabilmente domani mattina devi studiare qualcosa che non so, perché sono così cafona che non ti ho nemmeno chiesto a che facoltà sei iscritto. Se non fosse che sono vecchia e stanca e che ho paura di sembrare una pazza, ma peggio ancora ho paura che ti farebbe schifo, ora metterei nel lettore il dvd dei *Goonies* e ti obbligherei a vederlo.»
«Mi sto laureando in Psicologia.»
«Cristo.»
«Sto scherzando. Mi sto laureando in Ingegneria ambientale.»
«Meglio.»
«Con una tesi sulla fitodepurazione. Praticamente batteri che depurano acque sporche.»
«Batteri buoni.»
«Batteri buoni, sì.»
«Io te lo dico, faccio schifo con la raccolta differenziata. Cercavo di non incontrare mai tua sorella e suo marito per le scale per paura che mi giudicassero.»
«Vedi che mi sarebbe servita una laurea in Psicologia?»
«Sì, ma anche questa cosa dei batteri buoni non è male. Per esempio ho fatto il bagno a Micol stasera e non ho svuotato la vaschetta. Normalmente non avrei giustificazioni, se non il mio proverbiale disordine e l'abilità nel procrastinare anche incombenze idiote come questa. Ma oggi potrò dire che sto coltivando una colonia di batteri per pulire l'acqua e riutilizzarla per farci il caffè.»
«Oppure potresti svuotare la vaschetta. Alla fine c'è solo da togliere un tappo, credo.»
«È arrivato lui, il rivoluzionario! Ora vorrai dirmi che dovrò anche portare dentro casa la coperta che è rimasta appe-

sa fuori per una settimana, sotto la pioggia, il sole, la pioggia, il vento e qualche altra decina di fenomeni atmosferici?»

«È una coperta? Pensavo fosse una bandiera della pace.»

Ridiamo.

«Ma la tua casa non mi sembra così incasinata o sporca.»

«No, è perché il lunedì viene la ragazza che mi aiuta con le pulizie.»

«E del suo giudizio non hai paura?»

«Certo. Fantastico molto su Pilar. Ha la mia età, è apparentemente adorabile, ma io credo che stia scrivendo un blog su di me.»

«Un blog?»

«Sì, un blog molto seguito tra le colf. Immagino che fotografi i miei armadi implosi, i cassetti di calze spaiate, la mia torre degli asinelli di tupperware senza coperchi, e poi posti tutto con commenti terribili. All'interno del blog ha una rubrica che si chiama "Indovina cos'è?". Prende un oggetto qualsiasi dal mio frigo e chiede ai suoi lettori di indicarne la provenienza. È un kiwi? No, no, è una zucchina ricoperta di muffa. È un baobab bonsai? No, è una patata centenaria con i suoi germogli. E via così. A volte mi viene la tentazione di ripulire la domenica sera in modo che mi faccia i complimenti.»

«Come mia nonna che in albergo si rifaceva il letto da sola.»

«Esatto. Io le lascio messaggi in giro per la casa, con un dito scrivo: "Perdonami" sui vetri lerci della cucina, "Da domani sarò brava" sui mobili impolverati. Lei pulisce, ma non mi concede conforto, solo due parole lapidarie e implacabili come un indice puntato contro: "Viakal finito!".»

«E come si dovrebbe chiamare questo blog?»

«Il titolo intero?»

«Sì.»

«Lacasadallefinestrecheridonopernonpiangere.com.»

Enea ride.

«Posso usare il tuo bagno?»

«Certo, è lunedì, non prenderai il tetano.»

Si alza, armeggia in cerca dell'interruttore. Si chiude dentro, a chiave, fa attenzione a non fare troppo rumore con la pipì dentro la tazza. Lo immagino mentre indirizza il getto sulla maiolica perché ne esca attutito. Segue un breve silenzio e poi uno scroscio corposo. Ha svuotato la vaschetta del bagno di Micol. Quando esce dal bagno sorrido.

«Ho appena inventato un proverbio.» È solenne.

«Un proverbio?»

«Sì.»

«Tu?»

«Sì, io.»

«Sei troppo giovane per inventare proverbi.»

«A venticinque anni mio nonno aveva già due figli.»

«Dimmelo, allora.»

«Anche l'acqua sporca fa girare le pale del mulino.»

«È bello. E cosa significa?»

«Non ne ho la minima idea.»

25

La Pasqua è arrivata. Alta. È tutto il resto a essere basso: la pressione a primavera, la vita dei pantaloni delle ragazze per strada, il mio umore. Ho preparato due piccole valigie per invogliare i bambini all'avventura milanese, sembra abbia funzionato perché Micol trascina il suo trolley a forma di coccinella in giro per la casa da giorni, facendo ciao ciao con la manina.

Ho agito secondo il manuale della buona madre separata, chinandomi di fronte a Pietro e parlandogli occhi negli occhi, lentamente. Gli ho spiegato della casa di papà dove ci sono sicuramente tanti giochi. Lui ha annuito, mi ha chiesto: «Andiamo in aereo?», e poi è stato zitto, scuro in volto. Io lo so che non si fa, ma non ho resistito e l'ho incalzato di domande.

«Pietro, tesoro, hai capito cosa ti ha detto la mamma?»

«Chi?»

«Tu, hai capito cosa ti ha detto prima la mamma?»

«Cosa?»

«Volevo sapere se c'è qualcosa che non va.»

«Non lo so, sono un po' così.»

«Un po' così?»

«Chiii?»

«Tu, amoredellamamma.»

«Cosaaa?»

«Mi sembri arrabbiato. Sei arrabbiato?»

«Chi?»
«Tu, trottolino amoroso du du da da da.»
«Cosa?»
«Sei arrabbiato?»
«No.»
«Sei triste?»
«Chiii?»
«Chi, Pietro? Di chi stiamo parlando? Di te, di te! Carne della mia carne, sangue del mio sangue. Di te. Sviscèriamo i tuoi problemi, aiutami ad aiutarti, creiamo un'abitudine al dialogo, al contatto con il tuo bambino interiore. Parliamo perdio!»
«Mamma, tu sei buffa.»
«Lo so, ma non è questo il punto. Concentrato: occhi a me. Sei triste?»
«No.»
Gli prendo il testone tra le mani e scuoto. Lui ride.
«Ma cosa c'hai in quella zucca?»
«Chi?»
«Tu! Pietro, tu! Figlio di tuo padre che non sei altro! Tu. Tu. Stiamo parlando di te.»
«Cosa?»
«Pietro, ora scandisco molto lentamente: cosa hai all'interno della tua testa?»
«Nella testa?»
«Sì.»
«Le patatine.»
«...»
«Flitte.»
«Grazie. Dopo trentacinque anni qualcuno ha avuto il coraggio di dirmelo. In testa voi avete le patatine, fritte. E dubito che cambiate l'olio molto spesso.»
Lo bacio sulla fronte.
«La mamma sta scherzando.»
«Devo dilti una cosa.»
«Dimmi.»
«Oggi a scuola ho dato un calcio a Milo.»
«Non si fa, lo sai.»

«Lo so.»
«E perché l'hai fatto?»
«Me l'ha detto Paolo.»
«E tu l'hai fatto perché te l'ha detto Paolo?»
«Sì, me l'ha chiesto pel favole.»

Non riesco a sgridarlo, tra poco arriverà Davide a prenderli, me li abbraccio, me li bacio. Vorrei promettere loro giochi, cioccolato, tutto purché facciano davvero i cattivi, diano il loro peggio soprattutto in macchina durante il viaggio.

Sono tentata di nascondere il thermos di Pietro, in modo che abbia una crisi isterica, ma mi pento subito per averlo pensato. Piazzo uno zainetto semivuoto a testa sulle spalle dei bambini, Davide suona alla porta, facciamo la solita scenetta di bocche che si sorridono e occhi che si evitano.

Dico: «Sarà divertente, bimbi!». Ma spero il contrario, che non patiscano, ma che si annoino, che sfoderino il meglio del repertorio "voio mamma" eseguito a cappella, in canone e in coro. Poi taglio corto.

«Non ti dico niente. Sai tutto. Se scopro che a Milano hai una ragazza a cui farli conoscere, con cui pavoneggiarti da grande padre, sei un uomo morto.»

«Bene, siamo alle minacce. Stai dando il peggio.»

«Il meglio l'ho sprecato con te.»

Ribacio i bambini, bacio a panino questa volta, con Micol nel mezzo: io e Pietro facciamo il pane, lei è il burro.

«Mi mancherete.»

«Mi manchelò anch'io mamma.»

Vanno. Mi ero ripromessa di non guardarli dalla finestra e invece non resisto. Davide al centro, i bimbi a fargli da ali. Mi piacerebbe odiarlo davvero, senza riserve, e invece mi concentro sulle sue spalle.

Io Davide l'ho visto più di spalle che di fronte, un passo avanti a me, incapace di girarsi per paura di diventare una statua di sale. Ripenso alla nostra storia dall'inizio, a me che lo rincorro, mentre fa resistenza, sono una ragazza difficile, sarcastica, e il sarcasmo non seduce nessuno.

Lui scappa e io sempre lì, attraverso le notti torinesi, di locale in locale; attraverso i giorni torinesi di portico in portico. Sono paziente, resisto, non mi abbatto quando sorride a un'altra, resisto anche quando sembra una corsa a vuoto.

Resisto perché so che un giorno lui si fermerà, si girerà e io lo vedrò come fosse la prima volta. Mi verrà incontro, finalmente, e io starò in mezzo alla strada, con il cuore che mi esplode in testa.

Vorrei ritornare a quel momento, nonostante tutto, anche ora. Lo guarderei negli occhi fino ad annullare la distanza che ci ha separati troppo a lungo, appena dieci passi.

Rivivrei tutto, anche il brutto, per tornare lì, prendergli le mani tra le mani e dirgli, con tutto l'amore che ho: "Scusa, ho sbagliato persona".

26

La Pasqua, quando ero piccola, si festeggiava a casa dei miei nonni materni. Eravamo una quindicina, famiglia numerosa di toscanacci improbabili. Il disegno divino che ci faceva discendere tutti dallo stesso ramo genealogico era degno dei casting del "Grande Fratello": mancava solo il prete e la trans, ma solo perché non erano stati invitati i cugini di terzo e quarto grado.

Il pezzo forte del menu era l'unto. Mia nonna Luisa incastonava ogni portata in uno strato di olio e margarina (burro no, il burro è grasso) talmente spesso da far sembrare ogni piatto un fossile d'ambra, a volte l'ambra conteneva una coscia d'agnello, a volte delle patate.

Quando noi nipoti attente alla linea ci lamentavamo, lei negava: «Ma quale olio? Non vedete che è l'acqua che butta la carne?».

Se il cibo lasciava a desiderare, lo stesso non si poteva dire della conversazione, o meglio delle decine di conversazioni aperte e mai chiuse che rimbalzavano da una parte all'altra del tavolo, senza soluzione di continuità. Una repubblica di voci. Tutti rispondevano a tutti, nessuno ascoltava, qualcuno rideva. Alla fine si cantava sempre e mio nonno tirava fuori il panforte, i cantucci fatti venire da Siena e il vin santo.

Che quel vino lì era sempre lo stesso da anni, ne avevamo seguito personalmente tutta la trafila per la beatificazione. Napoli ha il miracolo del sangue di san Gennaro, noi a Torino avevamo il miracolo della fermentazione pasquale della sacra bottiglia di vin santo.

Verso fine pasto mio nonno esprimeva giudizi sulla politica, la vita, l'amore e soprattutto su Reva di "Sentieri", la soap opera più amata dalla nonna. Lui Reva la odiava e ne parlava come fosse un'ex fidanzata traditrice.

Di solito qualcuno provava a difenderla, spiegando che Reva era sì un po' "leggera" nelle sue scelte sentimentali, ma aveva avuto un'infanzia difficile, un Edipo irrisolto, una madre alcolista. E lui allora si incazzava ancora di più: «Quella puttana se li è fatti tutti, schifosa che non è altro... pensate ai figli, come vengono su con una madre così?!».

Credo che ormai Reva faccia la Maria Maddalena in Paradiso, nonno Enrico l'ha raggiunta due anni fa, pochi giorni dopo è toccato alla nonna. Avevano vissuto settantacinque anni d'amore e litigi, all'unisono, lui inspirava e lei espirava, quando lui ha smesso di inspirare, lei è spirata. Erano una coppia così solida e monolitica da diventare una pietra tombale sulla vita sentimentale delle tre figlie femmine, tutte divorziate, mia madre in primis.

Quando ho conosciuto Davide ho pensato che forse il "fino a che morte non vi separi" saltasse una generazione e che io avessi ereditato la facoltà di amare per sempre o, come avrebbero detto la Luisa e l'Enrico, del "fare l'amore" per sempre. "Fare l'amore" è un'espressione che non ha nulla a che vedere con il sesso, secondo il senese antico indica piuttosto un insieme di corteggiamento-schermaglie-abboccamenti-baci rubati, il preludio, la promessa. È passione giocosa, gelosia infantile, è la sorpresa di essersi trovati e il piacere sottile di continuare a nascondersi. I miei nonni hanno fatto l'amore fino all'ultimo giorno.

Lo so perché quel giorno c'ero. Eravamo in ospedale, il nonno aveva deciso che fosse la sua ora, a novantanove anni nessuno ebbe il coraggio di contraddirlo.

Lui era a letto, mia nonna da una sponda, io dall'altra, tutti e tre mano nella mano. La grande quercia sotto cui si erano riposati tutti, figlie, nipoti e pronipoti, era diventata un fuscello, un piccolo ramo consumato e nodoso. Lo guardavo e pensavo: "Se voglio sapere qualcosa di definitivo sulla vita, il momento è questo". Ed effettivamente fece cenno di avvicinarmi e mi sussurrò all'orecchio: "Di' a tua nonna che ho visto come fa la puttana con l'infermiere". E mi parve davvero qualcosa di definitivo sulla vita.

Oggi ho capito un'altra cosa fondamentale. Da mio nonno ho preso gli occhi verdi e i ricci, ma non la facoltà di respirare all'unisono con un'altra persona. O almeno non con un'altra persona che non ho fatto lievitare dentro la mia pancia per almeno trentotto settimane.

La Luisa è rimasta all'ospizio per quasi un mese, non camminava più, sonnecchiava, noi tutti facevamo finta che aspettasse il nostro arrivo, ma sapevamo benissimo che aspettava solo di morire.

Resto alla finestra in una trance di pensieri, inconsapevole di me, come quando canti in macchina ferma al semaforo una brutta canzone che non credevi di sapere, ti è tornata alle labbra da chissà dove e la stoni senza pudore, a finestrini chiusi, nel tuo acquario di musica e ricordi. Così faccio ora, guardo senza vedere un punto fisso sulla strada, fino a quando mi accorgo che quel punto è occupato da Enea, che mi sorride, fa segno di portarsi una tazzina alla bocca.

«Caffè?» faccio io in punta di labbra. Annuisce e sale. È la prima volta che lo vedo alla luce del giorno, è la prima volta che sono davvero sola, senza il rumore bianco dei bambini, la presenza che mi riempie i giorni e mi svuota la mente. Forse avrei dovuto semplicemente chiudere le persiane, chiudere fuori le persone, chiudere gli occhi, chiudere i rapporti con il mondo esterno e dormire.

Passare così i due giorni che mi separano da Pietro e Micol. Ho anche declinato vari inviti per Pasqua o, meglio, ho fatto ciò che ormai è la prassi: ho nicchiato. Un ni che diventa no, ma solo via messaggio all'ultimo momento. Non sarebbe più facile dire no subito? Forse, ma il ni permette di sentirmi meno fuori dal mondo, dà l'illusione che la porta non sia sprangata, ma solo accostata. Il ni è un no che vorrebbe essere ancora un sì, ma è fuori tempo massimo.

Enea entra dalla porta accostata.

«Sta per piovere» dice gentile. Io sono in imbarazzo, forse dovrei salutarlo con un bacio sulla guancia, ma il gesto resta sospeso, traffico con la caffettiera.

«Un temporale ad aprile. Strano.»

«Dove sono i bambini?»

«Col padre, li ha portati a Milano.»

«Sei triste?»

«Tu fai domande troppo dirette.»

«Scusa. Vuoi che vada via?»

«Ti scuso. No, non voglio che tu vada via. Sì, sono triste. Aspettavo il temporale e, a quanto pare, è arrivato.»

Ed è così. Lasciarsi è un temporale. All'inizio scruti con ansia il cielo e a ogni accenno di nuvola cerchi istintivamente riparo. Ma, per quanto te lo aspetti, quando scoppia ti trovi sotto l'acqua pietrificato. A rimpiangere la siccità, a maledire Dio e le perturbazioni tutte.

Finalmente ti muovi, ti metti a correre verso la salvezza, prima alla cieca, quasi in tondo, poi ti orienti, i movimenti si fanno più esatti la vista si abitua e perfora il muro d'acqua.

Ti senti d'improvviso più leggero, è l'euforia che ti si appiccica addosso con i vestiti bagnati. Hai avuto tanto tempo asciutto e sei caduto nell'equivoco che così dovesse essere, per sempre. Hai avuto anche paura di annoiarti. Era tanto tempo fa.

Ora sono sotto la pioggia, anche se chiusa in casa, zuppa fino al midollo, con un ragazzino di venticinque anni, ed è meglio che inizi a cantare.

«Parlami dei tuoi nonni» gli chiedo.

«I miei nonni?»

«Ne hai ancora?»

«Sì, ho una nonna in ospizio che sbadiglia spalancando la bocca come uno squalo. L'altra, la mia preferita, nonna Rita, è morta quando avevo dieci anni.»

«Dimmi di nonna Rita.»

«Era un generale. Sopravvisse alle guerre, all'emigrazione a Torino da Bari, era alta un metro e quaranta a dire tanto. Si racconta fosse nata di sette mesi, piccola e pelosa, la misero in una scatola per seppellirla e, invece, la bara divenne una culla. A noi nipoti ci trattava male, ma io l'adoravo, anche se non capivo niente di quel che diceva, parlava un dialetto strettissimo.»

«E faceva le orecchiette in casa.»

«Naturalmente. Mi insegnò pure a farle.»

«E poi? Di cosa è morta?»

«Un giorno un ictus la colpì, fu un fulmine a ciel sereno, le tolse letteralmente le parole di bocca. Tutte tranne "mamma" e "Dio".»

«Ma capiva?»

«Capiva tutto e si faceva capire. Quando era incazzata urlava fortissimo: "Mammadio, mammadio!".»

«Come una bestemmia.»

«Sì, come una bestemmia.»

«Nei rari momenti in cui era tranquilla, io mi accoccolavo accanto a lei, sul divano e "mammadio" diventava una carezza, una ninna nanna.»

«Sapevo che avresti avuto una storia meravigliosa da raccontarmi.»

«La trovi meravigliosa?»

«Sì, lo è. Conosci la teoria del rasoio di Occam?»

«No.»

«È un principio filosofico. Detto male significa ridurre al minimo le ipotesi per spiegare un dato. "Mammadio" me l'ha fatto venire in mente. È come se il vocabolario di tua nonna fosse stato sterminato a forza di rasoio, per raggiungere l'essenza della vita. L'unica ipotesi possibile.»

«La mamma e Dio. L'inizio e la fine.»

«Sì. È poetico.»

«Poetico un cazzo. Tirava dei ceffoni che non puoi capire.»

Il caffè è passato nella moka, insieme a un po' del mio malumore.

«Sai cosa mi piacerebbe tanto?»

«No.»

«Che tu mi insegnassi a fare le orecchiette.»

«Abbiamo strane conversazioni io e te.»

«Dici?»

«Non ho mai parlato così con nessuno. Tu parli così con la tua amica Sara e io parlo così con te adesso. È una specie di dialetto e io sto prendendo la tua inflessione, la tua cadenza.»

«E com'è questo modo di parlare?»

«Sembra che lo sceneggiatore di "Dexter" abbia incontrato quello del *Favoloso mondo di Amélie* e si siano presi una piomba di tequila.»

«Un giorno ti spiegherò cosa penso di Amélie.»

«Ho tutto il tempo. Tu hai la farina di semola?»

27

L'odio per Amélie Poulain è un mio vecchio cavallo di battaglia. Siamo state rovinate da quella lì, dai suoi occhioni aperti sul mondo, dalla meraviglia nascosta in ogni cosa, dalle ciliegie come orecchini, dai nani giramondo, dalle mani tuffate nei fagioli. E dal suo abbigliamento bizzarro e adorabile. Ci abbiamo provato a essere così, a lanciare le pietre nell'acqua con mille rimbalzi e a profumare di crème caramel, a vestirci con gonnelloni e scarpe basse e a farci la frangetta sbarazzina. Con il risultato, almeno nel mio caso, di assomigliare a una Amish lesbica.

Cerco di spiegare l'odio per Amish Poulain a Enea.

«Non so, a me il film è piaciuto, è un classico.»

«Enea, prendi questo», gli porgo un coltello preso sul tavolo, dove stiamo impastando le orecchiette, «e piantamelo nel cuore. Mi farà meno male di quel "classico".»

«Senti davvero tutta questa differenza d'età tra di noi?»

«Non tra me e te, tra me e le ragazze con cui esci.»

«Ma io non ti ho mai parlato di loro.»

«Non ce n'è bisogno. Io sono stata loro un po' di tempo fa.»

Enea non recalcitra, ascolta, non è sulla difensiva e io ne sto approfittando.

«Sei stata loro?»

Cerco di aggiustare il tiro.

«Mettiamola così. Le ragazze pensano che agli uomini piaccia il mistero, la donna con esperienza, il melodramma. Così passano i primi trent'anni della loro vita a crearsi problemi, a farsi un trascorso, a gonfiare il numero degli amanti, a mangiare uomini e digerirli in un rutto. Diventano anoressiche o bulimiche, si danno facilmente, soffrono e si inducono a soffrire. Dicono cose come: "Non puoi stare con me, io sono sbagliata", oppure: "Io sono pericolosa", o ancora: "Io sento le cose più profondamente degli altri". Ciò che mi rende vecchia è che io attraverso la fase successiva, il momento della consapevolezza. Ho superato ampiamente i trent'anni, il passato me lo sono creato, e so che trascorrerò i prossimi sessanta a nasconderlo.»

«Tu dici che le donne della mia età bluffano?»

«Io bluffavo. Soprattutto nel sesso. Poi a forza di bluffare qualcosa ho imparato.»

«E perché bluffavi?»

«Per non essere vulnerabile, per non far sentire la paura agli uomini. Per non sembrare ridicola, per non farmi beccare a sorridere con gli spinaci tra i denti. Per tanti motivi.»

«E di cosa avevi paura?»

«Del sesso per esempio. Proprio del pisello dico, mi ha sempre fatto piuttosto paura, fin da bambina. Ero una bimba fantasiosa, ma silenziosa, che è un pessimo binomio, perché se le fantasie non le comunichi finiscono per diventare la tua realtà distorta.»

«E tu distorcevi l'uccello.»

«Sapevo che gli uomini ne avevano uno, così mi era stato detto, ma non ne avevo mai visti dal vivo, fatta eccezione per quei piccoli passerotti senza penne dei miei cuginetti. Insomma l'uccello era per me incredibilmente esotico.»

«E come te lo immaginavi? Ricoperto di penne?»

«No, completamente ricoperto di peli. Hai presente Cugino Itt?» annuisce e ride . «Un Barbabarba, praticamente.»

«Il figlio peloso dei Barbapapà?»

«Sì, avevo una fantasia fervida. Poi ero sicura che fosse retrattile, che potesse rientrare all'interno del corpo. Tipo testa di tartaruga.»

«Non avevi tutti i torti.»

«Ma non avevo la minima idea che potesse cambiare

dimensioni e consistenza, l'erezione non sfiorava la mia mente e, a pensarci bene, anche oggi mi sembra uno degli spettacoli più avvincenti e sorprendenti che la natura abbia da offrire.»

«Sei davvero una donna strana tu, non ho ancora capito se sei un'educanda che ha fatto l'Erasmus al porto di Genova o una tamarra di periferia che ha studiato in un collegio in Svizzera...»

«Mi stai dando della schizofrenica?»

«Un po'.»

«Non hai ancora sentito questo: ero convinta che il soffiarci dentro, all'uccello dico, avrebbe determinato la morte del legittimo proprietario per embolia cerebrale. Non fare quella faccia, da adulta ci ho provato.»

«A soffiare?»

«Eravamo sul divano, una sera, io e lui. Guardavamo un film, mi pare. E lì mi è scattato il raptus, mi sono avvicinata con fare da gattona e ho soffiato con tutte le mie forze nel povero kazoo a riposo del malcapitato. Non so perché lo feci, la bambina che vuole realizzare la sua fantasia, la fantasia meno erotica che si possa immaginare. Sì, perché lui non morì, ma urlò dal dolore, mi diede della psicopatica. E poi mi lasciò.»

«Aveva tutte le ragioni.»

«In realtà prima di lasciarmi mi ha fatto fare due figli.»

«Prima Davide lo odiavo, ora comincio a simpatizzare per lui.»

«Se lo vuoi sapere, comunque, il cazzo, se ci soffi dentro, suona.»

«Grazie, mi sento meglio. Però, il fatto che ci abbia soffiato vuol dire che non ne hai più paura.»

«Non mi fa più paura, in effetti. Ma forse ora io faccio paura a lui.»

«E come potrebbe essere il contrario? Ora sembri molto sicura di te. Hai un tono sempre convincente, assoluto, anche quando parli del cazzo.»

«Enea, tu mi hai vista rotolare per le scale. Non ti ricordi?»

«Non era propriamente un rotolare. Secondo me era più un volare basso, radente. Ma sempre un bel volo.»

Continuiamo a impastare farina e pensieri.
«Ti sei fatta male?»
«Ho sentito male, ma un male sopportabile. Ci si rialza.»
«Sì, come Charlie Brown con la palla da rugby.»
Sorrido, ma fatico a capire dove voglia arrivare.
«Charlie chiede a Lucy di tenergli la palla perché la vuole calciare. Sa bene che all'ultimo lei gliela toglierà da sotto i piedi, lo fa sempre, ma lo stesso si vuole fidare. Prende la rincorsa e Lucy, come previsto, toglie la palla e manda Charlie a gambe all'aria. La morale è che, però, il piacere della rincorsa vince su mille culate.»
«E tu sei Lucy o Charlie?»
«L'ultima volta sono stato Charlie.»
«Uh! Ed è stata dura?»
«Lo è ancora, ma solo a tratti.»
«Quando vi siete lasciati?»
«Sei mesi fa.»
«È bella?»
«Molto bella. Così bella che faceva sentire bello pure me.»
«Tu sei bello, Enea. E sai fare delle bellissime orecchiette. Delle mammadio di orecchiette.»
«Ora le sai fare anche tu.»
Guardiamo i nostri due mucchietti di pasta.
«Le tue orecchiette sono così belle che fanno sentire belle pure le mie.»
«Sai cosa potremmo fare?»
«No.»
«Potremmo sederci sul tuo divano e guardare *I Goonies*.»
«Speravo che me lo chiedessi, prima o poi.»
«Però, ti prego, non suonarmi il piffero.»
«Cercherò di resistere.»

28

Guardiamo il film in silenzio. O meglio, io guardo in silenzio Enea che guarda, tra il divertito e l'intenerito, un film che conosco a memoria. Si è tolto le scarpe e sta rannicchiato nella sua parte di divano, la sciarpa sempre al collo.

Ha un accenno di barba che falsa un po' la giovinezza del volto, l'orecchio sinistro è una groviera di forellini, buchi che ospitavano piccoli anelli o orecchini tribali, un altro buco orfano di piercing lo individuo sul sopracciglio. Un Corto Maltese moderno, ma senza Gauloises tra le dita. Non fuma, Enea, e un po' mi dispiace.

C'è stato un tempo in cui trovavo indispensabile la sigaretta tra le dita, sorseggiando caffè con un uomo accanto, l'ho sempre intesa come un preliminare e non come un accessorio con cui scaldare il gelo postorgasmico. Non importa che in realtà a me facesse schifo fumare e che il sesso a quei tempi fosse una sequenza di mosse subite.

Si procedeva a tentoni secondo due schemi inconciliabili: lui che si era preparato studiando a memoria *Rocco Siffredi invade la Polonia*, lei che aveva formato la propria educazione sui film d'amore anni Novanta. Rocco, Selen, Cicciolina e compagnia bella sono i diretti responsabili dell'abusata pratica sessuale gioca jouer hot, che consiste nel far cambiare alla donna decine di posizioni a ritmi vertiginosi solo per dimostrare di conoscerle tutte.

Davide è stato il primo a non volermi piegare, rigirare, alzare, abbassare, disarticolare, insomma a non volermi trasformare in un origami. Con lui sembrava semplice, non c'era l'enfasi forzata, non c'era mistero, non c'era noia e nemmeno melodramma, c'era il sesso di Adamo ed Eva. Con uno con cui facevo l'amore così era impossibile non farci anche dei figli. A letto ridevamo prima e dopo, mai durante, ci raccontavamo le esperienze che ci avevano condotti sotto lo stesso lenzuolo, prendevamo in giro i nostri ex amanti, sfottevamo tutto il mondo, noi due, la coppia capace di amare come nel Paradiso prima della cacciata.

Lui mi diceva di tutte quelle che lo avevano aggredito con l'impeto con cui si fa una tequila bum bum oppure delle cenerentole troppo delicate con la grazia di chi sta togliendo la polvere dagli angioletti di Thun.

Io gli raccontavo dei ragazzi fissati con il sesso anale, quelli che cercano di aprirsi un varco nelle retrovie con nonchalance e, di fronte a un cenno indispettito, si guardano intorno smarriti, come a dire: "Scusa, mi sono perso". Una pensa che ci sia una porta A e una porta B e scopre che là sotto c'è il corridoio di *Shining*.

Noi, in quel preciso momento, eravamo l'ultimo gradino dell'evoluzione della coppia, non aspiravamo a niente di più, tutto ciò che ci era capitato prima era solo stato un passo l'uno verso l'altra.

E invece no, invece eravamo a metà della scala e un giorno, molto presto, saremmo diventati un racconto da letto, una storia fumata sotto le lenzuola. "La mia ex una volta ha provato a farmi suonare l'uccello", e giù a ridere come matti. Forse quella conversazione c'era già stata, forse Davide aveva trovato un'altra alla quale accarezzare gli avambracci, sovrapensiero. I miei li lisciava di continuo. Spero che lei abbia piccoli brufoletti sottopelle, in modo che Davide rimpianga il mio fazzoletto di pelle liscia e che dimentichi la ruvidezza di tutto il resto.

L'amore era tutto in quella carezza piccola ripetuta, intima, una carezza eterna, una carezza che è diventata un'escoriazione e oggi una cicatrice.

«"Fessi nei pressi!" credo che diventerà la mia citazione cinematografica preferita di sempre.»

«È un gran film. Te l'avevo detto. Sono contenta ti sia piaciuto.»

«Sì, meglio di *E.T.*, a me ha sempre messo una tristezza infinita.»

«Anche a me, ma non lo dire a nessuno, *E.T.* è intoccabile, è uno di quei film che mette d'accordo le folle.»

«Vuoi che vada via, hai delle cose da fare?», Enea si fa serio di botto, raccoglie le sue scarpe.

«Perché mi chiedi continuamente se voglio stare da sola?»

«No, intendevo che magari volessi sfruttare questo tempo per fare qualcosa per te stessa.»

«Ho visto *I Goonies*, ho fatto già qualcosa per me stessa.»

«Mi sembravi da un'altra parte. Pensierosa.»

«Pensavo a come mai non fumassi.»

Enea sorride. Ha due file di denti perfetti che rispondono alla domanda da sé. Non fuma per mantenere intatto quel sorriso. In compenso sulla lingua ha una piccola borchia, me ne accorgo solo ora.

«Ho provato, non mi piace.»

«Che c'entra, fumare fa schifo a tutti, ma noi fumavamo per dovere, mica per piacere.»

«E quindi, invece di guardare il film, pensavi alle mie mancate dipendenze...»

«Anche sì. E cercavo di immaginare questa tua innamorata. Come si chiama?»

«Viola.»

«Anni?»

«Ventitré. E come te la immaginavi?»

«Più che altro cercavo di vederti con lei, innamorati beati e beoti. Una di quelle coppie che limona duro sul tram, mentre i passeggeri seduti da soli, con la faccia da tram, la postura da tram, restano a guardare pieni di invidia. Vi immaginavo come protagonisti di una poesia di Prévert, quella dove i ragazzi si baciano appoggiati alle porte della notte e voi siete i ragazzi.»

«Prévert ci può pure stare, ma il tram non lo abbiamo mai preso. Io sono più da bicicletta.»

«L'immaginazione è mia e se decido che limonate in tram, voi limonerete in tram.»

«Ok.»

«Lei è piccola e maneggevole, belle tette, bel culo. Tu, nell'eterna lotta tra il partito delle tette e il partito del culo, sei sempre stato un chiappariano, ma ora hai assunto una posizione moderata, bipartisan. Ascolta Devendra Banhart, è vegetariana, grande fan di Wes Anderson, vorrebbe trasferirsi a vivere in Finlandia. Ha fatto l'Erasmus a Parigi, tu sei andato a trovarla, camminavate vicini vicini, familiari l'uno all'altra ma stranieri in terra straniera. Parlavate fitto e i parigini non capivano (tanto i parigini non avrebbero capito nemmeno se aveste tentato di comunicare in francese) e guardavano quei due italiani gesticoloni, esclamando: "Ullallà". Eravate così belli che al Louvre oscuraste la *Monna Lisa*, che è un quadretto grande come un francobollo facile da oscurare, e i giapponesi vi prendevamo a flashate in faccia. Io vi immagino molto belli, non mi smentire.»

«No, no, non ci penso nemmeno.»

«Ti fa un sacco di regali creativi. E tu non sei da meno. Una volta ti impacchetta un libro che il suo povero nonno le leggeva prima di andare a dormire, a pagina quindici c'è ancora la macchia di un suo rigurgitino di latte. Tu contraccambi comprandole una stella in uno di quei siti pacco che vendono stelle alla modica cifra di cinquanta euro, sessanta se si tratta di una supernova.»

«Per sessanta euro posso darle almeno il suo nome?»

«Naturale. Per Natale, poi, lei ti fabbrica con le sue piccole manine da bricoleuse un calendario dell'avvento con venticinque minipensieri ad hoc, venticinque anticipazioni per la sorpresa finale: una sciarpa di lana di cactus fatta ai ferri. Punge così tanto che la puoi riporre nell'armadio e infilzare le tarme, ma l'ha fatta lei e indossi il tuo cilicio col sorriso. Tu per San Valentino le organizzi una caccia al tesoro in giro per la città, il tesoro è un weekend a Londra sul set di *Harry Potter*, il film che avete visto la sera che le hai detto di amarla. Una volta litigate pure per colpa di un regalo. Lei raccoglie in una scatola tutti i libri e i dischi che ama e che tu dovresti leggere e ascoltare, tu però non lo fai, ti presenti impreparato all'interrogazione e Viola s'incazza e ti lascia.»

«Non mi ha lasciato per quello, io li ho letti tutti i libri della scatola, un sacco di storie di ebrei americani. E la sciarpa non pungeva, ce l'ho addosso.»

«E allora perché vi siete lasciati?»

«Perché ho deciso di fare un master a Hong Kong.»

Accuso il colpo, ma non lo do a vedere.

«Parti?»

«Sì, fra tre settimane.»

«E quanto stai?»

«Un anno.»

«E lei non se la sente di avere una relazione a distanza?»

«Sì. Mi ha lasciato quando sono stato ammesso a ottobre. Si è arrabbiata perché non le ho chiesto nulla, ho inviato la candidatura e gliel'ho presentata come un dato di fatto.»

«Non ha tutti i torti.»

«No, forse no. A me è sembrato un pretesto e infatti dopo poco ha cominciato a vedersi con un musicista. Dice che ama ancora me, ma che è confusa, magari al mio ritorno...»

«Non c'è niente da fare, mai mettersi contro un musicista. Loro sono nel gotha degli uomini appetibili per una ventitreenne, appena sotto i dj e, inspiegabilmente, i baristi.»

«Il tizio è anche barista.»

«Un ingegnere specializzato in acquitrini autopulenti contro un musicista e pure barista.»

«Lo so, lo so.»

«Sciocca ragazza.»

«Sciocco ragazzo.»

«Chi, tu?»

«No, Davide.»

«Enea, stai con me fino a quando tornano i bambini.»

«Va bene.»

«Ci mangiamo le orecchiette, poi vado a farmi bella e usciamo.»

«Aspetta. Questo è il momento in cui ti dico che sei già bella, vero?»

«Sì.»

«Sei già bella. Così bella che non so se mi va di uscire.»

29

Appena dopo le orecchiette e appena prima di uscire mi chiudo in camera e chiamo per sapere dei bambini.

«Siamo a casa.»

Davide dice "casa" come se avesse sempre vissuto lì. Mi coglie una fitta, immagino Pietro e Micol del futuro che inveiscono contro di me perché non voglio comprare un motorino o perché impongo un coprifuoco troppo restrittivo, e mi minacciano con un: "Vogliamo andare a vivere a casa di papà".

«I bimbi stanno bene?»

«Sì, molto allegri, hanno dormito per tutto il viaggio.»

«Sono contenta», col cazzo che sono contenta.

«Li ho portati ai giardini, Pietro ha conosciuto un bambino oggi ed è rimasto molto colpito.»

Davide mi racconta del loro pomeriggio. Si sente in dovere di farlo, credo che sia il senso di colpa, ma anche il timore che io tiri fuori qualche colpo basso, è circospetto. A Milano c'era il sole, sono stati tutti e tre (tutti e quattro?) in un bel giardinetto per prendere una boccata di terra e di polvere. Immagino Micol piazzata sull'altalena che ringhia "MIA, MIAAA" a chiunque tenti di spodestarla.

Pietro va alla ricerca di qualche coetaneo da cui farsi sbattere giù dallo scivolo. Trova Gabriele, insieme al suo papà. Gabriele lo tocca, lo tira, lo strapazza, gli mette una mano sugli occhi, urla cu-cu. Ha un'età indefinibile tra i tre e i trecento anni, i lineamenti saccheggiati da una qualche malattia rara e spaventosa che gli ha lasciato intatto solo il sorriso.

Davide mi dice che era davvero impressionante: «Ho fatto fatica a reggere lo sguardo per la pena» mi spiega. E io ho pena per Davide, per Gabriele e per il suo papà. Mi domando se ci si abitui agli sguardi "grazie a Dio, non al mio", alle smorfie sorprese o ai sorrisi troppo accentuati, quelli della gente come me, così progressista, così ipocrita.

Per un attimo mi illudo che almeno Pietro sia stato all'altezza della situazione, che mio figlio abbia visto col cuore e non con gli occhi e tutte quelle cose retoriche lì. E invece no, pare che si sia spaventato molto, abbia detto ad alta voce: «Perché quel bambino ha la faccia strana?».

«E tu cosa gli hai risposto?»

«Che ogni bambino è diverso.»

«Bravo, hai fatto bene. E lui?»

«Mi ha chiesto se poteva giocarci. E così hanno fatto, per un'oretta. Quanto è andato via sembrava dispiaciuto.»

«Hai voglia di passarmelo un attimo?»

«Certo.»

Ha una vocina piccola piccola e piena di sospiri.

«Ciao mamma.»

«Ciao tesoro! Stai bene?»

«Sì, bene. Ma cosa aveva Gabliele?»

Immagino che quella domanda l'abbia ripetuta almeno cento volte da oggi pomeriggio.

«Non so tesoro, non c'ero. Ma credo che avesse una brutta malattia.»

«Ela malato?»

«Sì, penso di sì.»

«O folse si è fatto male alla faccia.»

«Non lo so, può darsi.»

«Sì, mamma, magali è caduto.»

«Forse sì.»

«...»

«Pietro?»

«Mamma, secondo me, Gabliele è caduto dal cielo.»

«Sì, è caduto dal cielo. Ora fai il bravo, mangia tutto e dormi, domani ci vediamo. Ti voglio bene.»

«Ti voglio bene. Ti passo Micol?»

«No, non c'è bisogno, passami papà.»

Mi manda un bacio che attraversa la cornetta e stordisce il mio orecchio.

«Hai sentito?»

«Sì. È commovente.»

«Magari voleva dire che per un viso così rovinato doveva essere caduto da molto in alto, almeno dal cielo...»

«Possibile, ma io preferisco l'altra interpretazione.»

«Sì, anch'io.»

Ha la voce più distesa, sorridente, stanca.

«Mi dispiace per quello che ho detto prima, la questione della ragazza che hai a Milano. Non dovevo minacciarti, sono stata infantile.»

I cambi repentini di tono, un grande classico delle separazioni. Cinque minuti prima sono Glenn Close che ti mette il coniglio da compagnia in pentola, cinque minuti dopo tiro fuori dal cilindro dolcezza e razionalità.

«Non importa.»

«Mi hai fatto incazzare.»

«Lo so, mi dispiace.»

«Baciami Micol e non darle troppi dolci.»

«Ci vediamo domani.»

«Ciao.»

«Dora, aspetta. Volevo dirti che non c'è nessuna ragazza a Milano.»

«Ok. Io invece credo che stasera farò sesso con un venticinquenne.» E attacco. Lo so, è stato puerile, di solito sono più matura, almeno un paio di cicli di reincarnazione davanti a Davide, so pure che me ne pentirò, ma non è che Glenn Close si possa mettere a tacere così facilmente.

Poi scelgo l'intimo per la serata e lo faccio come se avessi vent'anni, quando ti preoccupi di indossare un abbinato, pizzato, sexy e non scolorito nonostante tu non abbia una storia in ballo, perché credi che prima o poi l'amore arriverà, magari proprio quella sera. Quando hai quarant'anni invece apri il cassetto e indossi il tuo intimo migliore perché prima o poi un malore arriva e non vuoi che al Pronto Soccorso ti vedano con le Sloggy ascellari.

Quando hai la mia età, trentacinque, apri il cassetto e indossi il tuo intimo migliore perché prima o poi un malore arriva, ma il medico del Pronto Soccorso potrebbe essere Dottor Stranamore di "Grey's Anatomy". Ma stasera ho vent'anni, non trentacinque.

Dopo l'intimo è la volta di infilarmi *il* vestito, quello che mi ridisegna meglio di come sono, è allora che sento salire l'euforia e mi spavento. Ho l'umore precipitoso di chi è stato lasciato e va a dire al mondo quanto stia bene, sta proprio bene, uh se sta bene, mai stato meglio. Poi beve troppo, torna a casa, vomita nel cesso senza avere avuto l'accortezza di alzare la tavoletta.

Ecco, proprio non vorrei finisse così. Ma ho un cavaliere per la sera, un ragazzo giovane che mi guarda come se gli piacesse ciò che vede. Ed è primavera. Certo è facile sentirsi così a primavera, me ne rendo conto. Cerco di spiegarlo alla me dall'altra parte dello specchio. Sono bravi tutti a fare m'ama non m'ama con le prime margherite di campo. Prova a fare m'ama non m'ama con un cardo selvatico, che son spine sia che t'ami sia che non t'ami.

È piuttosto semplice innamorarsi a primavera, quando il tuo armadio ti rende *quel* vestito di Zara comprato con i saldi invernali e pagato niente; non saresti stata così spavalda, così fiduciosa col cappotto di lana cotta che ti fa sembrare un kiwi avvizzito.

Non ti senti banale a innamorarti a primavera? A occhi chiusi, senza nemmeno bisogno del primo sguardo, con gli ormoni in circolo, il ciliegio in fiore, le api che ronzano e tu sei la regina.

Tra diciotto ore i miei figli saranno a casa. Ho diciotto ore per sentirmi innamorata, poi tutto tornerà come prima, a Cenerentola è andata peggio. Io sono la Cenerentola della primavera e voglio che sia semplice, per una volta, niente cardi, solo margherite, anzi solo margherite con i petali dispari e quadrifogli dai petali pari, che la fortuna non guasta mai.

30

Meno diciotto ore. Enea e io usciamo, passeggiamo, non sappiamo bene cosa fare delle nostre mani, alla fine si prendono, la mia destra e la sua sinistra. Stiamo in silenzio, poi nel silenzio lui stringe tre volte, come un alfabeto morse, io ripeto tre strette. Lui riprova con cinque piccole scosse e io ne restituisco altrettante.

È un gioco che facevamo da bambini con i nostri genitori, ce lo diciamo sorridendo. Gli chiedo se abbia mai notato che quando speriamo incrociamo le dita e quando imbrogliamo o mentiamo facciamo lo stesso.

Triste che per la lingua delle mani la speranza e la menzogna siano sinonimi. Enea mi dice che le sue mani sono sincere, io incrocio le dita in segno di speranza.

Meno diciassette ore. Sara mi chiama. Dice di aver suonato e non aver trovato nessuno, si è preoccupata. C'è uno spettacolo di Simone al Rat, un locale in centro, mi chiede se ho voglia di andare a vederlo. Le spiego che sono con Enea. «Le poesie di Simone sono perfette per un primo appuntamento.» Enea accetta, ma i suoi occhi dicono: "Preferirei appendermi dei gatti ai buchi dei piercing".

Ascolto le labbra, ignoro gli occhi e ci infiliamo nel locale. Un'altra zona rispetto a dove ero stata con Efrem, più tranquilla. Sara si tormenta una ciocca di capelli, sembra agitata, magari è solo preoccupata che il reading vada male, c'è poca gente, ma molti sono via per Pasqua. Il posto è piccolo e alla fine si riempie. Simone è al bancone che chiacchiera con il proprietario, quando incrocia i nostri sguardi, da sotto la barba si indovina un sorriso, deve essere un gran bel sorriso a giudicare da come brillano gli occhi, ma le labbra non c'è verso di intravederle. Si sbraccia, ha in mano un Negroni, versa il Negroni per metà sulla giacca.

«È elegante stasera, il tuo fidanzato...»

«Ha il kilt. Non so se si possa considerare eleganza in Italia, in Scozia forse.»

Guardo meglio. Ha il kilt. Una gonna esattamente uguale a quelle rosse a scacchi neri che mi metteva mia madre da ragazzina. Spessa, orrenda e con uno spillone dorato a tenerla chiusa.

«Cazzo, sembra mia zia Rita. Stessi peli.»

«Ma è un abito di scena?» chiede Enea, stupito.

«No, oggi gli andava di mettere il kilt. Ieri si è comprato una salopette. Con la salopette sembra lo zio Jess di "Hazzard".»

«Meglio zio Jess che zia Rita.»

Simone viene al nostro tavolo, dà un bacio sulla fronte a Sara: «Bello vederti zuccona», a me dà una carezza: «Riccioletta, sei gnocca anche senza figli appresso», a Enea dà la mano e si presenta: «Sono la tata di Dora e il nano del giardino segreto di Sara». Poi chiude: «Vorrei rimanere con voi a fare dei pettegolezzi, ma devo somministrare al mondo un po' di poesia». Enea ride, Sara no, è seria ma accomodante. Il fatto che non mi abbia morsa quando ho parlato di Simone come il suo fidanzato mi colpisce. E mi colpisce ancora di più Simone sul palco, quello che legge e recita. Fa ridere, fa piangere, fa tutto quello che deve fare, a me che non ho un briciolo d'attenzione stasera. Le persone applaudono. Parte con quella dei due che si baciano e ogni volta muore un nazista. Applausi. Poi una sui migliori modi per suicidarsi, tra cui l'abuso di ciliegie. Applausi. Una sulla Piccola Fiammiferaia che si innamora di Mangiafuoco. Romanticismo surreale. Un'altra è una specie di curriculum dove racconta di sé, si intitola *Vita, distruzioni per l'uso*. Sorrisi amari. E poi legge un'ultima poesia, guarda Sara negli occhi ma, senza saperlo, guarda negli occhi tutti, "Teniamoci stretti che c'è vento forte", dice, sulla paura di perdersi, di volare via lontani. Sono orgogliosa di lui, come fosse mio fratello, mio amico. Enea dice: «Bella», alla poesia e forse a me, ci teniamo stretti per le mani, salutiamo Sara prima della fine, lei fa sì comprensiva e siamo di nuovo per strada.

Meno sedici ore. Enea si alza il cappuccio sulla testa, fa fresco, mi cede la sua sciarpa, è così lunga che potrei arrotolarmici dentro come un baco da seta, odora di incenso e borotalco. È un regalo di Viola e io la sto solo prendendo in prestito, proprio come Enea che dovrò restituire alla sua vita.

Mi piace sapere che non arriverà mai il giorno in cui non saprà che farsene di me, non ci saranno lunghi silenzi in macchina ritornando da una festa andata storta, non dovrò farmi piacere i suoi amici, non dovrà trovare divertenti le follie di mia madre. Per quanto ne so Enea non ha amici, per quanto ne sa lui io non ho una madre. Non sperimenterà mai la mia voce da lite, siamo due ragazzi che si sono conosciuti un'estate, al mare e stanno vivendo la loro ultima serata prima della partenza.

Non saprà mai quanto il tempo mi manchi sempre, che se facessi meditazione il mio animale guida sarebbe il coniglio affannato di *Alice nel Paese delle Meraviglie*. E io non dovrò innervosirmi perché il suo animale guida è il bradipo o, peggio, il gambero.

Non saprà mai che ho otto denti in meno. O forse sì, questo glielo dico.

«Ho otto denti in meno.»

«In che senso?»

«Non mi sono cresciuti i molari e i denti del giudizio. Mi hanno raccontato che è una sorta di mutazione genetica, l'umanità non ha più bisogno di sbranare la cacciagione e quindi tende a ridurre la dentatura.»

«Sei una X-man praticamente.»

«Col potere più di merda della storia degli X-men.»

«Credo che quando andrò a Hong Kong, dove si sa che c'è di tutto, ti cercherò quegli otto denti. E poi te li metterò sotto il cuscino, così avrai i tuoi otto desideri mancanti.»

E allora so che è il momento. Ci baciamo fermi in mezzo alla strada, a lungo, e i nostri animali guida sono della stessa specie e si cercano, hanno voglia l'uno dell'altra.

Meno quindici-quattordici-tredici ore. Camminiamo e ci baciamo, ci baciamo e camminiamo. Smettiamo di baciarci o camminare solo per sorridere. Dico: «Non ho mai baciato un uomo con un piercing sulla lingua». Lui risponde: «Non ho mai baciato una signora».

Mi viene in mente un pensiero che tengo per me. Nel salotto della mia infanzia c'è un quadro, lo vedo da quando sono bambina, appeso tra una pendola e una pianola che nessuno, a mia memoria, ha mai suonato. Sulla pianola c'è un centrino, ogni oggetto in questa casa si merita un centrino. La pianola è in legno e ogni mobile in legno è verniciato con il flatting, una sorta di impregnante trasparente che rende impermeabile e lucida qualsiasi superficie. Mio nonno ne era drogato e, ogni anno, faceva la sua capatina a casa nostra per le tradizionali "due pennellate". Alla fine pareva che una mucca fosse passata a leccare cassapanche, tavoli, letti, armadi... con un risultato di viscido splendore.

Ma tornando al quadro. Il quadro è astratto, schizzi di colore intenso, mi mette di buon umore ma non so perché, è solo rosso, blu e giallo a casaccio. Non è una copia di una tela famosa, in basso a destra manca la firma, una volta ho anche chiesto ai miei genitori da dove arrivasse, mia madre si è limitata a dire: «È prezioso». Ma per mia madre "prezioso" è un parametro ampio ed elastico, tutto ciò che è antecedente al 1980 è prezioso, antico, raro. Per una volta, però, le do ragione, anche per me è prezioso, mi ci perdo dentro, mi siedo sul divano e fisso il rosso, il blu e il giallo, imbambolata come mi accade guardando fuori dalla finestra.

Un giorno il chiodo non regge più l'abbraccio del muro, il quadro cade, il vetro si rompe, mi incarico di portarlo a riparare nel negozio di cornici che c'è in centro. Lo consegno a un signore anziano con le mani nodose, a forza di lavorare il legno le sue dita assomigliano a piccoli rami mossi dalla linfa di un'operosità antica. Mi informa che ci vorrà qualche giorno e una settimana dopo sono di nuovo lì.

Il signore mi indica una tela appoggiata al muro, è soddisfatto, mi dice: «Ecco qua». La cornice è giusta, ma il dipinto è sbagliato, mi è familiare, ma non è il mio. Scuoto la testa: «Non è lui, c'è un errore, questo è un pappagallo, io avevo portato un soggetto astratto». Il signore sorride e in un gesto teatrale mette il quadro e il pappagallo a zampe all'aria: «Così va meglio signorina?». Il pappagallo era sempre stato lì, sulla parete, solo che lo guardavo dalla prospettiva sbagliata.

La separazione, il breve bacio con Efrem, la caduta per le scale, l'incontro con Enea, Pietro e Micol lontani, il metronomo delle mie giornate fermo per una notte senza figli... mi hanno fatto pensare questo della mia vita: l'ho guardata per trentacinque anni, mi ha tenuto compagnia, l'ho trovata sorprendente, familiare, intensa, a volte persino ipnotica, spesso totalmente priva di senso. Non era niente male. Solo era appesa a rovescio.

Meno dodici ore. Sono le quattro e i baci, la sciarpa, il cappuccio non bastano più a coprirci. Andiamo a casa, quella di sua sorella, Enea mette una musica che non conosco, una vocetta afona tutta sbuffi di borotalco canticchia su una base campionata da un carillon.

E a quel punto, mi sale una marea di stanchezza allegra, un'ubriacatura senza nausea, crolliamo insieme su un letto a barca, in una camera arredata dalla dea Kalì, un elefantino di marmo ci guarda e allora glielo faccio vedere. Il tatuaggio del serpente che ingoia l'elefante che sembra un cappello ma in realtà è una cacca.

«Ora mi sa che ci tocca fare l'amore» dice lui.

«Non credo di avere la forza. Mi sento come se oggi mi fossi sposata, avessi intrattenuto mille invitati e mi ritrovassi a letto con mio marito, ancora vergine. E se la stanchezza rovinasse il ricordo? Che ne dici se ci guardiamo negli occhi per un po', testa sul cuscino contro testa sul cuscino, come Bill Murray e Scarlett Johansson in *Lost in Translation* e biascichiamo fino a addormentarci?»

«Dora, questi dieci anni che hai più di me non ti hanno proprio insegnato un cazzo.»

Nelle ore che restano facciamo arrossire gli elefantini, mentre la dea Kalì si mette tutte e otto le mani sugli occhi. Non senza pause, comunque, alla fine Enea ha venticinque anni, ma io sono una vecchia signora.

Nelle pause ridiamo di cose sciocche, evitando tutto ciò che è personale, scoprendo che a volte anche ciò che non è personale può essere intimo. Non so come finiamo a parlare dei telefilm che seguivamo da piccoli e, incredibilmente, sono gli stessi, solo che io li ho visti quando passavano in orari di tutto rispetto, tipo alle sette di sera, mentre lui li intercettava nelle mattine in cui stava a casa da scuola, alla duemiliardesima replica.

Nudi come vermi, senza lenzuola a coprirci, iniziamo una battaglia a colpi di perché.

Secondo te perché in "Starsky & Hutch" le macchine incidentate, anche in caso di un semplice tamponamento, scoppiano?

Perché gli efficientissimi servizi sociali nordici non si sono mai presi cura di Pippi Calzelunghe?

Perché Mork si siede a testa in giù anche sulla tazza del cesso?

Super Vicky è la figlia della donna e dell'uomo bionico?

Perché in "Star Trek" invece di vagare anni come dementi dove nessun uomo è mai giunto prima non teletrasportano direttamente l'astronave?

Perché Bo e Luke non possono detenere armi ma possono sparare candelotti di dinamite con l'arco?

Perché nei telefilm gli elicotteri precipitano sempre dietro una collina?

Perché quando colpiscono Goldrake soffre pure Actarus che è dentro ai comandi (concettualmente è come se ti venisse male a un braccio se ti danno una martellata sul cofano)?

Ma soprattutto, come mai nessuno riconosce Zorro quando si mette la maschera anche se vive in un paese di quattro anime ed è l'unico coi baffi?

Ci teniamo testa, ma alla fine vince lui con "Happy Days", chiedendomi dove diavolo è finito Chuck, il figlio maggiore dei Cunningham, fratello tontolone dell'ancora più tontolone Richie e di Joanie. Compare nella prima stagione e sparisce per sempre, senza una parola. Effettivamente getta una luce sinistra sulla loggia del leopardo di Mr Cunningham.

«Enea.»

«Dora?»

«Buona Pasqua.»

«Dici che resusciteremo secondo le Scritture?»

«Dico che dovrò alzarmi, mettermi il vestito di Zara a rovescio, attraversare il pianerottolo, dare da mangiare alla gatta, farmi una doccia, riaccendere il cellulare, fare gli auguri ai miei, farmi bella per i miei bambini. Ci vuole la mano di Dio.»

«E io cosa faccio?»

«Tu dormi, ti fai un caffè, ti fai la doccia, rimetti a posto le carte dei preservativi, le attacchi sulla Smemo. E per nessun motivo al mondo ti innamori di me.»

«Sei una stronza.»

«Oppure puoi farti venire quei flashback del sesso che sono la parte migliore del sesso, non so se succede anche agli altri, a me capita.»

«Sì, succede anche agli altri, si chiama "erezione malinconica".»

«Allora voglio che mi ricordi così, con un'erezione malinconica.»

Meno tre, due, uno. E il vestito di Zara ritorna straccio.

31

Pietro e Micol arrivano e io ho un tuffo al cuore, mi sembrano più grandi, sarà la stanchezza, sarà che è la prima volta che ho davvero distolto l'attenzione. Me li riprendo, uno per braccio, sono le mie ali ora, non quelle di Davide, lui fino a prova contraria il nido l'ha lasciato. Va via a testa bassa, non ha voglia di litigare e io comunque non ne avrei le forze, stiamo attraversando la fase "la miglior difesa è il distacco".

«Vi siete divertiti da papà?»

«Sì, ma ha pochi giochi. Pelò abbiamo dolmito sul divano. E non potevamo scendere pelché c'era la lava pel tella.»

Mentre il fratello spiega, Micol mima i sottotitoli per i non udenti, tocca il pavimento, fa finta di bruciarsi la manina.

«E tu mamma... ti sei diveltita?»

«Sì, ma mi siete mancati, quando non ci siete mi mancate sempre.»

«Anche io, quando non ci sei, mi manco.»

Pietro scappa nella sua cameretta, riprende possesso dei giocattoli, Micol dà botte ai mobili, apre le ante degli armadi. L'intera casa è roba loro, una colonizzazione lenta e inesorabile che si riconosce dalle piccole cose, indizi di vite bambine che lasciano il segno. Il telecomando rosicchiato, l'adesivo scrostato della Pimpa sulla testiera del letto matrimoniale, i cerotti di Hello Kitty attaccati alle gambe del tavolo, il divano del salotto che, se spostato dal muro, fa l'effetto stencil, il tappo della vasca da bagno nel primo cassetto della cucina, la palla di neve appesa al lampadario tutto l'anno, le tacche delle altezze sullo stipite della porta, i quattro dvd di *Shrek* dentro la custodia di *C'era una volta in America*, Micro Machines nel filtro della lavatrice, tutte le mie calze trasformate in antiscivolo per aver calpestato resti di pongo sparsi ovunque.

L'appartamento di Davide, vuoto di segni e di tracce, probabilmente piccolissimo, l'ho sempre sentito come una minaccia, un luogo inospitale per i miei figli. Mi rendo conto che non è così. Tutte le case finiscono per assomigliarsi agli occhi di un bambino: c'è sempre un gabinetto con un mostro mangia-cacca, un pavimento di lava e un divano-zattera, a Milano come a Torino.

Uso tutto il tempo che resta per stancarli, stremarli di baci, poi ci riposiamo guardando un film, tutti e tre sul divano, anzi tutti e quattro perché arriva anche Zora, in preda a un attacco di fusa a trattore. Pietro ride.

«Mamma, Zola scoleggia.»

«Ma no, amore, fa le fusa.»

«E pelché?»

«Perché è felice.»

«È confusa pelché è felice?»

«No, tesoro, non confusa, fa le fusa.»

«Le fusa.»

Sembra convinto. Dopo cinque minuti di cartone Pietro fa una grande grandissima scoreggia.

«Mamma... mi sa che sono felice.»

E credo di esserlo anch'io, fusa a parte.

Poi li metto a letto e torno in cucina a lavare i piatti, per terra c'è ancora un po' di farina delle orecchiette che spazzo via. E mentre sono con la scopa in mano, esplode la casa, un lampo e un tuono, a raffica, ed è di nuovo il temporale.

La prima cosa che mi viene in mente è Enea, di là, che salta tra le coperte, il secondo pensiero, invece, sfreccia in testa e trafigge il cuore, è il senso di colpa perché i bambini sono arrivati secondi, in differita di qualche istante rispetto a un uomo, un ragazzo a dirla tutta. Ritorno nella cameretta e finisco l'opera iniziata dal tuono, li smuovo dal sonno e li metto nel lettone, uno per lato, si riassopiscono subito.

Ascolto l'acquazzone che fa il suo corso come la mia storia con Davide. Davide che faceva luce, io che facevo fracasso, lui lampo e io tuono. Il paradosso del lampo e del tuono è che, pur essendo inseparabili, vivono sempre uno in anticipo sull'altro, mai in sincrono. I bambini, sotto le coperte, spaventati dal temporale, contano i secondi che li dividono come sto facendo io ora, finché i secondi si fanno minuti, il lampo si spegne e il tuono tace.

Arriva il sereno, che per me stasera è tutto racchiuso nei respiri dei miei figli, due dei loro ne fanno uno dei miei, hanno corpi che girano a una frequenza maggiore, il cuore pompa più veloce, ha fretta di vita. Di là la libreria schiocca, l'armadio in legno scricchiola e lo stesso fanno le giunture di Pietro, Micol di notte cresce come il grano, ogni sogno un millimetro e ogni millimetro è un piccolo distacco. Li abbraccio, sono lì, ma in qualche modo già mi mancano.

Alle sei Pietro mi chiama.

«Mamma, pelché siamo nel lettone?»

«Vi ho portati io. Avevo un po' paura, c'è stato il temporale.»

«Il tempolale?»

«Sì la casa ha tremato tutta.»

«Tlema? Ha fleddo?»

«No, non trema per il freddo. Ora dormi.»

«Hai ancola paula?»

«No, ora non più.»

«Se hai paula abblacciami, eh.»

«E tu non mi fai cadere?»

«No. Io mi stlingo folte folte alle mie mutande.»

E dormiamo le ultime tre ore prima della sveglia, le mie preferite.

32

Suonano alla porta. È Pasquetta, piove e qualcuno si è attaccato al mio campanello. Guardo la sveglia: 6.45. Mio padre, penso per istinto, si sarà dimenticato che è vacanza, magari crede di dovermi aiutare ad accompagnare i bambini alla materna e al nido. Guardo allo spioncino. Ci sono dei capelli, non è mio padre.

«Apri Riccioletta, vi ho portato la colazione.»

«Simone, è l'alba.»

«Ho bisogno di una famiglia, mi sento triste. Tu hai una specie di famiglia, no? Aprimi... dài.»

Gli apro. È ubriaco, ma almeno ha un paio di pantaloni addosso.

«Non mi vuole più.»

Entra e si butta sul divano. Parla di Sara. Anzi biascica di Sara, che non risponde ai messaggi. Impreca contro il cellulare, lo tiene alto in mano.

«Senti, ora faccio un caffè, forte, per tutti e due. Poi ci facciamo una doccia, in contemporanea ma separatamente, nei miei due splendidi bagni. Con calma svegliamo i miei figli, mio padre ci porta fuori a pranzo, tu se vuoi puoi dormire qualche ora nel mio letto. Quando torniamo mi racconti e ti sgrido un po'.»

Annuisce.

«Sì, sì. sgridami. Tu pure, mi dici del tuo ragazzone dell'altra sera e io ti sgrido. Sai Riccioletta, non so perché ma io mi preoccupo per te. Il fatto che io mi preoccupi per te senza che tu me la dia, vuol dire che o è vero amore o è vera amicizia. E dal momento che non hai le tette è per forza vera amicizia.»

Me lo dice mentre lo spingo verso il bagno.

«Grazie, sì, anch'io ti voglio bene. Ora lavati, cazzo. Puzzi.»

Segue con attenzione le mie istruzioni, ma trasforma semanticamente il bagno in un cesso e ci riesce con un lavaggio di venti secondi netti. Solo gli uomini sono capaci di inzuppare gli asciugamani a quel modo, probabilmente li usano come tenda per la doccia, non c'è altra spiegazione. Poi, dopo aver fatto Mosè che ha aperto le acque, Simone s'infila in camera mia, dorme nel giro di venti secondi, russando come un focoide con la sinusite. Non senza prima guardarmi e dire: «Forse devo fare la cacca».

Da lì in avanti la mia preoccupazione è solo una, preparare i bambini, impedendo loro di entrare in camera mia, non vorrei mai che Pietro, tra una trentina d'anni, raccontasse alla sua analista di quando trovò la sua tata nudo nel letto della madre. Poi sono colta dalla seconda preoccupazione, ben più grave, cioè anticipare mio padre, in modo che non salga in casa e trovi un poeta nudo nel letto della figlia.

Siamo d'accordo che ci passi a prendere alle undici e mezzo, questo vuol dire che arriverà alle dieci e mezzo. È come quei canali +1 di Sky, solo che lui ha la funzione -1. Alle dieci sono per strada con Micol e Pietro, sotto la pioggia, a maledire il lunedì di Pasquetta, il padre di tutti i lunedì di merda. Bestemmio anche contro Sara che dovrebbe smettere una volta per tutte di spezzare i cuori degli uomini durante le feste comandate. Cristono, infine, contro Enea che compare nell'androne solo quando limono con qualcuno o quando capitombolo rovinosamente sulle scale, non ora, naturalmente, che sono carina e ben vestita.

Andare a pranzo fuori con due bambini piccoli e un nonno è una buona approssimazione dell'inferno, anche perché il nonno sceglie un posto elegante, dove abbondano calici in tavola, ma scarseggiano seggioloni e fasciatoi in bagno.

Lasciamo dietro di noi: tre bicchieri frantumati, una caraffa di rosso rovesciata sulla tovaglia, una scena isterica di Micol che ha perso il ciuccio, quattro falsi allarmi cacca di Pietro, una cacca vera autentica di origine controllata e garantita di Micol, quarantasette "Mangia!" pronunciati da me, ottantasette "Hai visto che piove? Sei poco vestita" pronunciati da mio padre, che oggi va forte anche con "Sono stanchi, poveri bambini". Non sono stanchi, sono stronzi, mi verrebbe da dirgli, ma siamo al caffè. All'una e un quarto è tutto finito, tranne la pioggia che non ha nessuna intenzione di piantarla. Saluto mio padre sotto casa con la scusa che i bambini hanno sonno, sono, come lui ha sagacemente fatto notare, stanchi, pronti per il pisolino. E la scampagnata di Pasquetta si può dire conclusa.

Entro in casa e trovo Simone al tavolo della cucina che scrive in mutande. Pietro gli corre incontro felice, come se fosse normale trovarlo lì, anche Micol si sbraccia.

«Devono fare il sonnellino, Riccioletta?»

«Sì, è stato un pranzo difficile.»

«Li addormento io?»

«Mi sembrerebbe il minimo, ma dubito che tu ci riesca.»

«Magari prima mi vesto...»

«Sì, magari.»

Mentre mi infilo in una tuta sento che racconta una serie di favole remixate tra loro. Inizia con Pollicino che si innamora di Campanellino, poi passa a Cenerentola che invece della scarpetta trova gli stivali delle Sette Leghe e fugge via dal Principe Azzurro, conclude con il Gigante dei fagioli magici che mangia il biscotto rimpicciolente di Alice nel Paese delle Meraviglie e risolve i suoi problemi di aggressività da disadattato. Ride rumorosamente, poi mette il silenziatore e tace. Dopo pochi minuti riemerge con sguardo trionfante.

«Mary Poppins può baciare il mio culo peloso!»

«Mary Poppins non si presentava a casa della gente all'alba, ubriaca...»

«Scusami, davvero, dopo l'ottavo Negroni divento emotivamente fragile. Sara è sparita da sabato sera, ieri le ho scritto e niente, neanche una risposta.»

«Cosa le hai scritto?»

«Credo che il problema sia *quanto* le ho scritto... cinquanta messaggi, ognuno con una cosa che mi piace di lei.»

«Ma cazzo, Simone...»

«Lo so, lo so. Dici che è poco? Sono molto di più di cinquanta, ma avevo il terrore di risultare melenso. Li vuoi leggere?»

«Leggimi il primo.»

Armeggia col cellulare.

«Ecco qui. Uno. Le tue tette asimmetriche, la sinistra è più grande della destra, credo che sia perché hai un grande cuore sotto la cassa toracica.»

«È una cosa molto bella da dire a una donna... Una, non cinquanta, però.»

«Sono un poeta seriale, cara.»

«Apprezzo l'estro, io ho avuto sempre brutte esperienze con gli uomini alle prese con il cellulare. Ho anche stilato una casistica.»

«Parlamene, Riccioletta.»

«Davide, il padre dei miei figli, durante il corteggiamento era il tipo che buttava lì il primo sms e poi nascondeva la mano. Iniziava con un "Ciao", rispondevo con un "Ciao". Seguiva il silenzio. Dopo venti minuti io rilanciavo: "Mi volevi dire qualcosa?", e allora lui si faceva forza: "Stavo pensando: cosa fai stasera?", io: "Non so, non avevo programmi, sono un po' stanca, hai proposte?". E lui chiudeva con: "No, era per sapere".»

«Poveretto, era timido.»

«Poi c'è lo stenografo innamorato. Quello che considera la punteggiatura sinonimo di poesia. È bella, dà enfasi e allora perché non abbondare? È l'amante nella fase pointillisme e produce sms come: "Mi piaci. Davvero. Un bacio. Uno. Dove vuoi".»

«È che ci proviamo, capisci, a fare i romantici, probabilmente funzionerebbe di più il genere bestio, diretto e conciso. Solo tre parole: "Lo vuoi messo?".»

«Meglio il bestio del mitraglia. Quello che quando parte non molla, ti incalza. Magari tu non rispondi perché sei in bagno e una raffica di bip bip si scatena in salotto. Un rumore molto simile all'elettrocardiogramma impazzito di un infartato. Poi torni dalla doccia e leggi. Messaggio 1. Ciao, stasera usciamo? Cuoricino. Messaggio 2. Se non hai altro da fare eh... Faccina imbronciata. Messaggio 3. No perché mi è sembrato di interessarti... Faccina interrogativa. Messaggio 4. Ma magari sbagliavo. Faccina triste. Messaggio 5. Forse semplicemente sei in una fase in cui hai bisogno di attenzioni... Faccina analitica. Messaggio 6. O forse no, non ti offendere. Faccina sorridente. Messaggio 7. Lo dico solo perché ho avuto una tipa così una volta. Faccina assorta. Messaggio 8. Si chiamava Chiara, ha fatto l'Erasmus a Barcellona. Faccina innamorata con rimpianto. Messaggio 9. Comunque pensavo che tu fossi una persona migliore. Faccina accigliata. Messaggio 10. Libera le tue emozioni, lasciati andare, lo so che ti piaccio. Faccina con occhi a cuore. Messaggio 11. Ok. Faccina da psicopatico. Messaggio 12. Sei solo una puttana. Messaggio 13. Senza offesa eh. Faccina maliziosa.»

Ride forte, tutto con la "o". È rara la risata in "o". Ce l'hanno lui, mio padre e Babbo Natale. Poi torna serio.

«Perché non mi risponde?»

«Non lo so. Davvero. Non me ne ha parlato.»

«Siete femmine strane voi due, le femmine si confidano da che mondo è mondo.»

«Si vede che non siamo femmine.»

E non ha tutti i torti. Donne e uomini hanno modelli di amicizia diversi. Gli uomini si raccontano ciò che hanno fatto insieme o programmano quello che vorrebbero fare. Le donne no, le donne parlano di ciò che sentono o di quello che vorrebbero sentire. Sara e io ci siamo sempre raccontate quello che vedevamo o che avremmo voluto vedere, con la concretezza dei maschi, con il sentimentalismo delle femmine e con un pudore tutto nostro, sboccato e ridanciano, ma alla fine rispettoso dell'intimità dell'altra.

«Femmina sei femmina, Riccioletta, t'ho vista l'altra sera, anche se con 'sta tuta non si direbbe. Ha una bella faccia da scugnizzo il tuo ragazzetto.»

«Non è il mio ragazzetto.»

«Non ci fai all'amore?»

«Una volta, anzi due, anzi tre. Ma sta per partire per un master a Hong Kong, ha dieci anni in meno di me.»

«Troppo poco sbagliato per essere l'uomo giusto?»

«Più o meno, sì.»

«Davide invece era l'uomo giusto?»

«Forse era l'uomo sbagliato al momento giusto. Non so.»

«Io questa cosa del momento giusto o sbagliato non la capisco. E dire che ho capito la consecutio temporum e, anche se con difficoltà, imparai l'aoristo passivo greco in quarta ginnasio, ma i tempi sbagliati o giusti per incontrare le persone proprio non mi entrano.»

«Forse hai ragione, sai, è una di quelle cose assurde di cui ci riempiamo la bocca quando una storia finisce. Era la persona giusta al momento sbagliato suona meglio di "mi piaceva da pazzi, ma sono sposato".»

«Vero, sì. Tu perché hai scelto di fare due figli con lui?»

«Sai che è una gran bella domanda... Vuoi una risposta seria o una che potresti capire tu?»

«C'è differenza?»

«Non molta.»

«Spara!»

«Hai presente *Titanic*?»

«Certo che sì, piango ogni volta che lo vedo. E se lo vedo al computer, sdraiato su un fianco, mi piango nelle orecchie, che è il massimo della commozione per me. Sai, no, quando le lacrime ti scendono dall'occhio, percorrono la guancia e ti finiscono nelle orecchie?»

«Simone, per favore, stai concentrato.»

«Ok, conosco *Titanic*.»

«A vedere *Titanic* al cinema ci andai con il mio fidanzatino di allora, Gianluca Scicchitano. Mi piaceva tantissimo, nonostante non prendesse un congiuntivo nemmeno con la parabolica. Al termine del film, mentre tornavamo a casa sul 61, invece di limonare duro come eravamo soliti fare, io seduta sulla sua erezione marmorea da adolescente, rimasi accucciata nel mio sedile, silenziosa. La sera, al telefono, lo lasciai, senza tante spiegazioni. La spiegazione c'era, però: Gianluca Scicchitano non era il ragazzo con cui avrei voluto correre su e giù per un transatlantico in caduta libera negli abissi. Gianluca Scicchitano non avrebbe mai fatto la fine on the rocks di Leonardo DiCaprio per me, non sapeva nemmeno nuotare tanto bene, in effetti.»

«È una bella storia, a me una volta una mi lasciò con un biglietto dove c'era scritto: "Non ti amo più, sei troppo basso".»

«Simone, seguimi!»

«Ti seguo. Mi vuoi dire che Davide invece era il tipo giusto per affrontare un iceberg.»

«Esatto. Lui è il tipo con cui affrontare qualsiasi catastrofe o Apocalisse.»

«Pure gli zombie?»

«Soprattutto gli zombie.»

«Provamelo.»

«Prima di tutto corre velocissimo ed è forte. Poi, a differenza tua, ha la patente. E in caso di zombie, saper guidare la macchina e magari pure un carro armato è tutto.»

«Lo devo ammettere, ma io ti ho detto che non ho la patente, non che non so guidare.»

«Sai guidare?»

«No.»

«Ecco. Lui sì. E saprebbe anche mettere su un impianto elettrico. Fare il fuoco, riconoscere le bacche letali e i funghi buoni. Se mai dovessimo nutrirci di bacche e funghi. Ha il senso dell'orientamento e parla correttamente inglese, francese e spagnolo.»

«Ma gli zombie grugniscono, non è che gli puoi parlare in spagnolo.»

«Questo è vero, ma metti che uno si trovi nel bel mezzo dell'Apocalisse mentre è in vacanza negli Stati Uniti, converrai con me che le lingue servano.»

«Ne convengo, sì. Mi fa pensare che tu cercassi una Giovane Marmotta più che un padre per i tuoi figli.»

«Tu sei invidioso perché sei una vecchia marmotta sovrappeso...»

«Scommetto che tuo padre non è in grado nemmeno di attaccare un quadro alla parete, vero?»

«Vero sì, mio padre non è capace nemmeno di trovare l'acqua in frigo. Tu gli chiedi un bicchier d'acqua e lui ti risponde smarrito: "Dov'è?". Ma dove cazzo vuoi che sia? C'è forse scritto "Ingalls" fuori dalla porta? Viviamo forse nella casa della prateria? Mi hai mai vista partire con un secchio per andare al pozzo o al fiume quando ho sete?»

«Temo di essere un po' come tuo padre.»

«Allora sei pappa per zombie, amico mio.»

«No, questo non lo puoi dire, perché disporrò di una cosa che nessun boy scout avrà il giorno dell'Apocalisse. I soldi. Sarò ricchissimo e cattivo e pagherò qualcuno che uccida gli zombie al posto mio, avrò un cuoco privato, un autista e una splendida donna delle pulizie guerriera al mio servizio.»

«E come farai tutti questi soldi?»

«Con la cattiveria. E poi anche con il mio fascino da sexy simbolo. Diverrò molto grasso, molto molto grasso, che in un mondo di gente che muore di fame verrà considerato indice di potere. Le donne impazziranno per me, le mie poesie saranno lette in piazza e il borsello ritornerà di moda.»

«Parlare con te è frustrante e illuminante insieme.»

«Grazie. Comunque tu cercavi un "nidificatore", è chiaro. Figlia di padre intellettuale, mi pare di capire, volevi un uomo capace di fare il nido, pagare le bollette, accendere un fuoco e un mutuo. Qualcuno con spalle larghe, edificabili, vista mare.»

«Un nidificatore.»

«Sì. Un nidificatore.»

«Hai ragione, sai? È stato bravissimo a mettere su casa, scegliere i pavimenti, la forma della scala per il soppalco, le piastrelle del bagno. Abbiamo preso delle piastrelle care come il fuoco ma che si sporcano facilmente di calcare, dopo il trasloco passava le serate a smacchiarle, lucidarle. Solo che sono opache quelle piastrelle del cazzo, non ha senso lucidarle.»

«Io credo che lui soffra molto. Deve essere scioccante crescere. È per questo che io non lo faccio.»

«Tu non sei un nidificatore?»

«Io sono un cuculo. Lo sai perché il film si intitola *Qualcuno volò sul nido del cuculo*?»

«No.»

«Perché il cuculo non fa il nido. È una cosa da pazzi volare sul nido del cuculo. E infatti il film parla di gente che sradica i lavandini a mani nude.»

«Ne sai di cose tu, per essere un bidello.»

«Sto molto su Wikipedia.»

«Lo guardiamo, ti va? Almeno un pezzo fino a quando i bimbi non si svegliano.»

«Ci sono tre cose che mi vanno sempre: il pandoro, un pompino e *Qualcuno volò sul nido del cuculo*.»

«Il pompino te lo scordi, ma se vuoi ho della colomba.»

«Mi so accontentare.»

33

La primavera sembra finita, se n'è accorto anche Pietro, stamattina ha indicato un mucchietto di fiori di ciliegio buttati a terra dall'ultimo temporale e ha detto serio: «Mamma, gualda, è caduto aplile».

Resisto alla tentazione di attraversare il pianerottolo e andare da Enea, mi domando perché non lo faccia lui, mi maledico per non avergli mai chiesto il numero di telefono e non avergli dato il mio. Non so il suo cognome, sul campanello della sorella c'è solo l'iniziale, l'agente del Mossad che è in me non può sguinzagliare Facebook, Google e Twitter sulle sue tracce, il massimo che posso permettermi è sbirciare dallo spioncino oppure dalla finestra, nascosta da una tenda come un'anziana signora in un paesino del Sud nell'ora della pennica.

È un bene che non possa intrufolarmi nella sua bacheca, guardare le foto, magari trovare Viola, molti, moltissimi piedi di Viola che calzano paperine colorate, un autoscatto di lei che fa il broncio insieme a un'amica.

A diciott'anni io gli autoscatti con Sara li facevo alle macchinette della stazione, tremila lire per quattro fototessere in cui sembravamo due narcotrafficanti. A tremila lire a botta e con quelle facce non stupisce che la moda del selfie non risalga agli anni Novanta.

Eppure il nostro abbigliamento di allora non è tanto diverso da quello indossato dalle Viola di oggi. Stessi pantacollant, diverso modo di chiamarli, ora sono leggings, stessi abitini acrilici, stessi gilet, stesse camicie di jeans, stessi Dr. Martens, anzi no, i suoi sono sicuramente originali, i miei erano taroccati, anfibi di plastica capaci di raggiungere temperature infernali e produrre un olezzo di morte, il famoso *Smells Like Teen Spirit* cantato dai Nirvana. Io li indossai così tanto i Dottor Morte che alla fine si bucò la suola, praticamente delle Geox ante litteram.

Che io mi immagini Viola vestita come me da ragazzina non è un buon segno. Ho stimato che ci vogliano diciotto anni perché una cosa di cattivo gusto diventi di moda e venga esposta nella vetrina di H&M, questo fa di me una signora attempata.

Questo e il fatto che non capisca l'utilizzo che le nuove generazioni fanno del "quindi". Per me il "quindi" ha un valore deduttivo-conclusivo, per esempio: "Mi manca Enea, quindi sto tutto il giorno alla finestra come una nonnina messinese". I ventenni lo usano come incipit per dare il via a una conversazione, si incrociano per strada, si fanno un cenno della mano e uno dei due parte con "... e quindi?". E quindi cosa? Mio padre si rigirerebbe nella tomba da vivo per una cosa del genere.

Comunque una signora attempata non dovrebbe intrufolarsi nel letto di un venticinquenne, non dovrebbe nemmeno intrufolarsi nel profilo di Facebook di una ragazza troppo giovane per essere una nemica, un'antagonista, una minaccia e infatti non lo fa, perché non conosce il cognome di Enea, graziealcielo.

Forse Enea non si fa sentire perché non esiste, è una creatura notturna di mia invenzione. A pensarci, Barbara, sua sorella, non me lo aveva mai nominato e l'ha visto solo Sara, ma anche Sara non esiste, è tutto frutto della mia fantasia disturbata.

È anche vero che il disturbo più grave di cui soffre la mia fantasia è proprio la carenza di fantasia. Fino a pochi mesi fa il massimo che la mia immaginazione si era spinta a ipotizzare era una vita serena con Davide, noi e due (tre!) bambini cresciuti a modo nostro, con quel modello educativo fai-da-te allegro e indulgente, conosciuto come metodo Montessorrata. È la vita che ha superato egregiamente il test del prima e dopo.

Nel prima dico: "Non ho portato lo spazzolino da denti, posso prendere il tuo?", nel dopo: "Posso usare la tua lametta per depilarmi le gambe?". Nel prima lui dice: "Amore conosco il tuo corpo alla perfezione, neo dopo neo, ora unisco i punti e ci faccio costellazioni per leggere il nostro futuro", nel dopo io mi illumino: "Un punto nero! Vieni qui che te lo schiaccio".

Nel prima c'è: "Pensa che bello tutta una vacanza soli io e te!", nel dopo: "Con chi organizziamo le vacanze, vorrai mica partire da soli, io, te e i bambini?". Nel prima compro completi intimi abbinati alla carnagione e al colore dei capelli, nel dopo gli slip li uso per farmi la coda mentre cucino.

Nel prima c'è: "Pronto, amore, ti stavo pensando..." con tono da chat erotica, nel dopo: "Compra il pane e un pacco di assorbenti con le ali".

Io nel dopo mi ci ritrovavo, non lo vivevo come una sconfitta, significava capirsi al volo senza bisogno di lunghe telefonate, mi intenerivano quelle conversazioni di mugugni vibrati, lui che rinuncia a uscire perché gli dico un "ok" senza troppa convinzione e finalmente impara a non fermarsi di fronte a un mio "niente".

Il mio dopo, adesso, assomiglia più a uno scenario postbellico. Nei libri di storia avevo letto che, dopo l'atomica, dei corpi delle vittime rimasero solo le ombre impresse sul muro e sull'asfalto, "i fantasmi di Hiroshima", li chiamano.

Di Davide sono restate quelle impronte silenziose: l'orma nel letto freddo, il cappotto vuoto dimenticato nell'armadio, il piccolo avvallamento della nuca nel poggiatesta della vecchia poltrona. Enea, per una notte, ha cancellato quel senso di assenza, prima di sparire a sua volta.

«Come va l'Eneide? Ci sono novità? Si è fatto più sentire?»

Almeno Sara è ricomparsa.

«Telefono? Citofono? Pianerottolo? No. Io però ho cercato di farmi sentire alzando a manetta canzoni romantiche e cantando con i bimbi. Roba forte tipo *Il coccodrillo come fa.*»

«Struggente. Gli ricorderà la sua infanzia passata da poco.»
«Sei stronza.»
«E tu sei una milf. Tecnicamente, dico. Hai abbassato il conteggione con un ragazzino.»
«Il conteggione?»
«Sì, se è tanto che non fai sesso si alza il conteggione, che è una specie di unità di misura del fascino. Se tu hai il conteggione alto nessuno ti considera, emani le vibrazioni negative di chi non si accoppia da un po'. Azzerare il conteggione richiamerà molti spasimanti.»
«È una teoria di Simone, vero?»
«Vero.»
«È passato a Pasquetta. Sta male, sai?»
«Ti ha conquistata. Maledetto poeta.»
«Ci sono così poche tate in giro. Un'altra amica la trovo facilmente, ma un babysitter...»
Sara fa finta di trovare la cosa divertente, glissa. Io continuo a parlare del conteggione.
«Comunque il conteggione con me non credo funzionerà... Non vedo un cristiano sopra i tre anni ormai da giorni, sono sola, così sola che parlo a Enea ad alta voce, ma non sente, dannati muri delle case d'epoca.»
Parlo ad alta voce anche con Davide, non insieme a Enea naturalmente, non voglio che si incontrino nemmeno nelle mie conversazioni immaginarie. Di solito Davide lo sgrido, gli racconto la nostra vita insieme, gli chiedo scusa mille volte e mille volte gli rivolgo insulti selvaggi, con lui mi faccio bella di alcuni momenti e mi vergogno di altri, lo ringrazio e gli tiro i capelli, gli sorrido e gli faccio ingoiare i denti. Rielaboro il rapporto con i miei strumenti, con il diritto di faziosità, credo che sia il mio modo per fare la pace e continuare a volergli bene, magari un bene deprivato del futuro, fatto di piccoli ricordi insidiosi ma che comunque mi dà il senso di un investimento, perché non tutto è andato perduto.
«Le storie per Enea, prova a raccontargliele al citofono. *Storie al citofono* potrebbe essere un bellissimo titolo per una raccolta di poesie.»

«È vero, è un bellissimo titolo. Proponilo a Simone.»

«Non credo che al momento accetterebbe consigli poetici.»

«Cosa c'è, Sara? Sei strana da giorni.»

«Mi ha scritto una favola, sai? Una bella favola. La vuoi leggere?»

«È per un pubblico di soli adulti?»

«No, direi di no.»

«Allora facciamo così: io, te e i bimbi ci mettiamo nel lettone e la leggiamo come favola della buonanotte. Ma, sentimi bene, mentre Micol e Pietro si addormentano, a noi è concesso tornare in cucina, berci un bicchiere di vino mentre mi dici della tua stranezza.»

«Ok, ma io quindi posso anche non lavarmi i denti prima di andare a letto?»

«Sì, puoi, ma solo per stavolta.»

Non li faccio lavare neanche a Pietro che è tutto eccitato per il pigiama party con la zia Sara. Micol si ficca in bocca il ciuccio e già dorme. Io inizio a leggere la storia.

Lei e Lui da bambini avevano due amici immaginari. Quello di Lei si chiamava Ernesto, era un amico immaginario atipico perché aveva quarant'anni, un gran barbone e una passione inconfessabile per i Pooh, ogni tanto alzava il gomito e straparlava, poi non si faceva vedere per giorni. Lei lo sgridava: «Sei un buono a nulla di amico immaginario, non giochi mai con me e mi racconti cose di sesso e io sono troppo piccola. Ernesto, se lo scoprono i servizi sociali immaginari tu sei fregato». Lui prometteva di cambiare, ma poi bucava tutti gli appuntamenti per il tè immaginario.

Lui, che per intenderci non era il Lui di Lei (cioè lo era ma non lo sapeva ancora), aveva un'amica immaginaria altrettanto stramba. Sui trentacinque, un rapporto complesso con il parrucchiere, nevrotica, grande teorica dell'amore, capelli biondi, occhi che se ti prendono ti stanano. Lui la teneva nascosta, non la presentava ai compagni di scuola, si vergognava perché era l'unico bambino con un'amica immaginaria femmina e per di più completamente svalvolata. Si chiamava Isadora. Isadora era capace di arrivare all'improvviso, tipo durante una partita di ruba-

bandiera in oratorio, e fare a Lui incredibili scenate di gelosia: «Siete tutti uguali, voi bambini: pensate solo ai giochi e ai vostri bisogni. E io? E ai miei di bisogni chi ci pensa?». Era un'isterica di amica immaginaria e un giorno fece i suoi bagagli immaginari e se ne andò.

Se ne andò con la sua tristezza immaginaria a sedersi su una panchina, proprio accanto a Ernesto, che stava svaporando i postumi di una sbronza immaginaria. Erano due maledettissimi amici immaginari soli e disadattati, avevano sbagliato tutto nella vita e fu amore a prima vista. Lei gli disse: «Non so se conviene, mi hanno insegnato a fare la preziosa, ma io ti amo». Lui rispose: «Non hai bisogno di fare la preziosa quando lo sei per davvero, ti amo anch'io». Fu un amore immaginario bellissimo e duraturo, Ernesto smise con i Pooh, Isadora smise con le scenate, ebbero due bei bambini immaginari. Una sera a letto si parlarono fitto fitto, una conversazione immaginaria e malinconica:

«Pensi mai a Lei, Ernesto?»

«Te lo devo confessare, in questi giorni mi è tornata alla mente. E tu? Tu ci pensi mai a Lui?»

«Sì, ho paura di essere stata una pessima amica immaginaria.»

«Non essere così dura con te stessa, eri un'amica immaginaria, non un angelo custode.»

«Lo so, ma magari sono soli, Lui e Lei, e noi siamo così felici. Dobbiamo fare qualcosa per quei due.»

«Sarà fatto, ma adesso vieni qui e fammi drizzare i capelli immaginari.»

Lui e Lei in effetti non se la passavano bene. Lui sui quarant'anni, un gran barbone e una passione impronunciabile per i Pooh, fumava e beveva troppo. Cercava di dimenticare cose che non aveva vissuto: la sua Lei, una famiglia, un bel lavoro, un cane. Aveva un gatto, Facchinetti, detto Fuck. Lei aveva trentacinque anni suonati e risuonanti come un gong che decreta la fine tra un tempo e l'altro. Aveva avuto molti incontri amorosi, ma in coppia finiva sempre per sentirsi l'ospite indesiderato, si innervosiva e col tempo il nervosismo divenne nevrosi. Ora era sola, mangiava poco e abusava di brutti film d'amore. La verità è che Lui e Lei restavano due bambini abbandonati dai propri amici imma-

ginari e quando nemmeno il tuo amico immaginario ti sceglie in squadra la vita fa davvero schifo.

Isadora ed Ernesto decisero così di tendere una trappola a Lei e a Lui e scrissero due biglietti immaginari ai rispettivi amici reali.

Cara Lei,

so che sembra sciocco dopo tanti anni, fuori luogo, ma nonostante tutto non ti ho mai davvero dimenticata. È stata colpa mia, non tua. Sono stato un pessimo amico immaginario, avevo delle responsabilità nei tuoi confronti e ti ho delusa. Ti prego, dammi la possibilità di parlarti almeno un'ultima volta e poi potrai scegliere di non vedermi mai più. Ti aspetterò domani, alla panchina davanti al fiume, sotto l'obelisco, alle cinque, ti offrirò un tè se vorrai.

Con amore, il tuo (spero ancora) amico immaginario

Ernesto

Caro Lui,

per anni ho scritto e riscritto questa lettera. Con te ho dato il peggio, sono stata ingiusta, non conoscevo il senso profondo della parola "amore", figurati della parola "amicizia". Ero egoista, mi innamoravo per essere amata, se ci pensi non è un caso che "innamorarsi" sia un verbo riflessivo (li hai imparati i verbi, vero? Ai tempi avevi un sacco di problemi in grammatica), facevo tutto da sola e poi riversavo su di te le mie frustrazioni. Eri un bambino dolce, promettente. Posso dirti che sono cambiata, ho conosciuto un uomo immaginario molto speciale, ho abbandonato i verbi riflessivi. Alla fine sono caduta innamorata, all'inglese o alla francese, se ci pensi innamorarsi ti rende ridicolo come quando inciampi, ma se trovi la persona giusta con cui cadere ridi e ti rialzi, mano nella mano. Mi piacerebbe vederti, dirti queste cose occhi negli occhi. Domani, se vorrai, ti aspetto alla panchina davanti al fiume, sotto l'obelisco, alle cinque.

Con affetto, la tua per sempre amica immaginaria

Isadora

I messaggi raggiunsero i rispettivi destinatari. Lei bestemmiò ad alta voce qualcosa sugli uomini che non cambiano, guardò Come eravamo *singhiozzando e si addormentò senza struc-*

carsi, svegliandosi come un procione e lasciando sul cuscino una sindone di mascara e lacrime. Lui disse "fanculo" e si bevve tre Negroni, sbagliati naturalmente, dormì il sonno dei giusti con le fusa di Fuck a fargli vibrare la pancia. Alle cinque erano tutti e due lì, alla panchina, davanti al fiume, sotto l'obelisco.

Si riconobbero da lontano, Lei vide Lui, il barbone, la camminata buffa da ubriaco anche da sobrio, non poteva sbagliarsi. Lui, che aveva una vista traditrice, mise a fuoco con più calma, ma i capelli biondi al vento erano loro, uguali a quelli immaginari di trent'anni prima, solo che ora erano reali. Si avvicinarono circospetti poi, sul più bello, inciamparono l'uno sull'altra. E caddero innamorati.

«Sara, è bellissima.»

«Sì, lo è. Credo che mi ami.»

Pietro l'ascolta tutta, poi mi guarda.

«Mamma, anche io ho un'amica immaginalia.»

«... e come si chiama?»

«Scoleggiona salta salta.»

«Scoreggiona di nome, Salta salta di cognome, immagino.»

«Sì, è invisibile, ma quando alliva te ne accolgi.»

Quando dorme sgattaioliamo in cucina e mentre prendo la bottiglia di vino, Sara sputa il suo rospo.

«Per me due bicchieri, sono incinta, è del mio amico immaginario.»

E il rospo schizza qua e là per la cucina, impazzito.

34

Ho un ricordo preciso, risale a sei anni fa. Sara e io stiamo facendo un giro per negozi alla ricerca di vestiti nuovi, io ho appena ricevuto un piccolo aumento al lavoro, probabilmente coincide con la caduta del junior, il suffisso da latte alla fine del mio biglietto da visita, e lo spuntare del definitivo senior. Content manager senior. «Content?» mi chiede lei. «Mica tant» rispondo io.

Ridiamo e poi ci immaginiamo i biglietti da visita delle persone normali se lavorassero in un posto come il mio. La commessa? Sarebbe la "shopping addicted motivator". Sara, che al momento per arrotondare lavora in un locale come barista, si autonomina "fine booze alchemist". L'impiegata di Mc Donald's è la "global food program dispatcher", la sciampista diventa la "hair stylist water and bubble preparator", poi ridiamo moltissimo per il vecchietto dei cantieri: il "building construction undervalued advisor". E la mamma? La mamma potrebbe essere la "wild creatures motivator and problem solving strategist". Alla fine sappiamo parlare solo così, lei e io, per tormentoni, giochi e sottintesi, è una stratificazione di linguaggi, una torre di babele di cazzate, costruita anno dopo anno.

Siamo da Zara, mi pare, attraversiamo il reparto baby e una donna attira la mia attenzione, ha gli occhi più tristi che io abbia mai incrociato e mi ci perdo dentro. La donna prende in mano un maglioncino taglia tre mesi e io comincio a immaginare. Se lo porta al viso, respira a pieni polmoni il profumo di un bambino che non è mai esistito.

È un gesto sciocco, ma è sciocco anche entrare in un negozio d'abbigliamento per l'infanzia senza motivo, per ritrovarsi tra vestitini minuscoli, che aspettano di essere riempiti, di animarsi.

Per ora sono solo gusci vuoti, proprio come lei, involucri pronti ad abbracciare la vita. Ha quarant'anni e non è successo, si ripete: "Non è successo ancora", ma sa che è la speranza di Pandora, che quell'"ancora" è un'àncora di salvezza che non terrà più a lungo. C'è stato un tempo in cui il più piccolo ritardo la faceva tremare di paura, oggi trema ancora ma a essere in ritardo è lei, le manca il tempo, le manca l'amore, le manca un figlio.

Si maledice per non aver puntato i piedi con l'ultimo uomo, lui non voleva diventare padre o comunque non voleva diventarlo con lei. "Non mi ha dato un figlio, potevo rubarglielo", lo pensa e scuote la testa, come per rinsavire, per scrollarsi di dosso quell'idea.

Scuote la testa spesso. Vede una donna incinta, non può fare a meno di odiarla, scuote la testa. Le passa vicino una coppia con la carrozzina: lui è così brutto, lei è così brutta, anche il loro bambino è brutto, destinato a una vita brutta, sciatta, inutile, il suo sarebbe bello, invece, speciale, sarebbe unico, e scuote la testa.

Ogni volta che un'amica le dice: "C'è una novità" è un colpo, una collega che smette di fumare o bere alcolici o mangiare il prosciutto crudo è motivo di angoscia, sarà incinta anche lei... e scuote la testa. Si tiene a distanza di sicurezza da film, articoli, gossip sulla maternità di personaggi famosi. "Cantante cinquantenne ha avuto una bambina", e scuote la testa.

Poi ci sono volte, come oggi, che non resiste, è un'anoressica in un supermercato, entra da Zara e va al reparto baby, prende un maglioncino tra le mani, lo annusa, immagina come sarebbe bello avere una pancia, un nucleo perfetto intorno a cui far muovere tutta se stessa, un centro di gravità che la tenga tutta. Scuote la testa, compra il maglioncino taglia tre mesi. "È un regalo?" chiede la commessa. "No, è per me."

Tocca a me scuotere la testa, ritorno a chiacchierare con Sara, non compro nulla e sulla via del ritorno le dico: «Voglio un figlio da Davide». Lei mi risponde: «Io voglio che scompaia la moda dell'apericena».

Pensa che stia scherzando e invece sono serissima, il mio orologio biologico è partito, tic tac, un sabato pomeriggio di sei anni fa da Zara quando ho realizzato che sarei potuta diventare, prima o poi, la donna del maglioncino.

Seguì una stagione difficile, l'attesa dell'attesa, un'attesa al quadrato, che è un'anticamera cupa e noiosa dove molte donne siedono aspettando di rimanere incinte. Alcune sono accompagnate dal proprio uomo, altre come me attendono da sole che il marito o fidanzato le raggiunga.

Davide ci mise un po' ad arrivare, Sara si rifiutava di sedersi accanto a me, semplicemente non capiva cosa c'entrasse un bambino a quel punto della nostra vita.

Diceva che lei l'avrebbe anche avuto un figlio, se solo si fosse trovato il modo per evitare la parte in cui si partorisce, si allatta, ci si dedica, si ingrassa, si dimagrisce, la parte in cui le tette si disintegrano, la parte in cui ti chiamano "mamma".

Mi sfotteva, cercava di dissuadermi a modo suo, per esempio facendomi notare come nelle favole o nei cartoni animati le madri fossero sempre le più sfigate, le più stronze, le più morte.

La mamma di Cappuccetto Rosso? Una pazza che riesce a mandare una bambina di circa sei anni da sola nel bosco, vestita di rosso, visibile come un tizio dell'Anas. La madre di Hänsel e Gretel? Convince il marito ad abbandonare i figli. La madre di Pollicino? Idem, con l'aggravante che Pollicino è pure diversamente abile.

La mamma di Nemo? Morta. La mamma di Pollyanna? Morta. La mamma di Candy Candy? Morta. La mamma di Georgie? Morta. La mamma di Pippi Calzelunghe? Morta. La mamma di Heidi? Morta. La mamma di Anna dai capelli rossi? Morta. La mamma di Mila? Fuggita per la carriera di pallavolista con la figlia in fasce. La mamma di Licia? Morta. La mamma di Lovely Sara? Morta. La mamma di (là sui monti con) Annette? Morta. La mamma delle Occhi di gatto? Morta, lasciando le figlie a vivere di furti ed espedienti.

La mamma di Bambi. Morta nel capitolo più drammatico della storia del cinema d'animazione. La mamma di Biancaneve. Morta. La mamma di Cenerentola. Morta. La mamma di Remi. Morta. Di Ratatouille? Inesistente. La mamma del Re Leone. Una comparsa, quasi un utero in affitto. La mamma di Pinocchio. Inesistente. L'unico caso di riproduzione per meiosi nella storia delle favole. La mamma della Sirenetta. Inesistente. Probabilmente Nettuno si è limitato a deporre uova di lompo e a farle covare da una triglia. La mamma dei Puffi. Non ve n'è traccia. Ma la mamma di Puffetta è Gargamella.

«Ecco» concludeva, «posso aspirare al senso materno di Gargamella.»

Poi accade che resto incinta e finisco al Sant'Anna, l'ospedale di Torino dove i bambini vengono al mondo, l'ospedale della vita, delle vite interrotte e delle vite sperate.

Ci finisco a sette settimane, appena il tempo di scoprire le due lineette parallele sul test e le due lineette vengono spezzate. Davide è via per lavoro e io vado al Pronto Soccorso da sola, durante il tragitto in taxi ripeto: l'ho perso, l'ho perso, senza sapere esattamente cosa, la presa di salvezza forse.

L'ecografia mi dà ragione, non c'è battito. «Venga domani mattina, facciamo una seconda ecografia e poi capiamo come intervenire» mi dice la ginecologa, mentre le sue studentesse annuiscono dispiaciute e io desidero solo spaccare la faccia a tutte.

È il 7 dicembre 2009 che scollina nel giorno dell'Immacolata dopo una notte di pensieri cupi, perché sette settimane sono poche, ma abbastanza da lasciare un piccolo vuoto di solitudine. L'8 è la mattina in cui "capire come intervenire", non l'ho detto a nessuno, ho solo mandato un messaggio a Sara poi ho staccato il cellulare, forse spero che non sia vero, è un giorno di festa, non si fissano visite in un giorno di festa, di certo non aborti, ma io evidentemente sono un fuori programma.

Apro una rivista, credo "Wired", leggo un racconto inedito. Ammaniti, mi pare, si immagina l'Apocalisse, niente zombie, bombe atomiche o angeli vendicatori. Da un giorno all'altro, tutti gli abitanti del pianeta cominciano a provare un insopportabile dolore fisico. Bambini, adulti, vecchi, tutti funestati da quell'onda che non lascia respiro. Mentre leggo penso che Ammaniti non lo potrò più nemmeno sentire nominare.

E lì arriva Sara, trafelata, apre le porte a spinta con un colpo secco ed entra nel corridoio manco fosse l'ultima scena del *Laureato* e finalmente si siede accanto a me, in sala d'attesa.

Chiamano il mio nome. Spiego a una dottoressa molto gentile ciò che è successo il giorno prima, della gravidanza interrotta, del dispiacere, del vuoto, dell'attesa dell'attesa, della ragazza del maglioncino di Zara. Lei mi accarezza una gamba e mentre mi visita dice: «Cara, il battito c'è ed è forte».

Così forte che otto mesi dopo nasce Pietro. Così forte che sono stata tentata di credere nella Madonna. Così forte che Ammaniti oggi quasi mi piace. L'8 dicembre 2009 io ho scampato la mia piccola Apocalisse, e Sara era lì con me.

35

Tutto per un lunghissimo istante rimane sospeso. Io e la mia bottiglia di vino, Sara e la bocca che ha liberato lo stomaco da quel rospo. La stessa bocca che aveva teorizzato la necessità di trovare un'altra parola per definire una donna senza figli: "Senza figli sembra una privazione" diceva quella bocca. Quella bocca proponeva "libera da figli", all'inglese, childfree e non childless. Ora quella bocca dice:

«Di' qualcosa per favore.»

«Prima tu.»

«No, prima tu.»

«È una cosa bella? È una cosa brutta?»

«Non lo voglio, non l'ho mai voluto.»

«Da quanto?»

«Da sempre.»

«Da quando sei incinta.»

«Lo so da due settimane.»

«Non mi hai detto niente.»

«Non volevo ti preoccupassi, non volevo renderlo reale, ho pensato che magari sarebbe passato.»

«Come un virus?»

«Sì.»

«Te l'ha attaccato Simone?»

«Sì.»

«Lo sa?»

«No. Non glielo voglio dire, tanto non lo terrò.»

«Perché lo stai dicendo a me allora?»

«Onestamente? Perché tu mi aiuti a scegliere di abortire.»

«Non posso.»

«Puoi, invece. Tu mi conosci meglio di chiunque altro, tu sai. Tu mi devi dire com'è questa cosa dell'essere madre e devi essere sincera.»

«Sara, una madre non è mai sincera. Le madri mentono. Lo fanno per difesa, per abitudine, per convenzione sociale, perché per dire la verità ci vuole tempo, bisogna capirsi profondamente e c'è tutta un'altra persona da decifrare e da ascoltare. E allora finisci per dire ciò che va detto: che la maternità è la cosa migliore che ti sia mai capitata, che è un sogno che si realizza. Oppure tiri fuori tutta la rabbia per ciò che il bambino ti porta via, ora vanno di moda le madri imperfette, esaurite, ma è una mezza bugia pure quella.»

«Anche tu menti?»

«Mento anch'io. Mentiamo tutte, te l'ho detto.»

«...»

«Vuoi che ti convinca a tenerlo?»

«Il contrario. Vorrei che, nonostante tutto, continuassi a essere convinta che io non sono fatta per quella cosa lì.»

«Io non voglio fare la parte del pro-life, lo sai benissimo.»

«Voglio solo la verità. Dimmi la verità, ti prego.»

«La verità, ti spiego, sull'amore?»

«Sì.»

«Come?»

«Io vado via qualche giorno, al mare, ho bisogno di allontanarmi. Di prendere un po' di distanza soprattutto da Simone. Tu mi scrivi delle lettere, sull'essere madre. Vorrei ritrovarle quando torno e poi decido.»

«Delle lettere?»

«Sì, delle lettere. Lo faresti per me?»

«Ti ho tenuto la testa mentre vomitavi in mille feste diverse e tu sai quanto mi faccia schifo, farei tutto per te.»

«Bei tempi... ero l'anima della festa finché non la vomitavo.»

«Io credo che Simone dovrebbe sapere. È innamorato di te, Sara.»

«Amica, l'amore non esiste.»
«Riparti con la questione del marketing dei Baci Perugina?»
«No, dico davvero, l'amore non esiste.»
«Anche i bambini non esistono, prima di farli.»
«Appunto, io questo bambino non lo voglio fare. E comunque ora non ci voglio pensare, ho solo voglia di dormire.»
«Con i bimbi nel lettone?»
«Sì.»
«Ti presto Micol, io mi tengo Pietro, ha i piedi più caldi.»

36

Il dolore del parto è paragonabile alla rottura contemporanea di venti ossa. Venti ossa sono tante, se guardi un calciatore alle prese con una caviglia spezzata, ti si accappona la pelle ed è una-sola-misera-caviglia. È un pensiero che tengo a mente quando sto per litigare con mia madre. Conta fino a dieci, si dice, io conto fino a venti ossa: femore, tibia, perone, ulna, radio, coccige, clavicola, mandibola, atlante, carpo, metacarpo, manubrio, scapola, sterno, ileo, tarso, metatarso, vertebra toracica, vertebra lombare, falangi. E un po' l'incazzatura mi passa. Ho trascorso i miei primi trent'anni in guerra con lei, poi è stato il mio turno di partorire, venti ossa per Pietro, venti ossa per Micol, e mentre in me tutto si spezzava qualcosa tra noi si è rimarginato, non senza callosità e cicatrici, quelle sono insanabili. La guerra dei trent'anni resta lì, ogni tanto qualche colpo scappa ancora, si chiama fuoco amico, ma ferisce ugualmente. Credo sia inevitabile.

C'è questa presunzione della giovinezza, che si scontra con la presunzione della maturità, di chi crede di aver fatto tutto e giudica, tra la tenerezza e il rancore. I giovani pensano di saperne sempre di più degli adulti. Gli adulti pensano di saperne sempre di più dei giovani. E così nessuno dei due impara niente dall'altro. È il "tu non sai ancora" che risponde al "tu non sai più".

La stessa cosa accade quando nasce un bambino. Le nonne lo girano a pancia sotto, "così non soffoca" e le mamme lo rigirano stile bacherozzo sulla schiena "perché così mi hanno detto in ospedale". Le nonne lo vestono perché altrimenti prende freddo, le mamme lo svestono perché al caldo i microbi impazzano. Le nonne gli danno l'acqua per fargli passare il singhiozzo, le mamme sono della scuola solo latte materno almeno fino ai due anni come da indicazioni dell'Organizzazione Mondiale della Sanità. E via così. Metti il ciuccio, togli il ciuccio. Dai il cucchiaino di miele, togli il cucchiaino di miele. Io e mia madre abbiamo passato i primi tre mesi di Pietro a ritrovarci, ma litigando su tutto, su ogni singolo principio di puericultura, esattamente come quando, da adolescente, ci scontravamo sulla mia educazione sentimentale. Alcune cose non cambiano mai.

Da ragazzina, per esempio, ho confuso la scoperta del sesso con l'invenzione del sesso. Pensavo che i miei genitori si fossero accoppiati solo per riprodursi, un paio di volte nella vita, non di più, alla missionaria e in abiti vittoriani.

Dopo la perdita della verginità, mi sono sentita più grande di mia madre, custode di un qualche segreto che lei aveva perduto, dimenticato. Mio padre era stato il suo primo e unico uomo, un matrimonio prima per amore, poi per dovere, successivamente per abitudine, nell'ultimo periodo per finta, fingevano di avere dei motivi per stare sotto lo stesso tetto. Il motivo ero soprattutto io che, per assurdo, li allontanavo per tenerli uniti loro malgrado.

Un uomo solo nella vita, a meno che non stiamo parlando di quella granculo di Cenerentola, è pochino. Ciò che mia madre non aveva sperimentato nei fatti, lo compensava a parole, pontificando, teorizzando. Un suo grande cavallo di battaglia era il "sii te stessa". Non che io le chiedessi consiglio prima di un appuntamento, ma lei intuiva del movimento, si infilava nella mia camera e faceva la sua parte. Sii te stessa. Io non l'ho mai capito come suggerimento.

È un'affermazione che non tiene conto della complessità, né della mia personalità stile band anni Novanta. Io dentro avevo (e ho ancora) la Scary, la Sporty, la Ginger, la Posh e la Baby, le Spice Girls al completo, difficile scegliere di mandarne una sola in scena per la serata. Impensabile l'idea di mandarle in scena tutte e cinque. Inoltre, ritengo che in giro ci sia un discreto numero di persone brutte, sporche e cattive, e sono certa che il mondo sarebbe un posto migliore se questa gente non fosse se stessa. La loro mamma avrebbe dovuto avere l'onestà intellettuale di dire: "No, guarda tesoro, stasera esci ma cerca di essere un'altra persona, quella che sei fa schifo".

I "non ti merita", poi, fioccavano a ogni piccola delusione. Come se io fossi stata un premio, come fossi un voto, come se l'amore fosse meritocratico, come se la coscienza della di lui coglionaggine avesse potuto fermarmi... io, come tutte le mie coetanee, avrei sempre e comunque fatto il ricorso al Tar.

"La verginità è un regalo" me lo disse fino ai diciotto anni. L'avevo regalata tre anni prima a un ragazzo conosciuto durante una vacanza studio a Londra e, aggiungo, l'avevo già riciclata in diverse occasioni, ma non volevo deluderla.

A pensarci bene in quei discorsi emergeva un unico grande filo conduttore: l'amore come premio, come concessione della donna nei confronti dell'uomo. Tutto un gran parlare del ragazzo giusto e poco, pochissimo, di come costruire il giusto rapporto. Mi riteneva preziosa, probabilmente lo ero esattamente come tutte. Perché non mi ha spiegato che mentre io mi preparavo per un appuntamento, mi lavavo, controllavo la freschezza dell'alito fiatando nella mano a conchetta, vestivo, svestivo nuovamente e risciacquavo le ascelle per sicurezza, dall'altra parte della città c'era un ragazzo che faceva esattamente le stesse cose, con lo stomaco ingarbugliato e le mani a farfalla?

Dovrei chiederglielo adesso, mentre lei lava i piatti nella sua cucina, facendo un gran fracasso e creando un lago di schiuma intorno. Micol fa un riposino di là nella cameretta che è stata mia e ora è di qualche peluche e di una tavola da stiro, Pietro guarda un cartone in salotto. Accade raramente che io torni in questa casa, una delle poche porte che ho chiuso senza rimpianti.

«Senti, mamma, quando mi dicevi che dovevo avere pazienza, che il vero amore sarebbe arrivato... ci credevi?»

«Onestamente? No. C'ho creduto per tanto tempo. Ma ammetterai che dalla bocca di una madre suona meglio "quando meno te l'aspetti l'amore arriva" piuttosto che "quando meno te l'aspetti l'amore arriva. E t'incula".»

«Lo pensi davvero?»

«Tu no?»

«Io no, mamma. L'amore non t'incula, le persone non t'inculano, semmai le cose vanno dal culo. A un certo punto. E ci danniamo l'anima chiedendoci quando esattamente gli uccellini hanno smesso di cinguettare. Le campane a festa si sono trasformate in campanelli d'allarme. Il "mi sembra di conoscerti da sempre" è degenerato in "cazzo, ci conosciamo da sempre, e non mi pare tu mi sia mai piaciuto un granché".»

«Dal "leggimi ancora Dora Markus mentre ci addormentiamo" al "che due coglioni 'sti libri ovunque, fanno un sacco di polvere".»

«Stai parlando ancora di papà?»

«E di chi altro dovrei parlare? Me lo rinfacci sempre che ho poca esperienza, quello mi è toccato in sorte. Nella buona e nella cattiva.»

«Si dice "consorte" mica per niente.»

«Io gli voglio bene, invecchiando anche di più, ma eravamo ragazzini quando ci siamo conosciuti e lo siamo rimasti fino a quando ci siamo lasciati. Principianti. Siamo tutti principianti, Dora. Tu ora hai dei figli, sbaglierai con loro, si sbaglia sempre. Darai consigli che suoneranno scemi come i miei. Di questo sono certa. E loro si crederanno più furbi di te. Soprattutto Micol.»

«Per la teoria dell'evoluzione Micol lo sarà.»

«I presupposti mi fanno ben sperare. Io ero scema. Tu sei una rompicoglioni di prima grandezza, ma non sei scema per niente. Ti ho mai raccontato come giocava con me nonno Enrico?»

Me lo ha raccontato almeno un miliardo di volte. Ma stiamo parlando da più di dieci minuti senza occhi al cielo o battibecchi, un miliardo e uno non farà male a nessuno.

«No. Che gioco?»

«Lo sai, no, com'era nonno Enrico? Tutto d'un pezzo, con quelle nocche secche che se ti pigliavano in fronte non sapevi più allacciarti le scarpe.»

«Eh, lo so, sì, un paio di nocchini me li sono presi anch'io.»

«Ecco. È stato un buon padre ma rigido, vecchia scuola. Anche con me, che ero la sua preferita, non riusciva a fare un gesto d'affetto, se non attraverso giochi, il più delle volte sadici. Quando avevo tre anni mi si accucciava vicino e diceva: "Vieni qua che ti do un morzino"...»

Me la ricordo bene quella esse pronunciata tutta d'un pezzo, una esse con gli spigoli.

«... io, piccolina, mi avvicinavo al mio lupo buono, fiduciosa, e lui mi azzannava la coscetta. Piangevo, scappavo nell'angolo, lui ridacchiava e ripartiva con l'invito: "Vieni qua che ti do un mortsino". Allora, con le guance rigate dalle lacrime, ritornavo con la mia coscetta rossa a prendermi un nuovo morso. Tornavo sempre, ubbidiente, ancora e ancora.»

«Povera mamma...»

«Povera scema... Anni dopo, provò il gioco del mortsino anche con te. Ti fregò una volta sola, scappasti piangendo sotto il tavolo della cucina, da allora imparasti la lezione. Ho idea che Micol le sue coscette non se le farebbe mordere nemmeno quell'unica volta.»

«No, penso anche io. Vieni qua che ti do un mortsino, e lei scuoterebbe la sua testa pelata, farebbe no, che letteralmente vorrebbe dire "col cazzo!" e lascerebbe il lupo a bocca asciutta.»

Rimaniamo un secondo in silenzio. Lei pensa a suo padre, io a mia figlia che va in giro con il vestitino sulla testa e la pancia per aria, mostrandosi tutta, ma avendo cara la pelle. Forse ci vogliono un paio di generazioni per capire che l'amore non deve per forza portarsi dietro quel mortsino, quel piccolo dolore, quel gioco di sorrisi a denti stretti. Sara non credo l'abbia ancora realizzato, temo che sia ciò che la allontana da Simone.

«Prendi l'intruglio?»

Chiama così il caffè della sua moka. Una roba imbevibile che però continuo a sorbire imperterrita. Ha il sapore forte e acido di casa.

«Sì, grazie.»

«...»

«Sara è incinta.»

Glielo dico così, da zero, come se c'entrasse e forse c'entra. Lei non fa una piega.

«Del babysitter poeta?»

«Sì, di Simone. Ma lei non sa se tenerlo o no.»

«Simone o il bambino?»

«Credo tutti e due.»

«Che ti dicevo? Principianti, Dora, principianti.»

E ha ragione, così tanta ragione, ma non so dargliela.

«Per iniziare, d'altronde, bisogna partire dal principio.»

Lei tace per un secondo. Beve il caffè, rigorosamente con il cucchiaino dentro alla tazzina. A vederla così sembrerebbe un'anziana Audrey Hepburn vestita di stracci e dalle dubbie maniere, una Audrey Hepburn mercatara, ecco, ma pur sempre Audrey.

«Siete sempre state così vicine voi due. Sara riesce a stanarti, lei e tuo padre sanno come fare, io non ne sono mai stata capace. Per me resti la bambina cresciuta all'ombra dei tavoli. Fin da piccola, ti nascondevi: sotto la tovaglia della cucina d'inverno, sotto gli alberi a raccogliere pinoli d'estate. E poi avevi certi occhi severi... Bastava niente per farti ritrarre. Quando morì la gatta, ti ricordi? Rimanesti in silenzio per due settimane, anche la voce si era rintanata.»

«Me lo ricordo bene.»

Il mondo mi metteva addosso un'inquietudine, una vertigine, gli adulti mi spaventavano. Mi avevano spiegato che i pesciolini rossi delle bocce restano piccoli finché stanno nell'acquario, buttati in un laghetto crescono, diventano quelle specie di carpe dopate, tra l'arancione e il bianchiccio. Uno schifo. Forse crescere è proprio lasciare quella boccia, tonda e perfetta, il ventre materno, per diventare imperfetti, grandi e privi di grazia. I miei figli sono diversi da me, anche in questo. Loro non si rintanano, loro per ora si affacciano, non guardano in basso, tengono la testa alta, altissima, tra le nuvole, ché sopra le nuvole c'è il sereno e l'aria è pulita. Io avevo il tavolo della cucina, loro come posto preferito hanno il terrazzino che dà sul cortile, si sbracciano tra le inferriate di ferro battuto, salutano i vicini. «Ciao ciao ciao» fa Pietro, «Cicicici» pigola Micol, instabile sulle gambette, ma pronta a spiccare il volo.

«Sara mi ha chiesto di scriverle delle lettere sulla maternità, che l'aiutino a scegliere, a capire. Ma non so bene cosa inventarmi.»

«Prova a dirle com'è, nel bene e nel male, fallo a modo tuo, a modo vostro, falla ridere.»

«Per te com'è?»

«Essere madre?»

«Sì.»

«Come tutti gli amori grandi: ti spezza le ossa.»

37

Prima lettera.
Pensieri sparsi sulla maternità.

Quando una donna è incinta si dice che "aspetta". Quello che non ti dicono è che una donna continua ad aspettare anche dopo aver partorito. Non so esattamente cosa, il più delle volte che arrivino le risposte, più semplicemente che il bambino si svegli quando dorme e che dorma quando è ancora sveglio.

La maternità tutta è una lunga attesa che lui o lei comincino a fare qualcosa di diverso, prima a mangiare le pappe, poi a lallare, poi a parlare, a gattonare, a camminare, a correre, a giocare da soli, a mangiare da soli, ad andare al nido, ad andare alla materna, a farsi una vita...

I bambini giocano con le lancette, hanno la capacità di bloccarle, di farle di piombo, la mamma guarda l'orologio e poi il proprio bambino e poi l'orologio, non vede l'ora che sia il momento di metterlo a letto, perché non sa più cosa fargli fare, e invece sono ancora le cinque di pomeriggio e sono già finite le canzoncine, le torri di Lego e fuori piove e tocca aspettare che torni il sereno.

Se sei una mamma tocca sempre aspettare e, quando non si aspetta, si rimpiange il tempo perduto. La pancia, oh quella pancia perfetta, potessi tornare ad avere la pancia. Forse la grande differenza tra una mamma e una madre è tutta lì, la madre ha imparato a godersi il tempo senza subirlo, prende la noia e l'iner-

zia alla sprovvista. Io non ci sono riuscita, ma io sono una mamma, non una madre.

Una mamma gioca, una madre insegna.

Una mamma stringe, una madre protegge.

Una mamma prova, una madre fa.

Una mamma è chioccia, una madre fa volare.

Una mamma sente, una madre ascolta.

Una mamma è morbida, avvolge, accarezza, accarezza così tante volte che alla fine lascia il livido. Una madre qualche carezza la tiene per sé.

Una mamma è imperfetta, una madre pure ma non ci pensa più.

Una madre è una mamma che è cresciuta.

Spesso, non sempre, una madre è la mamma di una mamma.

Una mamma ascolta quella vocetta che le risuona dentro: l'istinto. Una madre ascolta una vocetta altrettanto acuta e insistente, quella dei propri figli.

Una mamma sono io, una madre è la mamma che vorrei diventare da grande.

Una madre la riconosci. È l'unica che, quando nasce un bambino, come prima cosa non chiede come sta il piccolo o quanto pesa o a chi assomiglia o se ha tutte le dita di mani e piedi. Una madre come prima cosa chiederà sempre come sta la mamma.

38

Enea ha incasinato tutto il flusso, ha confuso l'orizzonte degli eventi, ha perturbato il campo di forza. L'idea era che passassi il prossimo anno soffrendo e metabolizzando, metabolizzando e soffrendo per la fine della mia relazione con Davide. Per metabolizzare e soffrire avrei avuto bisogno di Sara, ma anche lei ha incasinato tutto rimanendo incinta. Egoista, esiste un "turno crisi" tra amiche, va rispettato.

Secondo una mia stima approssimativa a questo punto del programma avrei dovuto avere appena finito la prima delle cinque fasi della sofferenza e della metabolizzazione postabbandono. A essere ottimisti forse sarei dovuta essere in piena fase due, con alle spalle il momento passivo-aggressivo, in cui sogno il mio funerale, lo immagino nei minimi particolari, la musica scelta, gli amici affranti, gente che non ho mai visto che ricorda buffi aneddoti sul mio conto. Poi arriva Davide, dietro ai suoi occhiali scuri, lascia un biglietto sulla bara: "Scusami, ti amerò per sempre". La sua vita è rovinata per l'eternità. Io sono morta, ok, però ne è valsa la pena. L'unico dubbio a turbare la mia fantasia è la foto scelta da mia madre per la lapide, dove sembro un santino di Dante, vista la rino-pinna che mi ritrovo al posto del naso.

La seconda fase è quella attiva-aggressiva, dove muore Davide, lo uccido io.

La terza viene chiamata "fase dello spiraglio". Io mi ammalo di una malattia guaribile che mi obbliga a letto. Potrebbe anche essere un incidente senza conseguenze permanenti. Lui corre al mio capezzale, pentito. La paura di perdermi gli ha fatto capire l'errore: "Scusami, ti amerò per sempre", bacio, titoli di coda. Devo ammettere che questo passaggio è stato indotto da un eccesso di esposizione a film americani brutti di inizio millennio come *Sweet November* o *Autumn in New York*.

Poi si passa alla quarta fase, quella della crocerossina, dove ad ammalarsi è Davide, di una malattia guaribile comunque, che però lo obbliga a letto. Immobile capisce di aver bisogno di me, la sua anima gemella, la madre dei suoi figli, la sua famiglia, la sua casa. È arrivato fino alla luce in fondo al tunnel e la luce sono io.

E finalmente la guarigione, la quinta fase, in cui salta fuori la nuova fidanzata. E a morire è lei perché la uccido io, insieme a tutti quelli che mi cercano di confortare dicendo: "L'ho vista, è un cesso".

Ecco, più o meno doveva andare così, è sempre andata così alla chiusura di una relazione, e invece mi ritrovo a pensare molto a Enea.

Enea è il troppo presto, Davide il troppo tardi. Con Enea ho avuto qualche memorabile prima volta, la prima cena insieme, la prima passeggiata mano nella mano, i primi baci, la prima notte, ma come avviene tra persone molto diverse o molto sagge o molto fortunate o con molto poco tempo a disposizione, quelle prime volte non le abbiamo ripetute.

Con Davide abbiamo dato fondo ai risvegli, alle telefonate d'amore, alle canzoni dedicate, agli sguardi rancorosi, ai piatti riempiti, a quelli lavati. Quanti piatti lavati ci sono in sette anni? In sette volte trecentosessantacinque? Ce ne stanno un sacco, che sono almeno cinque molto. Ce ne stanno così tanti che alcuni hai voglia di romperli a terra, senza motivo, solo per far rumore. Ci siamo consumati io e Davide, di richieste, di aspettative e di baci, e su questo non ho rimpianti.

Sto qui in mezzo, tra il troppo presto e il troppo tardi. Ogni giorno lascio i miei figli sempre troppo presto la mattina e li ritrovo sempre troppo tardi la sera quando ci stringiamo nel nostro cerchio magico che abbraccia e che strizza. Micol e Pietro mi guardano, mi cercano come fossi roba loro. Pietro mi gratta un braccio.

«Perché?»

«Pelché mi plude.»

«Ti prude il mio braccio?»

«Sì.»

Noi abbiamo sei braccia, sei gambe, sei occhi, trenta dita nelle sei mani, trenta dita nei sei piedi, siamo lenti, rumorosi, scoordinati, siamo troppi o troppo pochi, siamo creature che si amano di sera, perché quello ci è concesso.

E di sera, prima di andare a dormire, facciamo il gioco del "chiudiamo". Sdraiati nel letto elenchiamo tutte le cose che vanno chiuse prima del sonno. Si chiude la porta di casa, si chiude il gas, si chiudono le finestre, si chiudono le persiane, si chiudono le tende, si chiudono le serrande dei negozi.

E ancora si chiudono i petali dei fiori, il cuoco chiude le pentole con i coperchi, il poeta chiude i suoi versi, il lettore chiude il libro, chiudono i ponti gli amanti feriti, la lumaca si chiude nel guscio, il punto chiude la frase, la linea fa chiudere il cerchio, si chiudon le bocche coi baci.

Andiamo avanti a lungo, poi chiudiamo anche gli occhi, chiudiamo le orecchie e chiudiamo fuori i pensieri. Pietro allora sussurra: «Mamma abblacciami, chiudimi tutto».

E ci chiudiamo in noi stessi, ché il buio non entri. Ed è questa l'unica lettera, l'unica cosa che dovrei scrivere a Sara, ché se hai fortuna come me i figli ti trovano anche quando ti senti perduta.

39

Seconda lettera.

Cose che direi a una donna che sta per diventare mamma.

In Italia sono tutti allenatori di calcio, politici e puericultori. Se fosse italiano, anche Hannibal Lecter ti darebbe suggerimenti (nutrizionali probabilmente) su come tirar su tuo figlio. Tu non ascoltare, fatti un'idea ma non ti fidare di nessuno. Se veramente fossero tutti così bravi non si spiegherebbe il numero di stronzi e maleducati in giro.

Non comprare, prendi in prestito, piuttosto ruba, ma non comprare.

Il fatto che tu non abbia l'istinto materno non significa che non sarai un'ottima madre. Sarebbe come dire che solo chi ha l'orecchio assoluto può suonare il pianoforte.

Ci saranno giorni in cui ti sentirai così sola, tra i pianti della veglia e i silenzi del sonno, che penserai di chiamare il numero verde della Pringles e chiedere se hanno in mente delle patatine gusto Puffo... giusto per poter parlare con qualcuno. Quei giorni fortunatamente durano un giorno.

Esci più che puoi, anche in inverno. Vestilo come un eschimese ed esci, io ho arato tutta Torino avanti e indietro con il passeggino. Le insidie più grandi si nascondono tra le pieghe del divano e del letto. Nel pigiama tenuto addosso troppo a lungo la mattina, negli specchi che ti riflettono un'immagine sconosciuta.

Osserva tuo figlio quando farà la prima risata di cuore: ride-

rà fortissimo, con tutto il corpo, un'esplosione che lo prenderà di sorpresa, una sorpresa così insostenibile che lo spaventerà e finirà per farlo piangere. Così è la maternità: un ridere nel pianto.

Una mamma ha solo un grande limite, non è abbastanza gente. I bambini hanno bisogno di una tribù intorno. Quindi invita amici, vedi persone, conoscine di nuove, fallo prendere in braccio, lascialo coccolare anche dagli altri. Farà bene a tutti.

A volte voler bene davvero ai propri figli significa che quel bene un po' lo devi tenere anche per te.

Non andare mai nel forum delle mamme. Alla prima febbre, al primo dubbio ansiogeno, prendi il tuo computer e fallo volare giù dalla finestra. Fidati. Altrimenti entri per un sospetto raffreddore ed esci sicura che il piccolo abbia la febbre gialla delle montagne rocciose.

Divertiti. Un figlio è la cosa più spassosa che possa capitare nella vita. Ma io, si sa, ho uno strano senso dell'umorismo.

40

Io di fisica non ho mai capito nulla, ma qualcosa sulla fisica delle relazioni la so.

Mi è chiaro, soprattutto per esperimenti fatti sul campo, che per il principio dei vasi comunicanti, vasi di Pandora si intende, due amiche che soffrono per amore si riempiranno a vicenda i bicchieri di vino e i cuori di speranze.

Conosco bene anche il postulato della riflessione della luce secondo il quale un corpo femminile si specchia per caso in una vetrina solo quando è assolutamente inguardabile.

Ho approfondito, poi, il principio di inerzia con Davide, soprattutto la domenica pomeriggio quando un corpo maschile mantiene il proprio stato di quiete o di moto rettilineo uniforme dal sofà al frigorifero, finché una forza non agisce su di esso. La suddetta forza è un corpo femminile, portatore di voce squillante e molesta, che pone la temibile domanda: "Allora? Cosa facciamo oggi?!".

Non posso dimenticare la legge di gravitazione universale, che afferma come due corpi si attraggano con una forza di intensità direttamente proporzionale alla lite che hanno appena avuto. Questo fenomeno si chiama "sesso litigarello" o anche "tra i due litiganti si gode".

Ma soprattutto so che un corpo rifiutato percorrerà un tratto di strada direttamente proporzionale alla forza contraria impressa dal corpo rifiutante. Da corpo rifiutato, in passato, mi sono spinta alla ricerca di uomini rifiutanti in ogni angolo delle notti torinesi, con l'espressione "anche tu qui?" piantata sulla faccia. Non so cosa mi aspettassi dall'incontro, probabilmente che lui mi chiedesse in moglie, proprio lì, in mezzo alla pista del locale, ascoltando *Song 2* dei Blur, che è la migliore canzone ballereccia di sempre. Quello che riuscivo a ottenere, invece, erano due parole scambiate urlando fortissimo e sputazzando nelle rispettive orecchie.

Non vedo Enea da una settimana, nessun messaggio, nessun fortuito incontro sulle scale e, nonostante io abbia dei figli che mi tengono radicata a terra, comincio a percepire la spinta che agisce sul mio corpo forse non proprio rifiutato, ma ignorato sì, e so che presto metterò i bambini a letto e attraverserò il pianerottolo con il walkie talkie in mano e *Song 2* dei Blur nelle orecchie.

Peggio di una donna lasciata da un uomo, c'è solo una donna lasciata da un uomo e ignorata da un altro, in piena sindrome da arto fantasma. Un pezzo di te non c'è più e tu continui a sentirlo: ti prude, ti fa male, ha freddo, suda, rabbrividisce, la testa lo vuole lì, non registra l'assenza. Il mio arto fantasma è la mano di Davide che mi accarezza gli avambracci, ho avambracci veramente soli e tristi, un indecente spreco di morbidezza. Di Enea mi manca l'odore, un misto di incenso e umidità, vestiti asciugati in casa e non al sole, un classico di chi ha cominciato da poco a occuparsi del proprio bucato. Ogni tanto il ricordo della notte di Pasqua mi coglie preceduto dal suo profumo, un po' come le apparizioni dei santi annunciate dall'odor di rose.

Vedo come si tortura gli occhi con i palmi delle mani mentre mi parla, poi si gira. "Sei un po' meravigliosa" mi dice all'orecchio. "Sì?" "Sì." A ogni complimento che mi fa, io domando: "Sì?" e lui risponde: "Sì". "Che gambe lunghe hai." "Per aggrovigliarci meglio, ragazzo mio." "Ti va se facciamo Lennon e Yoko Ono in quella foto dove lui si accucchiaia su di lei?" "Ok, ma tu fai Lennon." "Devi mangiare più orecchiette, sei troppo magra." "Lo so, ma ho il cuore adiposo." "Tu sei molto bello." "Sì?" "Sì." "Mi piace un sacco fare l'amore con te." "Un sacco?" "In un sacco ci sono cinque molto." "E allora è un bel po'." "Sì, è un bel po'." "Se fossi una città che città vorresti essere?" "New York, tu?" "Io voglio essere Godo, è in provincia di Ravenna." Ridiamo. "Se fossi un supereroe? Che superpotere avresti?" "Vorrei sputare lontanissimo i noccioli di ciliegia." "Ma come proiettili?" "Sì, ma che non feriscono nessuno." "Bello. Io allora vorrei digerire qualsiasi cosa."

Poi la visione svanisce e resto nel mio appartamento, al buio, col frigo che sibila e i bambini che dormono nei loro letti. Sono le dieci, mi lavo i denti, prendo il coraggio a quattro mani, attraverso il pianerottolo e suono. E succede una cosa che la mia immaginazione senza immaginazione non aveva previsto: mi apre Sai Bubu, stupita, sorridente e abbronzata. Io la guardo, stupita e basta.

«Dora!»

«Barbara!»

E dopo non so più che altro inventarmi. Esattamente la stessa sensazione di quando chiami la tua amica Daniela per chiederle di organizzare qualcosa con i bambini e dopo una conversazione surreale ti rendi conto che stai parlando con la Daniela sbagliata, quella che non senti da almeno dieci anni e che preferivi non sentire per l'eternità. Ormai sei lì, al telefono, e allora improvvisi qualcosa come: "Stavo pensando di fare una pizzata con i compagni delle medie" e maledici la tua distrazione. Credo che le pizzate con i compagni delle medie siano tutte imputabili a errori di rubrica telefonica.

«Siete tornati!»

«Sì, stasera... abbiamo ancora tutte le valigie in giro. È stato bellissimo, ho preso anche una cosina per i bimbi. Scusa se non ti ho avvisata, siamo partiti così. L'India ti cambia la vita.»

Mentre lei mi spiega come gli sguardi dei bambini, bla bla, i colori, bla bla, il Gange, bla bla bla, ti possano aprire bla bla gli occhi e sicuramente bla bla il chakra della logorrea, cerco Enea alle sue spalle, ma non c'è, poi lo cerco nella sua faccia, ma niente, nessuna traccia di quegli occhi piccoli, puntaspilli per gli altri lineamenti, tutto il suo viso si tiene su quegli occhi pungenti. E invece lei è larga, morbida, aperta, bocca grande, occhi grandi, naso grande. Cerco di tagliare corto, le dico che ho sentito del movimento e volevo salutarli. Lei mi invita a entrare ma rifiuto, tengo il walkie talkie dietro la schiena e le spiego che i bambini dormono.

«Il mio fratellino mi ha detto che vi siete incrociati.»

Non era un incrocio, era un intreccio, cara Bubu.

«Sì, è un ragazzo simpatico.»

«È il cocco di casa, un mezzo genio, te l'ha detto che sta per partire per Hong Kong?»

«Mi pare, sì. Quando?»

«Mercoledì prossimo.»

Meno sei giorni.

«A meno che quella ragazzina non lo convinca a restare. Sai, no? L'ex che ami ancora, ti chiama, tu corri. A quell'età si fanno tante di quelle cazzate. Mai e poi mai tornerei ad avere vent'anni.»

Parla di Viola e di Enea con l'aria di chi ha capito tutto della vita, guarda il mare dalla riva, in salvo.

«Mai, ma figurati...»

«Teniamoci stretti i nostri trentacinque anni e i nostri fidanzati noiosi.»

Sorrido e mi domando quando avrò il coraggio di dirle che il mio fidanzato non era così noioso, non è più nemmeno così fidanzato e soprattutto che mi sarei volentieri tenuta stretta al suo fratellino ancora un po'.

«Che poi "fidanzati" è una parola strana no? Fa così vecchia Europa. Io non so mai come chiamarlo il mio non-marito. Oltretutto "fidanzato" prevede un matrimonio, ha quella sfumatura del "vorrei ma non posso", fa sfigata che sogna l'abito bianco dopo i trentacinque. "Compagno"? È quello che dico io, però ti immagini subito due amiconi pacca sulla spalla, ti apre scenari di vita a due senza sesso, "compagno" è una resa.»

Vuole fare la simpatica, non lo merita quello che sto per fare, ma le parole mi sbuffano fuori dalle labbra, in un fiotto potente, come dallo sfiatatoio di una balena.

«Io, da un paio di mesi, lo chiamo "ex".»

Ride, resto seria, smette di ridere.

«Ma cosa stai dicendo, Dora?»

«Scusa, Barbara, mi spiace dirtelo così, ma siete stati via tanto...»

«Ma non ci posso credere. Com'è successo?»

Guarda, Barbara, non vedevo l'ora di approfondire la questione sul pianerottolo, anzi vorrei inserirla nell'ordine del giorno della prossima riunione di condominio.

«Ne parliamo con calma i prossimi giorni. Ho i bimbi che dormono, ma stiamo bene, davvero.»

«Va bene. Sono senza parole, Dora, mi spiace.»

Senza parole, a me non spiace per niente essere riuscita a tacitarla. Mi bacia su una guancia, poi torno sui miei passi, entro in casa, chiudo la porta con due giri di chiave, mi preparo un tè, mi siedo per terra in cucina. Dico ad alta voce: «Bubu, lo sai com'è fatta l'India?» e con le mani faccio il gesto di mostrarle il pacco, se avessi il pacco, disegnando un triangolo in aria, un cono che parte largo all'altezza spalle e finisce in punta ad altezza pube. Un vecchio tormentone dei tamarri torinesi, tipo "sai dove porta l'ombrello mio nonno", ma molto più volgare. Rido e, mentre il bollitore fischia, finalmente, piango.

41

Terza lettera.

Cose che bisognerebbe fare con i propri figli almeno una volta al giorno (ma anche senza figli va bene uguale), dove dimostro che la maternità può essere divertente.

1. Aprire un seme di caco. Pochi lo sanno ma i cachi sono meglio degli ovetti Kinder, perché hanno semi magici che custodiscono un piccolo cuore a forma di forchetta, coltello o cucchiaino. Io consiglio di tenere il seme e buttare il caco, che mi fa ribrezzo.

2. Far suonare una foglia.

3. Girare una sedia e usarla come automobile, sedendosi sullo schienale.

4. Fare l'angelo nella neve.

5. Fare un castello gotico lasciando colare la sabbia bagnata dal palmo chiuso.

6. Fare una pista sulla sabbia usando le chiappe per tracciare il primo solco.

7. Fare planare come pale d'elica i semi di faggio o di acero.

8. Saltare da un'altalena in volo.

9. Tagliare i capelli alla Barbie per farne un Ken transgender.

10. Camminare in bilico sul marciapiede come un equilibrista sulla trave.

11. Saltare le linee del marciapiede, senza pestarle mai.

12. Far finta che il letto sia un'isola e il pavimento un mare con gli squali.

13. Lasciare le gambe sospese tra le inferriate del balcone.
14. Mischiare bicarbonato e aceto.
15. Far girare l'hula hoop con il collo e con i polsi.
16. Prendere un nappolino alla giostra e fare il secondo giro gratis.
17. Usare la coda del gatto come nappolino della giostra.
18. Arrotolare la lingua.
19. Fare la battaglia dei pollici.
20. Fare la pipì sulla neve. Nel caso il bambino sia maschio e sappia scrivere, fargli scrivere le iniziali del proprio nome.
21. Usare le ciliegie come orecchini.
22. Usare i petali delle rose come smalto.
23. Mettere un fagiolo nel cotone, bagnarlo e aspettare che germini.
24. Fare un aereo e una barchetta di carta.
25. Alitare sulla punta di un aereo di carta per farlo andare più veloce. Altro che scie chimiche...
26. Costruire un accampamento indiano con due sedie e una coperta.
27. Fare le costruzioni senza seguire l'esempio sulla scatola.
28. Cucinare un pasto completo da somministrare a un adulto a base di foglie, fango e polvere.
29. Telefonare parlando in una scarpa.
30. Mangiare delle more direttamente dal cespuglio.
31. Raccogliere un rametto di ortica dal gambo e rincorrere qualcuno per pungerlo.
32. Mangiare un ghiacciolo alla menta e mostrare al mondo la lingua dell'incredibile Hulk.
33. Ficcare un piede sotto il naso a un adulto e ridere perché finge uno svenimento.
34. Riempirsi il palmo della mano di Vinavil (non hanno scoperto che è cancerogena, vero?), aspettare che si asciughi, toglierla tutta in un unico strato compatto.
35. Fare le bolle nel bicchiere soffiando con la cannuccia.
36. Far volare un aquilone.
37. Intrattenere una buona conversazione con un animale, sia esso un cane, un gatto o un pesce rosso.
38. Fare un disegno sulla condensa di un vetro appannato.

39. Prendere al volo un fiocco di polline.

40. Tenere una lezione a una classe indisciplinata di peluche.

41. Fare una collana di margherite infilzandole con il gambo.

42. Finire le bolle di sapone e tentare un fallimentare sostituto con il sapone per piatti.

43. Svuotare una penna Bic e usarla come cerbottana.

44. Sputare lontanissimo i semi di anguria.

42

Ore 23.45. "Vorrei portare i bambini in campagna domani. Mi prendo un giorno. Davide." Mi fa strano che si firmi e mi fa ridere il fatto che abbia un senso. Quando mi ha lasciata ho cancellato il suo numero dalla rubrica, una vecchia abitudine catartica, l'ho sempre fatto al termine di una storia. Ai tempi serviva soprattutto a non cadere in pericolose tentazioni: niente numero, niente messaggi notturni, quando la solitudine e la malinconia prendono possesso del cellulare. Poi il messaggio finivo per mandarlo comunque, perché magicamente il numero restava impresso nella memoria, in profondità. Non lo dimentico di certo, ma preferisco così, che compaia senza nome sul display, come il numero su una pratica da sbrigare. A questo assomigliano i nostri sms, burocrazia genitoriale.

Vuole portare i bimbi nella casa in campagna dei suoi, è giusto, non li vede da dieci giorni, io invece quella casetta nel bosco non la vedo dalla scorsa estate. Il tetto di pietra, i muri spessi, le coperte infeltrite sul letto, il sale fino che sembra sabbia a grana grossa per l'umidità. Uno di quei posti senza indirizzo dove ci si orienta a tornanti, ad alberi secolari e a colori delle poche baite o cappelle votive sulla strada. Spesso i migliori ricordi iniziano quando si ferma la cartografia tradizionale, sicuramente la mia storia con Davide ha scritto lì le sue pagine più belle, al terzo tornante, dopo la chiesa bianca. Cose semplici, nulla di troppo pretenzioso, genere amore e lucciole, qualche passeggiata in cerca di funghi, il pisolino dopo pranzo, con il rumore delle forchette nei piatti vuoti, dell'acqua nel lavandino, del caffè che sale nella moka, io leggo all'ombra, lui taglia la legna dentro una maglietta uscita dritta dritta dagli anni Novanta, ci guardiamo e io lo voglio, lo voglio così tanto che penso: "Ora sta' buono e fermo, lasciati amare, non opporre resistenza e non ti farà male".

Ore 00.30: "Ok. Dora". Quarantacinque minuti per sbrigare la pratica. Ore 00.31: "Vuoi venire anche tu?". Mi spiazza. Venti minuti di dubbi dopo, di vado-non vado-vado, di perché?-perchennò-perché è sabato e forse non mi farà bene una giornata intera a casa, senza bimbi, a darmi della scema per Enea, a pensare a Sara, senza riuscire a trovare una risposta, ad ascoltare musica triste come me, a guardare *Harry ti presento Sally*. Ché in quel film c'è la scena delle scene: Billy Crystal allo stadio, con il suo migliore amico. È appena stato lasciato dalla moglie che, non solo non lo ama più, ma probabilmente non l'ha mai amato. Eppure, nonostante il racconto drammatico, i due non trascurano di fare la ola, si alzano, braccia al cielo e si risiedono, impassibili e attoniti. E io con loro, sola mentre il mondo fa la ola. Venti minuti dopo, dicevo, rispondo. Ore 00.51: "Sì. Passa a prenderci presto".

E sì, passa a prenderci presto, alle nove siamo in macchina, tutti e quattro. Davide è più bello, le persone che se ne vanno lo sono sempre. Cantiamo per intrattenere Pietro e Micol, scherziamo, lui storpia tutte le filastrocche.

«Davide, non credo che dica "cinesin pam pam l'abatjour della maiala"...»

«No? E cosa dice?»

«Una roba come "cinesin pam pam lamaiù e lamaià".»

«Non ha senso.»

«È vero, ma è una canzoncina per bambini, è più facile che non abbia senso, piuttosto che contenga la parola "maiala".»

«Non so, le civette sul comò ci fanno l'amore con la figlia del dottore, magari sono un po' maiale pure loro. E poi tu non sai niente di musichette per bambini, prima che ti aprissi gli occhi io cantavi "Heidi, Heidi, ti sorridono in molti"...»

«Secondo te ha senso che le sorridano i monti?»

«Se le caprette le fanno ciao, i monti possono sorriderle.»

Ridiamo. Lui guida. Lui sa guidare, occupare una sala d'aspetto, portare le cose giuste al momento giusto. Quando partorii Pietro mi comprò le mutande elastiche che gli avevo chiesto, della mia taglia. Mi parve un dono bellissimo, meglio di un anello. Davide sa fare una spesa, o almeno l'ha saputa fare per noi finché mi ha amata, conosceva i miei gusti, comprava lo yogurt con i cereali porcosi, l'uva più succosa, le ciliegie nere e grandi come gli occhi di satana. Poi, d'improvviso, è iniziata la stagione delle pere molli e delle fette biscottate che non son buone nemmeno per scartavetrare i muri. Stessa cosa per i prodotti da bagno, se cerco bene troverò sicuramente in un armadietto un flacone di shampoo schiarente alla camomilla. Che sui miei capelli ricci e neri avrebbe sortito il ghiotto effetto "chioma del Mago Galbusera".

La casa è lì, intatta, ci accoglie come se fossimo una famiglia senza crepe. Micol, seduta su un plaid in mezzo al prato, si dedica ai soffioni, sputazza per far volare il polline e finisce per mangiarlo. Pietro si butta nel verde, si rotola, vederlo correre prendendo il sole di petto è uno spettacolo inspiegabile e meraviglioso, secondo solo all'aurora boreale. Ma se la giocano, Pietro e l'aurora. Ha il senso della natura, glielo ha passato Davide che ancora oggi spera nella neve in inverno e nelle onde d'estate, nei funghi in autunno, nel vento a primavera. Il mare, soprattutto, lo sente, lo capisce, ha cercato di spiegarmelo mille volte, i nomi dei pesci, le brezze, le lune e le maree, la vela, il surf. Io ho amato lui e il mare, ma sempre senza capire. D'altronde io sono figlia di una donna che mi ha insegnato a nuotare dalla riva, senza immergersi. La massima verità che mi potesse trasmettere sull'argomento era di tenermi a distanza di sicurezza dalle persone immerse in acqua fino all'ombelico, quelle che guardano con occhio intenso un punto all'orizzonte, perché nonostante le apparenze non stanno componendo mentalmente un sonetto foscoliano a Zante, ma stanno pisciando.

Dentro casa c'è odore di muffa e camino. Davide traffica, accende la stufa. «È sempre bello qui» gli dico, ci sorridiamo e non c'è imbarazzo. I bambini ci passeranno le estati, facendo la pipì nei campi, scovando more dai cespugli, sporcandosi senza pudore, rincorrendosi, e non ci saranno buoni e cattivi, ma solo guardie e ladri.

Mangiamo qualcosa fuori, sul tavolo di pietra, formaggio, prosciutto, grossi pezzi di pane. Pietro parla moltissimo delle coccinelle e poi delle lucciole. «Nonna Mimì mi ha detto che le lucciole sono glosse folmiche con la lampadina nel culo» sentenzia. Non arrivano rumori, la guerra è lontana, quattro naufraghi, io l'ultima donna, lui l'ultimo uomo. "Mi terresti con te? Se fossi l'unica sarei abbastanza?" dico tra me e me. Dalla sera della lite al telefono prima di Pasqua, quell'"abbastanza" mi rimbomba dentro. Senza il valore dell'abbastanza siamo anime col buco, impossibili da riempire, non sentiamo la sazietà e nemmeno la bellezza. Il problema è che io non voglio essere abbastanza, ho passato un sacco di tempo a piacere abbastanza a lui, pochissimo tempo a capire se quel lui piacesse a me, trascurando totalmente se mi piacessi abbastanza io.

Mettiamo i bambini a dormire sul divano. Noi restiamo fuori, su due vecchie sedie a sdraio, guardiamo verso valle. Inizio io.

«Era così brutto stare con me?»

Segue un lunghissimo silenzio in cui immagino riviva la nostra storia in pochi secondi, una rassegna completa di tutti i brutti momenti, le mie cattive abitudini, i colpi bassi. I candidi asciugamani bianchi vergati dal mascara e le sfuriate a "incazzodomino", come le chiamava lui, riferendosi alla mia capacità di collezionare piccoli nervosismi, facendo finta di niente, per poi riversarglieli addosso a valanga, tutti insieme. La supponenza con cui guardo al suo mondo, alla sua famiglia, ai suoi amici, che non saranno mai i miei, i duetti con Sara e quel mostro a due teste che sappiamo diventare insieme.

«No. Non lo era affatto.»

«Com'era allora?»

«Faticoso. Bellissimo all'inizio, poi bello e faticoso...»

«E poi faticoso e basta.»

Annuisce continuando a guardare davanti a me. So che questo dialogo procederà a strattoni. Davide sa parlare solo così: due passi nel discorso, si ferma e tocca a me tirarlo. Non sono sicura di aver voglia, ma ci provo.

«Hai dei rimpianti?»

«Tu?»

Lo fa sempre, manda avanti me, per prima.

«Più che un rimpianto, una paura. Ogni volta che i nostri figli useranno troppo nero o marrone nei loro disegni, non penseremo che l'azzurro è semplicemente esaurito. Penseremo che è colpa nostra.»

«Temo che succeda a tutti i genitori.»

«Forse. Ora tocca a te, hai dei rimpianti?»

«Uno. Non aver insistito per entrare in sala parto quando è nata Micol.»

«Con Pietro sei quasi svenuto, Davide...»

«Lo so, infatti non è un'accusa. Ma la verità è che tu non avevi bisogno di me. Non metto in dubbio che tu mi abbia amato, ma ci hai sempre tenuto così tanto a farmi sapere che non ti ero indispensabile, che saresti sopravvissuta benissimo anche da sola.»

«Siamo sopravvissuti, no?» Sorrido di amarezza.

«È un po' presto per dirlo.»

Restiamo vicini e lontanissimi. Poi compare Pietro, si è svegliato, mi sale sulle gambe, mi abbraccia come se fossi un albero, Davide lo accarezza sulla nuca.

«Cos'hai qui?» mi chiede.

«Non so, Pietro, cos'ho?»

«Qui.» E mi tocca le ossa.

«Sono le costole.»

«Le cottole?»

«Sì, si chiama "gabbia toracica".»

«Gabbia?»

«Una gabbia, sì.»

«E a cosa selve?»

«A non far scappare il cuore.»

«Il cuole scappa?»

«A volte.»

Pietro fa finta di capire. Gli prendo la testa tra le mani.

«Questa si chiama "scatola", invece, "scatola cranica".»

«Una catola?»

«Sì.»

E gli stampo un bacio in fronte, mentre penso che siamo proprio gente strana noi uomini che teniamo il cuore in una gabbia e la mente in una scatola.

43

Quarta lettera.
Il Mammopoli.

Per capire fino in fondo cosa significhi essere mamma ho inventato il Mammopoli, un gioco da tavolo che, amica mia, lascerà te con il fiato sospeso e renderà me molto ricca quando venderò i diritti alla Ravensburger.

Funziona come un gioco dell'oca, tu devi visualizzare mentalmente il tavolo, le caselle, i dadi e le pedine. Si parte dal via, cioè il risveglio, e si chiude con il traguardo, il letto del bambino addormentato. In mezzo ci sono tutti gli incidenti di percorso, gli imprevisti, le difficoltà, i nemici. Le caselle nere, insomma. Riuscirà mamma oca a lasciare nelle braccia di Morfeo il proprio figlio sano e salvo, senza impazzire? Gioca e buon divertimento!

La bomba cacca. *Appena usciti di casa, tuo figlio la fa, è sistematico. Torna indietro a cambiare il pannolino e riparti dal via.*

Strada chiusa. *Una mamma Suvumana ostruisce il passaggio davanti alla scuola. È bionda, è figa anche alle sette di mattina, ha un unico punto debole: porta le Hogan con la zeppa. Buca le gomme del suo Suv, pestale le Hogan e rilancia i dadi.*

Chi ci pensa alla mensa? *Non ti sei ricordata lo sciopero della mensa, non hai preparato niente per il tuo piccoletto. Fai una colletta alimentare tra i compagni di classe: due barrette alla carruba dalla mamma bio e un ovetto Kinder dalla mamma mai dire no et voilà, il pranzo è servito. Datti una pacca sulla spalla ma perdi un turno per riflettere sullo stato della tua memoria a breve termine.*

Il pediatra hippie. *Accogliente e rassicurante, il pediatra hippie è fautore della puericultura alla "volemose bene". Sì all'allattamento a oltranza, sì al co-spleeping fino ai quindici anni. A cuor leggero rilancia il dado.*

L'amica Mio figlio invece. *L'amica Mio figlio invece è lì per scardinare le tue poche certezze educative tenute su con la corda e il nastro da pacchi. Ah, tu lo porti al nido? Mio figlio invece sta con i nonni, è dimostrato che il cinquanta percento dei serial killer siano stati al nido. Vale anche il contrario, naturalmente. Ah, tu lo lasci con i nonni? Mio figlio invece va in una scuola Zimmerman dove gli insegnano il sanscrito antico, è dimostrato che il cinquanta percento dei serial killer sia stato troppo con i nonni (che poi naturalmente ha ucciso). L'amica Mio figlio invece ti rimanda alla casella* Psicologa-mediatore familiare.

Ti chiama la maestra mentre sei al lavoro: tuo figlio ha la sesta malattia. *Contando che l'ha già fatta tre volte siamo a diciotto. Dividi per il numero di volte in cui la tua famiglia ha fatto anche la mani-bocca-piedi, la tette-bocca-culo e la testa-spallababy one two three e ottieni il numero di caselle che puoi saltare.*

Occhio alla spesa. *Mentre riempivi il carrello, tuo figlio riempiva a tua insaputa il passeggino di pacchi e pacchi di caramelle, facendoti rischiare la galera. Avanza di cinque caselle, passi la cassa indenne anche se la tua creatura diventerà uno spacciatore di Orsetti Gommosi.*

Nonni: we care with carie. *Scopri che i nonni in realtà sono agenti sotto copertura dell'Associazione Medici Dentisti. Sviluppano il mercato minando la salute dentale dei pargoli. Fermati due giri per dirgliene quattro.*

Banana nera. *Hai dimenticato la banana nello zaino di scuola per tutto il weekend. Torna alla casella lavatrice.*

Il vecchio dei cantieri in pausa dal cantiere. *Quando il cantiere è chiuso, il vecchio rompicoglioni pattuglia le strade e inveisce contro di te che, per sfuggire alle grinfie della mamma Suvumana, scegli di salire con la tua bici per ben trenta secondi sul marciapiede. Un marciapiede gigantesco e desertico, una distesa dove non passa anima viva da anni, tranne il maledetto vecchio moralizzatore. Lui ti si piazza davanti e ti sfida in uno stallo alla messicana: "Hai fretta, eh?". Fermati un giro e rispondigli per le rime: "Sì, ho fretta, non come te che non c'hai niente da fare, io sono l'incarnazione della Barbamamma, durante il giorno mi trasformo in sherpa quando faccio la spesa, in rishò quando porto i bimbi alla materna, per cena nella dea Kalì, in un grosso materassone da calpestare prima della nanna".*

Nessun dorma! *L'arrivo è vicino, ma il bimbo non dorme. Fermati un giro a ripassare tutto il mamasutra, il manuale che contiene le mille posizioni per far perdere i sensi al piccoletto e far felice la povera e stanchissima mamma. Un estratto? Posizione 14, del dervisho rotante: la mamma ruota su se stessa con il bebè in braccio creando nel piccolo uno stordimento più vicino alla trance che alla nanna. Posizione 65, del tornado caldo: con una mano la mamma culla il bambino e con l'altra tiene un phon con cui scalda i piedini del piccolo. Sconsigliata nella stagione estiva. Posizione 83, della contorsionista nella valigia: la mamma, convinta dai testi di studiosi emeriti a non accogliere il pargolo nel lettone, si infila con lui nella culla.*

A questo punto la notizia buona è che il Mammopoli è finito, il bambino dorme e tu puoi andare a piangere in salotto con la scusa che stai guardando una puntata di "Grey's Anatomy". La notizia cattiva è che il Mammopoli è un gioco, nella vita vera dubito tu possa riposare in salotto. Nella vita vera una madre non riposa. Si dice che Dio sia padre e infatti il settimo giorno si è riposato. Una madre no.

44

«Dimmi dov'è.»

«Non te lo dico.»

«Dài, dimmi dov'è. Se me lo dici ti scrivo una poesia, dove ti faccio le tette grandi e il naso alla francese.»

«Non ho bisogno di un intervento di chirurgia poetica.»

«Allora se non me lo dici ti dedico una poesia dove ti faccio il culone e i brufoli. Dài, dimmi dov'è, Riccioletta!»

«Non posso, Sara mi ha fatto giurare, ha solo bisogno di un po' di tempo per sé, per pensare.»

«Ma magari ha bisogno di un massaggio mentre pensa, lei pensa e io le dipingo le unghie dei piedi di un bel rosso ciliegia, che dici?»

«Dico che ti pago per fare la babysitter e non per importunarmi con le tue domande.»

Simone ormai tiene i bambini tutti i pomeriggi, spesso affianca mia madre, vanno d'accordo. Mi piace trovarlo a casa quando torno, come stasera, capita che si fermi anche a cena, un paio di volte ha dormito sul divano.

«Hai ragione, però oggi mi sono guadagnato la pagnotta. Micol ha scoperto il citofono, siamo stati ore con la cornetta in mano a urlare le peggio cose ai passanti di sotto. Le ho insegnato a fare il sospiro alla Darth Vader, credo che nessun testimone di Geova ti importunerà più.»

«Guarda, in realtà, non suona nemmeno il postino...»

«Non è vero, oggi è passato il tuo ragazzetto.»

«Chi?»

«Ettore, Achille... come si chiama?»

«Enea si chiama. Perché non me lo hai detto subito?»

«Mi sono dimenticato.»

«E allora io mi dimentico dov'è Sara.»

«Ma non è giusto, pensavo ti avesse cercato sul cellulare.»

«Non ha il mio numero.»

«Ah... Fate quelle cose dell'amore lasciato al caso, alla *Serendipity*.»

«Non mi provocare, ha detto qualcosa?»

«No, sembrava molto imbarazzato.»

«E ci credo, è da Pasqua che non si fa sentire. Didone si è suicidata per molto meno.»

Micol mi distrae. Pretende di essere presa in braccio. Come mammifero femmina ominide ho un'anca sviluppatissima, tanto che posso ribattezzarla "panca destra". La piccoletta ama sedervisi a cavalcioni, usando il mio braccio come cintura di sicurezza, io nel frattempo riesco a telefonare, fare la spesa, depilarmi, pulire, tingermi i capelli, passare una mano di bianco sui muri, il tutto con il mio passeggero girovita. Ora, per esempio, preparo la cena, parlo con Simone, butto un occhio a Pietro che guarda la tv in stato catatonico e mi faccio venire un infarto pensando che Enea sia partito.

«Non si capisce mai come stai, femmina.»

«In che senso?»

«Nel senso che sei una di quelle che al "Come stai?" risponde sempre: "Bene".»

«"Come stai?" è una domanda retorica. A nessuno importa davvero.»

«Magari a Davide importa, magari gli piacerebbe sapere che soffri per lui, che ti manca, che hai paura. Dimmi dov'è Sara o continuo a psicanalizzarti.»

«E io, per non ascoltarti, canto *Spunta la luna dal monte*, la parte in sardo, che non so perché conosco per intero.»

«Anche io la cantavo da ragazzino, ho sempre pensato che il ritornello dicesse: "Il peso, sapete peso, assiste la dimagrente".»

«Non male, ora fammi cucinare che devo contribuire alla tua pinguedine.»

«Non sono pingue. Sono solo basso. Anzi sono slanciato in avanti. Si può dire che sia affetto da nanismo di Venere.»

Rido, Micol ride di riflesso. Ceniamo e Simone finisce tutto quello che c'è in tavola, compreso il semolino e l'omogeneizzato di trota che puzza di cibo di gatto. Prima di andare a letto Pietro vuole giocare a Spiderman, chiede di essere preso in braccio, sollevato fin sopra la testa e appiccicato ai muri, mentre lancia le ragnatele. Gliel'ha insegnato Davide, che riesce ad appenderlo alle travi del soppalco a testa in giù. Simone ci prova, ma sbuffa come un mantice, suda e poi me lo rimpalla.

«Prova un po' a farlo con la mamma...»

«Ma papà è fotte cinque, mamma non fotte.»

«No, amore mio, la mamma non fotte, ma non ti ci mettere anche tu.»

Quando i bimbi dormono, ci sediamo sul divano scomodo. Simone si gira il solito cannone siciliano alla marijuana, lo fuma fuori, in balcone, poi torna accanto a me. Ho la tentazione di dirgli dov'è Sara, che se la vada a riprendere, ma non lo faccio, si farà trovare lei, quando sarà il momento. Stiamo vicini nella penombra, con la tele accesa senza audio su un programma di cucina. Parlo io.

«Hai ragione, sai. Sul fatto che non si capisca mai esattamente come sto. È che io non lo so, come sto. Vorrei dirti che sono delusa e amareggiata ed è così, soprattutto da me stessa. Davide mi manca, ma mi mancava anche quando c'era. Eravamo soli, da un sacco di tempo, soli in due. Ora mi sento in colpa e un po' mi vergogno, perché sopra ogni cosa è arrivato il sollievo, ed è durissima da accettare. Davide si è guardato allo specchio una mattina e ha detto: "È tutto qui ciò che mi spetta?". Deve essergli sembrato una resa, quel nostro amore. Alla fine, dopo Pasqua, dopo Enea, sono contenta che non si sia arreso.»

E mentre sono lì, con il cuore in mano, a cercare di rispondere a un ipotetico "Come stai?", mi accorgo che Simone si è addormentato. Il suo grosso addome si alza e si abbassa, ritmico. Russa.

«Ma vaffanculo, va'.»

Non so perché, non se lo merita, ma gli tolgo le scarpe e lo copro con un plaid, spengo la tv mentre Nigella fa sciogliere un paio di panetti di burro in una padella. Mi chiudo in camera, mi sfilo i vestiti sporchi di semolino e probabilmente costellati delle caccole con le quali Micol mi omaggia costantemente, faccio una doccia nel bagno dalle mattonelle opache, più opache del solito. Poi torno in camera e sento dall'altra parte del muro la voce squillante di Bubu, seguita due toni sotto dalla voce profonda di Enea, dai gridolini di lei direi che sono ai saluti sulla porta.

E faccio l'unica cosa che una madre di famiglia con uno spirito ecologico pari a un petroliere degli anni Cinquanta possa fare: alle undici di sera, improvviso un sacco dell'umido ed esco così come sono. E sono in mutande, con un magliettone sformato a cui arrotolo le maniche in un estremo tentativo di creare un look, all'altezza delle mie tette inesistenti due fochine monache stinte si stringono sotto la scritta: "Dài facciamoci caldo!". Scendo rapida verso i bidoni dell'immondizia e poi aspetto disinvolta, cercando una luna che non c'è.

«Ehi!» fa lui sorpreso.

«Eh.»

Faccio io allargando le braccia in un'alzata di spalle, come a dire "eccoci".

«Ti ho cercata.»

«Mi è stato riferito. Anch'io un po' di giorni fa, ma c'era Barbara.»

«Non mi ha detto niente.»

«Non c'era niente da dire. Stai partendo?»

«Domani mattina, sì. Ho il volo presto.»

Restiamo in silenzio uno di fronte all'altra. Io, ridicola, sfoggio quell'invito al farci caldo, lui freddo, imbarazzato, non lo coglie.

«Enea, che pianta in asso la vecchia Didone...» faccio io, con quel tono sarcastico e maturo delle belle occasioni.

«Non capisco.»
«Niente, lascia perdere, sono stanca.»
«No, non lascio perdere. Perché sei arrabbiata?»
«Non sono arrabbiata con te, sono arrabbiata un po' con me stessa. E ho freddo, ora ti auguro buon viaggio e rientro.»
Siamo a un passo dalla frase fatidica, quando io gli do un abbraccio rapido e gli auguro buona vita.
«No, non rientri invece. Ora mi spieghi perché sei arrabbiata.»
«Sono arrabbiata perché sei sparito e hai scelto di passare questi ultimi giorni con Viola. E sono ancora più arrabbiata perché te lo sto dicendo e mi sento stupida e tua sorella mi ha fatto sentire una poveraccia.»
«Poveraccia?»
«Lascia perdere.»
«Dora, c'è qualcuno da te? Possiamo salire un secondo?»
«No, non si può.»
«Non possiamo parlare qui. Sei mezza nuda e fa freddo.»
«Ho le chiavi della soffitta...»
«Andiamo in soffitta allora.»
Prendiamo l'ascensore in modo che Bubu non ci senta. Entriamo nel sottotetto, ci sono scatoloni ovunque, roba ancora chiusa dal trasloco, oggetti in sospeso tra due case, tra due vite. Ne spostiamo un paio, li usiamo come sgabelli.
«Hai una bella maglietta.»
«Vaffanculo.»
«Io provo a risponderti. Ho visto Viola per salutarla.»
«Non ti devi giustificare.»
«E tu non devi essere arrabbiata. Seconda cosa, la sera di Pasqua tu mi hai detto: "È solo per stanotte, promettimi che sarà solo stanotte".»
L'ho detto, non lo ricordo, ma sono sicura di averlo detto. Eppure dovrei saperlo, mi è capitato un sacco di volte in passato di guardare lui negli occhi all'inizio di una relazione e dirgli con tono di fantomatico mistero: "Non ti innamorare di me", lasciando intravedere abissi, discese ardite e poi risalite. Ecco, lui alla fine seguiva sempre il consiglio.
«Era psicologia inversa.»

«Io sono un ingegnere, Dora, e sono cresciuto tra donne. Sono ubbidiente per natura, non la colgo la psicologia inversa. E poi a Pasquetta c'era il poeta nudo sul tuo terrazzo, di mattina presto, ho pensato che magari...»

«Non lo so perché fosse nudo sul mio terrazzo a Pasquetta, davvero. Cioè lo so, ma giuro che mai e poi mai mi verrebbe in mente di spogliarlo io.»

«Non subisci il fascino del kilt?»

«No.»

«Me lo dai un bacio d'addio?»

«No.»

«Perché?»

«Perché non voglio dirti addio.»

«Un bacio di arrivederci?»

«Non so. Ti sono mancata?»

«Mi sei mancata cinque.»

E fa il gesto di Pietro, con la mano. E la cosa mi riempie di tenerezza.

«Cinque è il massimo.»

«Il massimo è quanto mi mancherai.»

«Credo che dentro uno di questi scatoloni ci sia un diario di quando ero ragazzina. Se lo leggessimo ci ritroveremmo questa conversazione.»

«Hai visto? A volte basta aspettare. Mi scriverai?»

«Ti scriverò. Solo se non sei Enea che abbandona la vecchia Didone...»

«Magari Enea, se Didone non si fosse uccisa, sarebbe tornato da lei, dopo aver fondato Roma.»

«E fatto un giro a Hong Kong.»

«Sì.»

«Dora?»

«Enea?»

«Facciamoci caldo.»

Mi toglie la maglia e le foche monache saltano in aria e atterrano sul pavimento accanto a noi.

45

Quinta e ultima lettera.
Da aprire solo nel caso la scelta sia NO.

Cosa significa essere madre, mi chiedi. Non lo so, io ti posso dire cosa significa essere la madre dei miei figli. Ti posso raccontare di quando li ho visti, di quando ho sentito prima il loro odore, le mani, le braccia e poi la tenerezza e l'appartenenza, la voglia prepotente di prendermene cura. Di mettergli il pigiamino sul termosifone così che lo ritrovassero caldo prima di andare a dormire. Mi piace pensare che l'amore materno sia quel genere di calore lì.

Ho sentito soprattutto la paura di non riuscire a renderli felici e quella non mi abbandona mai. Mi chiedo spesso come si misura la felicità dei bambini. Simone sostiene in dita di sporco lasciate nella vasca da bagno dopo una giornata di giochi, ma non so se sia una risposta convincente. Forse in salti sul tappeto elastico, in giri in altalena, in centimetri di neve in inverno, in cavalloni d'estate, in foglie pestate in autunno, in soffioni soffiati in primavera, in pennarelli blu, che sono sempre destinati a finire per primi. In play-rewind-pause di Nemo che ritrova Marlin, in palloncini blu che vanno su su su e svolazzando fan trullero leru là, in repliche di Mary Poppins *a Natale, in filastrocche di Rodari, in numero di partecipanti alla propria festa di compleanno. In genitori coabitanti? Com'è fatto un bambino felice?*

A spanne direi che Micol ha una facilità alla felicità che Pietro non ha. La felicità di Micol è alla mia portata, per ora: immediata e naturale come una risata in risposta al solletico. La felicità di Pietro non lo so. Qualche sera fa Micol dormiva, Pietro chiedeva: "Mi abblacci? Folte. Più Folte. Mi tieni semple così?". Ogni volta che mollavo un po' la presa ripartiva: "Mi abblacci? Folte, Più folte. Mi tieni semple così?". Quattordici volte e poi si è addormentato, spero, felice. La felicità di Pietro si misura in abblacci folti, più folti, che tengono semple così. Quattordici per l'esattezza.

La mattina dopo l'ho accompagnato a scuola, mi ha dato una carezza e un bacio veloce, troppa fretta di correre alla finestra e farmi ciao ciao dalla strada, con il vetro a dividerci. "Torni?" mi ha detto come un pesciolino. "Sì" gli ho fatto con la testa e abbiamo sorriso dello stesso sorriso largo e allegro. La felicità di un bambino, del mio almeno, si misura in promesse mantenute.

Sara, amica mia, la maternità è una promessa di felicità. E se tu senti nel profondo di non poterla mantenere, io ti capirò. Più ti ho conosciuta, più ti ho amata. Non esiste al mondo un'altra persona alla quale possa dire lo stesso. Se mi cercherai sarò lì, accanto a te, in quella sala d'attesa, prima dell'Apocalisse.

46

Quinta (+1) e ultima lettera.
Da aprire solo nel caso la scelta sia SÌ.

Questa lettera, Sara, non è per te. È per lui, che immagino maschio, ma solo perché c'è bisogno di maschi come si deve. Quindi lasciami parlare con mio nipote, devo spiegargli un po' di cose.

1. Tua madre è una donna stramba, umorale, probabilmente bipolare, ma anche il mondo ha due poli e io non vivrei davvero da nessun'altra parte.

2. Non è vera la storia delle donne venute da Venere e gli uomini da Marte. Uomini e donne vengono dallo stesso mondo, dallo stesso quartiere, dalla stessa via, dallo stesso condominio. Sono i due vicini di casa che si incontrano nell'ascensore, timidi, nascosti dietro i loro cellulari, incapaci di comunicare. E lui qualche volta in ascensore scoreggia pure.

3. Sii pure intransigente con le categorie. Ti concedo di essere persino un po' razzista. Prenditela con le maggioranze e le minoranze. Con quelli del Nord e con quelli del Sud. Ma rispetta sempre e comunque l'individuo.

4. Sappi che è vero: a quella giusta/quello giusto piacerai grasso o magro, pelato o capellone. Nonostante questo cercherai sempre e comunque di piacere a tutte le altre persone sbagliate.

5. Sopravvivi all'adolescenza, il resto è in discesa.

6. Ti avviso: non incontrerai mai e poi mai qualcuno che non creda fermamente di avere gusto e senso dell'umorismo. Ma stai tranquillo, tu avrai entrambi.

7. Accettalo: tua mamma e tua zia non riescono proprio a indossare i jeans senza mostrare mutande e chiappe a ogni piegamento. Non è colpa della moda, dei pantaloni, o della vita bassa. La vita è giusta, è come deve essere, siamo noi che abbiamo l'attaccatura del culo troppo alta.

8. Alle medie punta a quella con il monociglio e l'apparecchio. Sarà la più figa al liceo.

9. Impara a mangiare veloce. Tua madre ha un appetito portentoso e io non sarò sempre lì a difendere il tuo piatto dai suoi attacchi.

10. Non credere alle vecchie zie separate quando ti diranno che l'amore non esiste. L'amore esiste, e sai perché? Perché l'amore sei tu.

Un bacio, tesoro mio, e speriamo tu sia femmina.

47

Giorni così. Quando durante una riunione importante tu indossi un paio di pantaloni e senti che qualcosa ti infastidisce all'altezza del polpaccio. Pensi a una calza cascante e improvvisi un movimento liberatorio per farla scendere del tutto ad altezza caviglia. Una volta assestata lì, finirà il fastidio e te ne occuperai in bagno, più tardi. E invece a scendere è qualcos'altro. A scendere direttamente per terra è un paio di mutande che ti sei tolta insieme ai pantaloni la sera prima, in un unico gesto plastico prima di tuffarti a letto. Sei una campionessa di svestizione a strati. Il problema è che gli strati non si separano nella notte e tu il giorno dopo rimetti tutto insieme, slip appallottolati ad altezza ginocchia compresi. E ora ti ritrovi a brandire le tue mutande con gli occhi delle donne vampire puntati addosso, quelle colleghe perfette che si nutrono delle tue figure di merda per mantenersi splendide e impeccabili. E non sai se sono più stupite perché hai un paio di slip in mano o perché le mutande in questione sono delle specie di boxer ascellari con l'elastico mollo. È che di questi tempi già la tua vita ti va stretta, almeno il resto vuoi che stia comodo.

Giorni così. In cui non importa quanto tu sia ben vestita, ben truccata, ben pettinata, non importa quanto morbido sia il maglioncino di cachemere che hai anche pagato una discreta cifra. Tanto quel maglioncino sarà sempre ricoperto di peli del tuo gatto.

Giorni così. In cui piove, perché piove sempre nei giorni così, sembra che Madre Natura sia impazzita, magari s'è confusa per amore, ha scambiato le stagioni, giusto per ricordarci che anche una madre si può innamorare e di certo si può confondere. Piove e quindi torni a casa in tram e vieni falcidiata dallo studente Tartaruga Ninja con il suo zaino-carapace stracolmo sulle spalle da cui spunta una lunga alabarda spaziale-righello. Il colpo di grazia te lo dà Aglioween, il mangiatore di bagna caoda che infesta soprattutto le linee piemontesi nei lunedì invernali, ma il suo fiato si condensa anche al sole estivo. Non manca la signora carretto siciliano, un'anziana solitamente cubica, che sale a fatica sulle sue gambe a zampogna trascinando venti sacchi stracolmi di spesa. Il suo accento tradisce discendenze non propriamente nordiche soprattutto quando declama a tutto il pullman la ricetta dello sfinciuni.

Giorni così, in cui vorresti solo tornare a casa e farti una doccia in solitudine, senza tuo figlio grande che ti guarda nuda, indica le tue parti intime bisognose di ceretta commentando: "Bau bau, mamma!". E invece da sola non riesci nemmeno a fare la pipì. Ti manca quello splendido tête-à-tête, chiappe-à-chiappe con il wc, quel momento di pace in cui hai fatto ciò che devi e resti imbambolata guardando senza vedere la parola "collutorio" impressa sul flacone verde accanto al lavandino (anche perché se la vedessi non ti capaciteresti che collutorio si scriva davvero con una "t" sola).

Giorni così. In cui hai fatto un bel sogno d'amore, di un giovane ragazzo che ti bacia in soffitta e avresti voluto durasse di più. Giorni in cui apri la porta e trovi tua madre, la tua tata maschio e i tuoi due bambini, in preda a una seduta di psicodramma di gruppo. E ti rendi conto che la tua genitrice ha appena comunicato alla tata maschio che ha messo incinta la tua migliore amica.

«Pensavo lo sapesse, Dora.»

Sono le prime parole che mia madre sussurra, con le lacrime agli occhi. E non la vedevo così da quando nonno Enrico chiuse per sbaglio il gatto dentro la cassaforte prima di partire per una breve vacanza al mare. La cassaforte divenne il loculo del povero felino, morto murato vivo, non prima di trasformare in coriandoli dieci milioni di Lire. Penso a come si chiamasse il gatto e non mi viene in mente.

«Mamma, porta i bimbi in camera un secondo, per favore.»

E mamma ubbidisce, per la prima volta nella sua vita. Simone fa un lungo respiro, prende una boccata d'aria dalle grandi narici ed esonda.

«Io la voglio. Io voglio questa instabile, capricciosa, viziata donna. La guardo come un pensionato davanti alle impalcature, muovo critiche sui lavori che vanno a rilento, ma vorrei morire lì, finirci i miei giorni. Ieri ho scritto a Windows per inserire la sua foto nei desktop wallpaper standard, insieme al prato verde e alle mezzelune. Tipo che uno compra il pc da Mediaworld e sceglie Sara come sfondo, io lo farei, cazzo. Dal primo momento che l'ho vista ho cominciato a farmi dei film sul futuro. Anzi, non è che mi faccio dei film, rilevo proprio un piccolo cinema di periferia con le poltroncine in legno e ci proietto in loop l'ultima scena del *Laureato*. Io per lei prenderei la patente, solo per poterle dire: "Hai sonno? Dormi un po', guido io".

Mi vuole dj? Io mi faccio tatuare quelle carpe di merda che vanno tanto adesso, mi metto quei cuffioni per la musica che sembrano dei cazzo di paraorecchie anni Ottanta e smetto di ascoltare i Pooh, ti giuro, smetto, tradisco anche Cocciante per lei, solo gruppi indie birmani. Le piacciono i surfisti? Mi depilo, mi abbronzo, e anche se ho più un fisico da capoeirista obeso io, c'ho il baricentro basso, dovrei funzionare anche sulla tavola. Certo devo imparare a nuotare prima, credo che sia fondamentale, e devo togliermi questa fobia che ho per i crostacei. Non ti sembrano dei grossi insetti marini, i crostacei?

Mi vuole poeta? E io le dedico i versi. Mi vuole ricco? E io le dedico tempo e denaro. Mi vuole ignorante? Le scrivo una poesia che si intitola *Vuoi che ti devo amare?* Non ci metto nemmeno un congiuntivo. Le dà fastidio la mia erre? Comincio a parlare in cinese, lo sapevi che la erre in cinese non esiste? È per quello che parlano come l'uccellino Titti, e sono tutti gialli come l'uccellino Titti, se ci pensi. Dovremo approfondire la faccenda. E poi farò finta di non amarla, così lei mi amerà, sarà la parte più difficile far finta di non amarla, ma ho fatto teatro, sono fiducioso. Io devo vederla, Dora, devo parlarle. Devo dirle che è giusto che nutra dei dubbi, ma che io alimenterò i suoi sentimenti, perché ha un'emotività robusta, ossa grandi, è costituzione, è soggetta a incredibili sbalzi di peso interiore la tua amica. Devo spiegarle che mi piace anche quando si arrabbia, pontifica, cementifica e ci passa sopra una mano di bianco, poi prende la bomboletta spray e scrive insulti impronunciabili contro di me. Poi abbatte tutto e si siede sulle macerie a piangere. Devo dirle che se terrà il bambino sarò lì con lei. E quando sarà stanca perché il bambino piangerà tutta la notte e lei si lamenterà di essere brutta e sciatta, di avere le occhiaie che le arrivano alle tette, io le farò notare che no, sono le sue splendide tette che arrivano alle occhiaie. E mi farò prendere in giro, a patto che mi prenda e basta. Non era nei piani? Non importa. I piani non servono a niente, i piani sono illusioni perché la vita sembri meno ripida.»

Si ferma, mi guarda, ha il fiatone.

«È al mare. I suoi hanno una casa ad Alassio, non so l'indirizzo, ma Alassio è piccola e lei fa sempre colazione al molo, da ragazzine andavamo lì a fare i tuffi. Se la troverai, tenetevi forte, di questi tempi, sul molo, c'è un vento che vi porta via.»

«Grazie, Riccioletta...»

«Le porti queste lettere? Forse ha senso che le leggiate insieme. Preparati, Simone, lei non vuole tenerlo.»

«E se non vorrà tenerlo, ci terremo noi due.»

«Mi fai un favore? Me la reciti la poesia del vento forte?»

Sorride, non se lo fa chiedere due volte.

«Teniamoci stretti che c'è vento forte
che ci porta via
teniamoci stretti facciamoci stretti
bellezza mia
abbracciamoci coi bracci
aggambiamoci con le gambe
addentiamoci

annodiamo i nostri capelli ai nostri capelli
incastriamoci le dita dei piedi
diamoci le mani
guardiamoci senza mai dimenticarci di guardarci
dentro gli occhi
c'è un vento così forte
che ci porta via

teniamoci stretti che c'è vento forte
ancoriàmoci
l'una all'altro
l'altro all'una
finché non calma
e se non calma
perché potrebbe non calmare – bada – potrebbe
se ci molliamo

saremo scaraventati via lontano
sarà poi difficile trovarci
forse impossibile
dimenticheremo le nostre voci
dimenticheremo le nostre facce
dimenticheremo ciò che ci piaceva dirci e farci

dunque
teniamoci stretti
che c'è vento forte
bellezza mia

ti tengo stretta
mia unica bellezza
che tu mi tieni

ed io sia maledetto
sia maledetto io, non dio
se mollo
questa presa
di salvezza.»

Giorni così. In cui tutto quello che sogni è una doccia calda, un paio di mutande presentabili in società, un ombrello. E ti ritrovi in mezzo alla tempesta. Quando Simone va via, mia madre si scusa, conto fino a venti ossa e le dico: «Va bene così». E sono sincera.

48

«Micol ha la febbre alta, puntini sospetti.»

Quando ti chiama il nido non è mai per dirti che tua figlia ha vinto il premio di bambina dell'anno, sarà varicella con tutta probabilità. Avviso i colleghi e corro da lei, con la mia bici, alle quattro di pomeriggio, a Torino, che significa sicuramente incontrare l'automobilista che si crede un vagone, quello che mentre pedalo si ferma alle mie spalle, io cerco di spostarmi per farlo superare, ma niente, mi sta dietro, in me cresce l'ansia e in men che non si dica sono la locomotiva di un fantastico trenino dell'amore che strombazza: "Maracaibo, il mare forza nove, fuggire sì ma dove, zan zan".

Fuggire dalla varicella, da Davide, dalla solitudine, dalla scelta di Sara, dal chiasso di mia madre, dal silenzio di mio padre, dagli orari, dalla faccia larga di Bubu, dalle email di Enea che forse arriveranno ma che si faranno sempre più rade, ancora una volta la sua chiamata il fulmine, la mia risposta il tuono, finché un sole pigro e fermo riassorbirà anche questo temporale.

Lego la bici in cortile, salgo in casa per lasciare il computer e rimettermi in marcia direzione nido e dentro casa trovo Micol in braccio a Davide.

«Hanno chiamato anche me, stavo tornando, ho pensato di passare io. Non ti dispiace, vero?»

«No, no, hai fatto bene.»

Lei ha la testa appoggiata alla spalla del padre, un koala sulla pianta di eucalipto, dorme.

«Come sta?»

«Ha la febbre, è sicuramente varicella, ho chiesto a mia madre di tenere Pietro per la notte, magari non la prende.»

«La varicella ha un'incubazione di due settimane, l'ha già presa di sicuro, ma comunque hai fatto bene, così stanotte mi occupo di lei con tranquillità. Vuoi provare a metterla giù?»

«No, mi piace tenerla addosso. Mi manca, mi mancate.»

Lo dice così, semplicemente, abbastanza forte perché lo capisca, abbastanza piano perché possa pensare di non aver sentito bene.

«Mi sa che ci dobbiamo passare attraverso.»

«A cosa?»

«Alla mancanza. È la cruna dell'ago.»

«Hai un altro, vero?»

«Perché non me lo hai chiesto l'altro giorno?»

«Perché non ero pronto alla risposta.»

«E io non sono pronta a risponderti, adesso.»

«Lo hai già fatto, credo.»

«No, la risposta è che tu sei un altro e che sono un'altra io.»

«Hai ragione, ma l'altro te lo scopi?»

«Davide, per favore, non litighiamo.»

Micol si lamenta nel sonno, mugugna.

«Ho una pomata rinfrescante per il prurito, me l'ha data una mia collega per i rossori da pannolino, ma credo che vada bene anche per la varicella.»

Si lascia spogliare a occhi chiusi, la sdraiamo sul letto, le passiamo la crema, io sulle braccia, lui sulle gambe. Quando Pietro era appena nato lo facevamo spesso, il bagnetto e poi il rito del massaggio, lo toccavamo increduli, l'avevamo fatto noi, poi ci guardavamo: «Che cosa pazzesca», «Una cosa pazzesca e pazza fare un figlio». La meraviglia nei nostri occhi, eravamo ancora una volta la bambina dei pinoli con il fazzoletto da contadina in testa e il bambino della volpe.

La cambiamo, la rivestiamo, la mettiamo nel mio letto, al centro, tra due cuscini al posto dei nostri corpi.

«Hai fame?» gli chiedo.
«No.»
«Ti preparo qualcosa.»
«Ho detto che non ho fame.»
«Non importa, io ho bisogno di cucinare per te.»
Andiamo in cucina.
«Mi sceglieresti ancora?»
«Sì, certo.»
«Anche oggi?»
«Davide, io ti sceglierei sempre, sei il padre dei miei figli.»
«Io vi ho lasciati.»
«Tu sei quello che insegnerà a Pietro e Micol le cose che restano e durano. Il nome delle piante, il nome delle costellazioni... tu le sai, io no.»
«Non hai bisogno di saperli, tu sei la mamma, tu sei quella che resta e che dura.»
Mi abbraccia, lo abbraccio, un abbraccio lunghissimo. E poi è l'ora di dividerci e lo facciamo piano e bene.
Iniziamo dai corpi, non è difficile, dieci dita se le prende lui, dieci dita me le prendo io, il calcolo è presto fatto. Stessa cosa per le gambe, a far quattro diviso due ce la fa anche un bambino. Più complicato è districare i capelli e restituirli alle rispettive chiome ricce, ci riusciamo con la pazienza, che è il balsamo dei giorni, i nodi più stretti li dobbiamo tagliare. "Pazienza" è una parola strana, si dice quando si aspetta, si dice con un'alzata di spalle quando smetti di aspettare.
Poi passiamo alla divisione dei libri, delle foto, dei dischi, i regali decidiamo di non restituirceli, cioè io ci provo pure a ridargli indietro quella borsa orrenda di Carpisa, ma lui non la vuole.
Ci dividiamo le città, a me resta Torino, Milano se la può pure tenere. Mi sa che l'equatore è l'invenzione di due amanti che si divisero il mondo per paura di incontrarsi per strada.
Ci dividiamo il tempo dei figli e le loro future prime volte, a Davide va la prima volta sugli sci, a me la prima volta in bici senza rotelle. Le prime risate, quelle appartengono a tutti e due e non le vogliamo spartire.

Poi è il tempo di dividere i ricordi. Dimenticare sarebbe la soluzione, nessuna divisione, solo la meravigliosa sottrazione dell'oblio, ma non è possibile, sono troppi, alcuni così belli che sarebbe un peccato separarcene.

«Dal Mondiale 2006 al Mondiale 2010 li prendo io, dal 2010 a oggi tu» propone lui. Ma non sono d'accordo, non tanto per la questione Campioni del Mondo, quanto per quella volta di Barcellona, giusto un mese dopo, quando sono scesa dal treno e lui era lì. No, a Barcellona non sono pronta a rinunciare. Allora provo a fare la generosa.

«Io mi tengo i ricordi brutti, tutti, e lascio a te quelli belli.»

«Col cazzo, Dora, così tu mi dimentichi in fretta e io ti rimpiango ogni giorno.»

Davide non è stupido per nulla. Non c'è altra scelta, dobbiamo dividerceli uno a uno, prima i giorni memorabili, le vacanze, i capodanni, i traslochi, le sale d'aspetto degli ospedali, poi via via le piccole cose quotidiane, i risvegli, le liti, le lacrime, i sorrisi. Ogni ricordo è un tuffo al cuore e i nostri cuori non si tuffavano insieme da un mare di tempo, per intenderci i nostri cuori stavano nell'ultima di trentacinque file in una spiaggia affollata della riviera romagnola, sotto l'ombrellone. Ci mettiamo tutta la notte, mentre Micol dorme, serena.

Ci dividiamo il divano, poi ci dividiamo una moka da sei di caffè nero, e di zucchero non ne vogliamo. Diamo un bacio a Micol, una guancia per uno, poi lui va via, scende per strada e non si gira. Io resto. Le strade sono sempre le ultime a dividersi.

Poi torno in cucina, mi siedo al tavolo e scrivo una lettera d'amore che, come spesso accade con le lettere d'amore, forse mai nessuno leggerà.

Uomo che verrai,

vorrei dirti di prendertela comoda. Di fare tutto quello che c'è da fare e da disfare. Sposa una brava ragazza, compra un cane, regalalo a un amico con la cascina perché la brava ragazza che ti sei sposato non lo sopporta più. Facci dei figli. Metti in discussione la ragazza che ti sei sposato perché è cambiata. Non è più brava, ora, è solo noiosa. Anche tu sei cambiato, ma in una maniera del tutto diversa. Non farci più l'amore, facci la guerra e il dopoguerra. Raccontati che stai con lei per il bene dei figli. Metti su pancetta, iscriviti in palestra, vacci due volte.

Lavora tantissimo, disperatamente, per i motivi sbagliati, come un criceto sulla ruota. Perdi i capelli, ma guadagnaci in fascino. Coccolati l'ego con qualche cattiva ragazza. Ritorna a casa con la sabbia nel cervello e il senso di colpa nel cuore. Continua a crescere i tuoi figli, giorno dopo giorno, meglio che puoi, fai la guerra e il dopoguerra anche con loro. Divorzia. Sentiti solo.

Rimpiangi la tua vecchia casa e il costante rumore bianco di bimbi e tv. Domandati chi sei e finalmente datti delle risposte. Capisci che hai passato la vita a credere di meritare di più di ciò che avevi. E invece hai avuto abbastanza (non tutto eh, ti manco io).

Vieni a patti con te stesso, con le tue imperfezioni, con la vita che non è mai bianca o nera. Lo capisci solo ora che sei un po' più grigio tu. Finalmente cresci.

E siediti accanto a me, sulla panchina dove ti sto aspettando da sempre, davanti al più spettacolare dei cantieri.

«La verità, vi spiego, sull'amore»
di Enrica Tesio
Oscar
Mondadori Libri

Questo volume è stato stampato
presso ELCOGRAF S.p.A.
Stabilimento - Cles (TN)
Stampato in Italia. Printed in Italy